오
언
당
음

五
言
唐
音

김풍기 교수와
함께 읽는 ───

오
언
당
음

五言唐音

교육서가

일러두기

1. 이 책은 『증정주해 오언당음(增訂註解 五言唐音)』(조선도서, 1923)에 수록된 작품을 대본으로 번역하였다.
2. 『전당시(全唐詩)』 및 일부 작가들의 문집 등을 비교하여 원문의 오탈자, 작자, 제목 등을 바로잡았으며, 이본에 따른 차이를 각주에 반영하였다.
3. 배율(排律)의 일부를 절구처럼 수록하였거나 연작시 중의 일부를 수록한 경우, 전체 작품을 밝히거나 연작시의 전체 내용 혹은 제목을 평설 및 주석에 밝혔다.

『당음(唐音)』, 과거의 형식에서 미래를 꿈꾸게 하는 책

정조의 아들 자랑

정조가 약원(藥院)의 제조(提調)를 불러서 이야기를 나누던 중, 도제조(都提調) 홍낙성(洪樂性)이 항간의 이야기를 전한 다. 밖에 떠도는 소문을 들으면 원자(元子)가 요즘 열심히 공 부하면서 문자에 재미를 붙이고 계신다고 하니 정말 흠앙(欽 仰)하는 마음을 금할 수가 없다는 것이었다. 이 말을 들은 정 조는 마치 기다렸다는 듯이 아들 자랑을 늘어놓는다. 그의 자 랑을 왕조실록에는 이렇게 기록해놓았다. "날마다 『당음(唐 音)』을 외우고 있는데 어느 시(詩)의 어느 글자고 간에 한 번 보기만 하면 마치 세상에서 말하는 초중종(初中終)놀이처럼 전구(全句)를 암송해내곤 하네. 이것을 가지고 보면 문자에 관한 일은 별로 힘쓰지 않아도 잘할 것도 같아." 자식 자랑은 팔불출 중의 하나라고들 하지만, 천하의 정조도 팔불출을 마다않고 너스레를 떨면서 마구 자랑을 했던 것이다. 1795년 4월 30일자 왕조실록의 기사 내용이다.

원래 정조에게는 문효세자(文孝世子, 1782~1786)가 있었다. 그에게는 너무도 사랑스러운 첫아들이었지만 다섯 살의 나이에 홍역으로 세상을 떠났다. 지금의 서울 효창공원이 바로 문효세자의 무덤 터다. 너무도 애통한 마음으로 아들을 생각하던 차에, 1890년 수빈박씨(綏嬪朴氏)와의 사이에서 또다른 아들이 태어난다. 훗날 순조로 등극하는 분이다. 아직 세자에 책봉되지 않은 맏아들을 '원자'라고 부르니, 정조가 마구 자랑하는 원자는 바로 여섯 살 난 어린 아들이었다. 자신의 건강 때문에 불렀을 법한 약원의 제조들과 이야기를 나누다가 아들 이야기가 나오니 자신도 모르게 근황을 자랑스럽게 말했을 것이다. 짧은 글이지만 문맥 속에서 활짝 웃는 정조의 모습을 읽어낼 수 있다.

그런데 정조가 '초중종놀이'를 언급하는 걸 보고 나도 모르게 웃음이 났다. '초중장놀이'라고도 하는 이 놀이는 옛날 양반들의 사랑방에서 자주 행해졌다. 주로 한문 공부를 시작한 지 얼마 안 되는 학동들을 대상으로 하는 것인데, 20세기 중반까지 꾸준히 시행되었다. 한문 공부가 개인뿐만 아니라 가문의 미래를 결정하던 조선시대에는 학동들의 한문 실력을 높이기 위해 심력을 모두 기울였다. 그렇지만 어린아이들에게 한시를 배우는 일은 얼마나 어려웠을 것인가. 예나 지금이나 이런 공부는 아이들의 흥미를 유발하지 못했고, 어른들은 아이들의 관심을 끌기 위해 여러 가지 학습 방법을 고안해낸다. 그중의 하나가 바로 초중종놀이다.

한시를 처음 배우는 아이들에게 무엇보다 중요한 것은 좋은 한시 작품을 암송하는 일이다. 암송을 통해서 자연스럽게 시의 표현법을 배우고 자구의 운용을 익힌다. 좋은 글귀에서 한두 글자만 바꾸어 자신의 생각을 표현하면서부터 한시 쓰기의 즐거움을 알게 되고, 이러한 이력이 쌓이면 자연스럽게 한시로 삶을 표현하는 실력이 늘어난다. 이처럼 한시 암송을 격려하면서 아이들의 관심을 끌기 위한 것이 바로 초중종놀이였다.

서당에서 여러 학동들을 모아놓고 선생님이 글자 하나를 제시한다. 그러면 그 글자로 시작되는 한시 한 편을 먼저 외우는 사람이 이기는 것이다. 단순하지만 이것이 초중종놀이의 핵심이다. 예를 들면 선생님이 '馬(마)'를 제시했다고 치자. 그 말을 듣는 순간 학동 중의 한 사람이 손을 번쩍 들고 "馬上逢寒食, 途中屬暮春"으로 시작되는 송지문(宋之問)의

「도중한식(途中寒食)」을 암송하면 이기는, 일종의 게임이다. 그렇게 이긴 학동에게 적절한 보상과 함께 선생님의 칭찬이 주어지면 그 아이의 마음은 날아갈 듯 기쁠 것이다. 서당에서 많이 하던 놀이기도 하지만, 명절 때 집안 식구들이 모두 모였을 때에도 자주 행해지던 놀이였다. 집안의 여러 어른들과 친척 아이들이 모두 모인 자리에서 이 게임에 발군의 실력을 발휘한 학동이 있다면, 그 학동은 물론이거니와 학동의 부모는 기뻐서 어쩔 줄 몰랐을 것이다. 앞서 언급한 것처럼 조선 후기에 널리 유행하던 이 놀이는 20세기 중반까지도 시골의 여러 곳에서 자주 행해졌다. 어떤 것이 먼저 행해졌는지 확정할 수는 없지만, 시조(時調)를 외우는 놀이에도 이와 같은 방식이 활용되기도 했다. 그런데 뜻밖에 정조의 입을 통해 궁궐에서 왕자들에게 한시를 가르칠 때에도 활용한 흔적이 확인되었으니 흥미로운 일이다.

『당음』이라는 책

『당음』은 말 그대로 당나라의 시를 뜻한다. 중국 문학사를 살펴보면 하나의 시대에는 그 시대를 대표하는 문학 갈래가 있다. 예컨대 한나라는 문장이 대표적이라서 '한문(漢文)'이라고 하고, 송나라는 사(詞)가 대표적이라서 '송사(宋詞)', 원

나라는 희곡이 발달해서 '원곡(元曲)'이라고 부른다. 당나라
는 시가 번성했던 시대라서 당시(唐詩)로 통칭하는 것이다.
그런 점에서 보면 당나라 시는 한시를 공부하는 사람들에게
는 일종의 교과서와 같은 역할을 했다. 물론 우리 문학사에서
늘 당나라 시가 그런 역할을 했던 것은 아니다. 신라 말에서
고려 초에는 당나라 후기 즉 만당(晚唐) 시기의 시가 유행했
고, 고려 후기부터 조선 전기까지는 송나라 시풍이 유행하다
가 조선 중기가 되면 다시 당나라 시풍이 유행하게 된다. 흔
히 삼당시인(三唐詩人)으로 지칭되던 백광훈(白光勳), 최경창
(崔慶昌), 이달(李達)을 필두로 조선 후기의 시풍은 당시풍으
로 전환한다. 『당음』이라는 책의 성행도 이러한 문학사적 흐
름과 관련이 있을 것이다.

그러면 도대체 『당음(唐音)』이란 어떤 책인가? 여기서 말
하는 『당음』은 앞서 예로 들었던 송지문의 「도중한식」을 시작
으로 편집되어 있는 당시 선집을 말한다. 집에 아직도 필사본
고서가 조금이라도 남아 있는 사람들은 이 책을 쉽게 발견할
수 있을 것이다. 그만큼 널리 읽혔던, 정말 흔한 책이다. 필사
된 작품에 약간의 차이는 있지만, 이 책은 대체로 당시 중에
서 오언절구와 칠언절구를 모아 작가별로 편집했다.

당시(唐詩)를 편집한 책인 『당음』을 출판한 기록은 1505년
(연산군 11년) 5월 19일자 왕조실록 기사에 보인다. 연산군은

당시 책을 출판하는 부서인 교서관(校書館)에 여러 종의 책을 인쇄해서 올리도록 명한다. 그 책은 『당시고취(唐詩鼓吹)』, 『속고취(續鼓吹)』, 『삼체시(三體詩)』, 『당음시(唐音詩)』, 『시림광기(詩林廣記)』, 『당현시(唐賢詩)』, 『송현시(宋賢詩)』, 『영규율수(瀛奎律髓)』, 『원시체요(元詩體要)』 등이다. 그중에서 『당음시』는 이후 많은 관료문인들의 입에 오르내리면서 당시를 공부하는 중요한 책으로 등장한다.

여기서 언급된 『당음시』는 원래 『시음(始音)』 1권, 정음(正音) 6권, 유향(遺響) 7권으로 이루어진 『당음』을 지칭하는 것으로 보인다.(금지아, 「조선시대 당시선집의 편찬양상 연구」, 〈중국어문학논집〉 제84집, 중국어문학연구회, 2014년 2월호) 당나라 초기부터 후기까지 시대순으로 편집된 이 책은 조선 후기 사대부들에게 널리 읽히면서 한시, 특히 당시를 기반으로 하는 한시 창작의 교과서처럼 읽혔다. 앞서 예시한 송지문의 작품은 『정음』(권5)에 수록되어 있다. 우리가 알고 있는 『오언당음(五言唐音)』은 이 부분을 중심으로 오언절구만을 뽑아서 편집한 책이다.

원래 『당음』은 원나라의 양사굉(楊士宏)이 1335년부터 1344년까지 10년 가까운 시간을 들여서 편집한 당시 선집이다. 『시음』은 당나라 초기에 활동했던 대표적인 시인들, '초당사걸(初唐四傑)'로 병칭되는 왕발(王勃), 양형(楊炯), 노조린(盧照鄰), 낙빈왕(駱賓王) 등의 작품을 수록했고, 『정음』은 당초성당(唐初盛唐), 중당(中唐), 만당(晚唐) 세 시기로 당나라 문학사를 시대구분해서 주요 작가들의 대표작들을 수록했다. 『유향』은 대가의 작품 중에서 『정음』에 수록되지 못한 것과 속세 밖에서 노닐며 시를 지었던 방외인(方外人)들의 작품을 수록했다. 그렇게 보면 『정음』이야말로 『당음』의 본론에 해당한다고 할 수 있다. 조선의 지식인들이 『오언당음』을 편집하면서 주로 『정음』에 수록된 작품을 뽑은 것은 이러한 맥락 때문이다.

한시 공부는 왜 중요했을까

사실 양사굉의 『당음』은 다양한 시체(詩體)의 작품을 뽑아 놓은 것이라서 분량도 많고 읽기도 번다한 편이다. 그렇기 때문에 조선의 지식인들은 이 책 중에서 좋은 작품들을 뽑아서 간편하게 읽을 수 있도록 자신들만의 새로운 『당음』을 만들어냈다. 조선 후기에 서당의 학동들을 중심으로 널리 읽혔던 『당음』이라는 책은 양사굉이 편집한 『당음』(시음, 정음, 유향을 모두 포함한 것) 중에서 오언절구와 칠언절구만을 뽑아서 엮은 책이다. 두 종류를 묶어서 『당음』(혹은 『오칠당음五七唐音』)이라고 표제한 책도 많고, 각각을 따로 편집해서 『오언당음』,『칠언당음』으로 묶은 책도 많이 전한다.

정조가 여섯 살 난 아들이『당음』읽는 것을 흐뭇한 마음으로 자랑한 데에서 볼 수 있듯이, 18세기 말이 되면 이 책은 조선의 학동들에게 널리 읽히는 책이 된다. 조선 후기의 이름난 문인 위백규(魏伯珪, 1727~1798)의 연보에 보면, 그는 어른에게 글을 배우면서 세 살 때『천자문』을 배우고, 다섯 살에『당음』을 배웠으며, 여섯 살에『소학언해(小學諺解)』로『소학』을 배웠다고 했다. 또한 윤기(尹愭, 1741~1826) 역시 아이들에게 글을 읽는 순서를 기록하면서, 제일 먼저『천자문』을 가르친 뒤 글자를 달아 읽을 줄 알게 되면『사략(史略)』과『통감(通鑑)』제1권을 읽기 시작해야 한다고 했다. 그리고 이어서『맹자(孟子)』와『시경(詩經)』의 앞부분을 읽도록 하는 한편, 여름에는『당음』의 절구부터 읽도록 가르치라고 했다. 이런 기록으로 미루어볼 때,『당음』은 적어도 18세기 후반에는 왕족부터 시골의 아이들에 이르기까지, 어린 학동들을 위한 한시 교재로 널리 사용되었음을 알 수 있다.

그렇다면 조선의 선비들은 왜 이렇게 일찍부터 한시를 가르쳤던 것일까? 한시를 모르면 사회적으로 대접을 받을 수 없는 시절이었기 때문이다. 고려 전기 이래 이 땅의 지식인들은 관직으로 진출하기 위해 과거시험을 치러야 했다. 물론 음서(蔭敍)를 통해서 부친의 덕을 본 사람도 많았지만, 조선시대로 내려올수록 과거시험은 지식인들이 관직으로 진출하는 가장 중요한 통로로 자리를 잡았다. 과거시험에서 중요한 것이 바로 한시를 짓는 능력이었다.

한시는 복잡한 규칙을 가진 문학 갈래다. 한자의 여러 특성 중 하나인 사성(四聲)을 둘로 나누어 평성(平聲)과 측성(仄聲)으로 구분하고, 평측을 맞추어 글자를 적절히 배치해야 한다. 짝수 행의 마지막 글자에는 같은 계열의 소리로 운(韻)을 맞추어야 한다. 게다가 구절끼리 대구(對句)를 맞추어서 표현해야 한다. 이와 같은 대략적인 규칙 외에도 세부적으로 들어가면 정말 복잡한 규칙들이 많이 적용된다. 어찌 보면 아주 복잡한 글자 맞추기 게임과도 같다는 생각이 들 정도다. 이렇게 어려운 규칙을 지키면서 동시에 자기가 표현하고 싶은 생각과 감정을 담아야 한다. 그러므로 한시 작품 한 편을 지으려면 시간이 수월찮게 든다. 한시를 순식간에 짓는 능력이 있다는 것은 그가 천재에 가까운 뛰어난 사람이라는 것을 말해준다.

조선의 지식인들이 향촌사회에서 지식인으로 대접받으며 살아가려면 여러 가지 능력이 필요했다. 그중에서 가장 고상한 능력이 바로 한시를 짓는 능력이었다. 사교를 위해 어울릴 때에도 한시를 지었고, 누군가가 세상을 떠나 조문을 할 때에도 한시를 지었으며, 다른 지역으로 여행을 떠나는 사람이 있어도 그를 위해 시를 지어서 선물했다. 그러니 한시를 짓지 못하면 사회적으로 전혀 대접을 받을 수 없었다. 어찌 보면 한시를 짓는다는 것은 중세 지식인에게는 필수적이면서도 보편적인 능력이었고, 과거에 급제하여 가문을 빛내는 첫걸음이었다. 어쩌면 한시가 어렵기 때문에 사회적으로 대우를 받았을 것이다. 어린아이들이 우리말도 아닌 한자를 배우면서 그 어려운 규칙을 익히기 위해 애를 썼던 것은, 아이의 어깨에 개인의 영달(榮達)과 가문의 명예가 달려 있기 때문이었을 것이다.

지금, 한시를 읽는다는 것은

한시는 몇 글자 안에 다양한 생각과 감정을 함축적으로 표현하는 문학 양식이다. 게다가 하나의 글자가 여러 가지 뜻을 동시에 가지고 있는 한자의 특성상 한시는 다양한 해석 가능성을 내포하고 있다. 그것은 언어의 상징적 혹은 비유적 활용에 큰 도움이 된다. 다양한 해석을 가능하게 하는 것이 시(詩)라고는 하지만, 한시의 경우는 현대시보다 훨씬 넓은 범주를 가지고 있다. 동아시아의 문학 전통 속에서 한시가 가지는 영향력은 깊고 넓다. 한시의 전통 속에서 동아시아 중세 문화가 만들어지고 발전해왔다. 그것은 여전히 우리 마음속에 문화적 디엔에이(DNA)로 자리하고 있다. 우리가 딛고 선 이 자리를 만든 문화적 원형 속에 한시가 만들어온 문화 토양이 두텁게 자리하고 있는 것이다.

그렇지만 애석하게도 한시를 읽는다는 것은 '자료 해독'이라는 엄청난 장애물을 수반한다. 1차적인 독해가 되어야 비로소 2차 해석의 단계로 들어가고, 그것이 독자의 생각과 감정을 만날 때 새로운 감상 행위가 일어난다. 문제는 1차 독해를 어떻게 해결할 것인가 하는 점이다. 하나의 언어를 다른 언어로 번역할 때 생기는 끊임없는 미끄러짐, 즉 번역 과정에서 생기는 미묘한 어긋남은 언제나 피할 수 없다는 점을 감안해야 한다. 『당음』을 번역한 사람들이 많지만 그들 나름의 차이를 보이는 것은 어찌 보면 당연한 일일 수 있다.

한시를 번역하면서 느끼는 '미묘한 어긋남'을 어떻게 보완할 것인지 고민하다가 문득 평설(評說)의 방식을 택하면 좋겠다고 생각했다. 이전의 번역에 상당 부분 동의하면서도 내 생각과는 다른 부분을 어떻게 처리할 것인지 고민하다보니, 한시의 맥락과 내용을 풀어서 쓰면 내가 수행한 1차 독해의 의도를 독자들에게 전달할 수 있을 것 같았다.

이렇게 여러 단계의 작업을 거치면서 우리는 왜 한시를 읽어야 하는 것일까?

시간과 공간을 넘어서 사람들에게 보편적으로 감동을 주

는 작품을 우리는 고전이라고 한다. 우리가 세상을 바라보는 방식은 알게 모르게 우리 시대가 구성하고 있는 방식에 깊이 영향을 받기 마련이다. 세상을 우리 시대의 일반적인 방식으로 바라보는 작품을 읽으면 독자들은 익숙한 느낌으로 편안하게 내용을 이해하고 의미를 해석한다. 사람들에게 대중적 인기가 있는 작품들이 흔히 사용하는 방법이다. 그러나 그런 작품들은 시간이 조금만 지나면 대중의 뇌리에서 잊힌다. 깊은 감동을 주면서 오래도록 사람들의 기억에 각인되는 작품은 자신의 시대가 구성한 일반적인 문학적 구성을 가지고 있으면서도 그러한 패턴을 과감하게 탈피함으로써 신선한 느낌을 주는 것들이다. 익숙하지만 어딘가 그 익숙함을 깨는 듯한 작품이야말로 사람들에게 깊은 인상을 줄 수 있다.

당나라(618~907)는 지금 우리 시대와 천 년 이상 거리가 있다. 게다가 사용하는 언어 역시 전혀 다르다. 그런데도 당시를 읽다보면 그들의 섬세한 감수성과 언어의 아름다운 사용, 세상을 바라보는 신선한 시각, 짧은 글귀 속에 스며 있는 깊은 철학적 사유 등에 매료된다. 그들이 다루는 주제는 방대하다. 사랑, 만남과 이별, 역사, 철학, 은거, 배신, 탐욕 등 인간과 관련된 일이라면 무엇이든 모두 소재로 사용한다. 그러나 천 년 전을 살았던 당나라 사람들과 오늘날 우리와는 당연히 차이가 있다. 자연 환경도 바뀌었을 뿐 아니라 생활 방식이나 생각하는 방식도 완전히 바뀌었다. 바쁘게 돌아가는 세상을 살아가면서 지금의 우리는 인간에 대한 생각을 깊이 할 시간을 가지지 못하며 우리 주변의 자연을 한가로운 마음으로 찬찬히 둘러볼 여유도 가지지 못한다. 심지어 자연은 이제 우리 주변에서 거의 사라지고, 자본으로 치장된 욕망의 불꽃만이 화려하게 타오르고 있다. 눈길을 잠깐이라도 돌릴 틈 없이 살아가는 우리에게는 무언가 새로운 계기가 필요하다.

자본에 점령되어 노예 같은 삶을 살아가는 우리의 일상에 당시(唐詩)는 잠깐의 틈을 만들어준다. 다른 생각을 할 틈이 없는 세상에서, 나를 돌아보고 주변을 돌아보게 하는 계기를 만들어준다. 늘 보던 풍경과 늘 만나던 사람, 기계처럼 마주하던 수많은 일들이 다시 보이기 시작한다. 짧은 한시를 읽는 시간은 나의 힘든 일상에 잠깐의 휴식을 던져준다. 그 짧은 시간을 계기로 우리는 비로소 내가 선 자리를 살필 수 있고, 내 옆에 선 사람을 바라보면서 순간의 미소를 던질 수 있으며, 푸른 하늘을 바라보며 숨을 크게 내쉴 수 있다. 우리와는 다른 시선으로 지어진 한시를 읽으면서 내가 세상을 바라보는 시선과 견주어본다. 어딘지 모르게 익숙하면서도 낯선 표현과 감성을 느끼면서 당시를 읽는다. 그 차이가 내 삶을 새롭게 만든다.

사람마다 다르긴 하겠지만, 문학 작품에서 감동을 느끼는 순간은 범상하게 바라보던 사물을 전혀 다른 방식으로 바라보게 함으로써 이전과는 완전히 다른 이미지를 만들어낼 때일 것이다. 작은 표현 하나에서도 깊은 감동을 느끼는 경우가 있는 것은 이 때문이다. 당대 최고의 시인이라는 평을 받았던 당나라 시인들의 작품에서 우리는 여태까지 경험해보지 못했던 새로운 이미지와 상상력을 만나게 된다. 인간의 삶이라는 보편적이고 익숙한 테두리 속에서 문득 만나는 낯선 표현과 감성들이 우리를 감동하게 만든다. 그것이 천 년의 세월을 지내오면서 만들었던 우리 문화의 두터운 토대가 아니겠는가. 그 토대 위에서 살아가는 우리이기 때문에 한시, 특히 당시를 읽으면서 익숙함과 낯섦과 신선함을 동시에 느끼는 것이 아닐까.

한시라는 낡은 형식 속에서 오히려 우리 삶의 미래를 발견한다. 자본이라는 외부의 힘에 의해 꼭두각시처럼 살아가지 말고, '나'라고 하는 인간 본연의 모습을 찬찬히 들여다보라는 것이다. 내 자신이 얼마나 소중한지, 내 옆에서 함께 살아가는 사람들이 얼마나 아름다운지, 우리가 일상 속에서 매일 만나는 자연과 사물들이 얼마나 새롭고 멋진 것인지, 그리하여 우리가 살아가는 세상이 얼마나 살아갈 가치가 있는 것인지를 생각해보라는 것이다. 그런 점에서 지금 한시를 읽으면서 새로운 미래를 꿈꾸는 것이다.

차례

1_ 송지문(宋之問),
길에서 한식을 맞다[途中寒食]¹

馬上逢寒食
途中屬²暮春
可憐江浦望
不見洛橋³人

말 위에서 한식을 만나니
길에서 늦봄 만났다.
가련하여라, 강가에서 바라보니
낙교에 사람은 보이지 않고.

705년 정월, 장간지(張柬之), 왕동교(王同皎) 등이 무후(武后)를 퇴위시키고 중종(中宗)을 옹립한다. 얼마 뒤 송지문은 농주참군(瀧州參軍, 농주는 지금의 광동성 나정현)으로 폄직된다. 이때 지어진 작품이 바로 이것이다.

그가 향하는 곳은 머나먼 남쪽이다. 말이 좋아 좌천이지 실제로는 살아 돌아올 수 있을지 장담할 수 없다. 가족들이 모여서 멋진 봄을 즐기는 한식이로되 자신은 홀로 기약 없는 먼길을 떠난다. 강가에서 보이는 낙교에는 사람도 보이지 않는다. 아름다운 봄날과 쓸쓸한 송지문의 처지가 대비되고, 문득 그의 처지가 가련하게 느껴진다.

이 작품은 원래 송지문의 오언율시「황매 임강역에 막 도착해서〔初到黃梅臨江驛〕」중에서 수련(首聯)과 함련(頷聯)을 떼어놓은 것이다. 앞의 4구가 워낙 유명하다보니 마치 절구처럼 알려진 것이다. 이 작품의 뒷부분은 다음과 같다.

北極懷明主　　북쪽 끝에 계시는 영명한 임금을 그리워하지만
南溟作逐臣　　남쪽 바다에서 지내는 쫓겨난 신하로다.
故園腸斷處　　고향의 가슴 아픈 이별 하던 곳에는
日夜柳條新　　밤낮으로 버드나무 가지 새로이 푸르러지겠지.

1_『전당시』(권52)에서는 이 작품의 제목이 「途中寒食題黃梅臨江驛寄崔融(도중한식 제황매임강역 기최융)」으로 되어 있으며, 「初到黃梅臨江驛(초도황매임강역)」으로 되어 있는 판본도 있다고 하였음.

2_屬(속): 이 글자를 '촉'으로 읽어야 한다는 주장도 있음. 그럴 경우 '때마침'이라는 뜻이 되므로, 이 구절의 번역은 '가는 도중에 때마침 늦봄' 정도가 됨. 다만 전통적으로 이 글자를 '속'으로 읽어왔고, 늦봄 가까이 되었다는 뜻으로 번역해도 작품 번역에 무리가 없을 뿐 아니라 '속'이든 '촉'이든 모두 입성(入聲)에 속하여 평측으로 보면 측(仄)에 속하는 글자임. 따라서 여기서는 '속'으로 읽었음.

3_洛橋: 낙양 동쪽에 있는 파교(灞橋)를 가리키는데, 사람들이 전별하는 곳으로 이름난 장소임.

2_ 송지문,
두심언과 이별하며〔別杜審言〕[1]

臥病人事絶
嗟君萬里行
河橋不相送
江樹遠含情

병으로 누웠으니 오가는 사람 끊겼는데
아, 그대는 만리 밖으로 떠나는구려.
하교에서 전송하지 못하나니
강가의 나무도 아스라이 이별의 정을 머금은 듯.

두심언은 우리에게 널리 알려진 시성(詩聖) 두보(杜甫)의 할아버지다. 송지문과 함께 당대 최고의 시인으로 꼽힌다. 698년, 정치적 사건에 연루되어 길주사호참군(吉州司戶參軍, 길주는 지금의 강서성 길안)으로 좌천되어 낙양을 떠나게 되었다. 그때 송지문이 지어준 작품이다. 원래는 「송두심언(送杜審言)」이라는 제목의 오언율시인데, 앞의 네 구절만 따로 떼어서 절구처럼 알려져 있기도 하다.

병 때문에 찾아오는 사람들을 거절하고 고적한 시간을 보내는 때, 불현듯 들려오는 벗의 좌천 소식에 가슴이 아프다. 낙양을 떠나 만리 밖 궁벽한 곳으로 떠나는 벗을 생각하면 병으로 누워 있는 그 마음이 더욱 무거워졌으리라. 그러한 심정이 '차(嗟)'라는 감탄사 속에 오롯이 들어 있다. 그 깊은 탄식을 담은 이 글자를 볼 때마다 그의 안타까움과 절망과 슬픔과 가슴 철렁함 등이 한순간에 몰려오는 걸 느낀다.

하교(河橋)는 아마도 낙수(洛水)의 파교일 것이다. 멀리 떠나는 벗을 위하여 당연히 파교까지 나가서 전송해야 마땅하다. 버드나무 가지라도 꺾어서 벗의 무사를 빌어주고 마음이나마 함께 보냈어야 했다. 그러나 그렇게 하지 못했다. 그의 눈에는 이별의 정을 머금고 늘어서 있는 낙수 가의 나무들이 보이는 듯했으리라.

세월이 흐르고 몸이 쇠약해질수록, 시대가 어려울수록, 마음을 나눌 수 있는 벗의 존재는 얼마나 큰 위안이 되던가. 마음속의 큰 버팀목 하나가 없어진 듯했을 것이다.

이 작품의 나머지 뒷부분은 다음과 같다.

別路追孫楚[2]   이별 길은 손초를 따르고
維舟弔屈平[3]   배 멈추고 굴평을 조문한다.
可惜龍泉劍   애석하여라, 용천검이
流落在豐城   풍성에 떨어지다니.[4]

1_ 『전당시』(권52)에는 이 작품의 제목이 「送杜審言」으로 되어 있음.

2_ 손초는 진나라 문인으로, 어렸을 때부터 뛰어난 재주를 가졌음. 이 때문에 주변의 시기를 받아서 벼슬길이 순탄치 않았으며 끝내 파직당한 사람임. 여기서 두심언은 자신의 재주가 뛰어나 벼슬길이 어렵다는 점을 손초에 비유하여 표현한 것임.

3_ 굴평은 초나라 굴원(屈原)을 지칭함. 굴원도 주변의 모함으로 파직당하고 멱라수에 몸을 던져 자결하였음. 두심언이 자신의 신세를 굴원에 비유한 것임.

4_ 『진서(晉書)』「장화열전(張華列傳)」에 나오는 고사. 두성(斗星)과 우성(牛星) 사이에 늘 자줏빛 기운이 비치는 것을 두고 뇌환(雷煥)이 보검의 기운이라고 함. 장화가 어느 곳에서 빛이 비치는 것이냐고 묻자 뇌환은 예장(豫章) 풍성(豐城)이라고 답함. 이에 뇌환을 풍성령(豐城令)으로 발령을 내었고, 그가 풍성으로 가서 쌍검을 발굴함. 그것이 용천검과 태아검(太阿劍)임. 이 검을 땅에서 파내자 그날부터 자줏빛 기운이 사라졌다고 함.

3_ 송지문,
아침 일찍 소주를 떠나며〔早發韶州〕

綠樹秦京[1]道
青雲洛水橋
故園長在目
魂去不須招

진경으로 가는 길엔 푸른 나무들
푸른 구름 흐르는 낙수의 다리.
고향 오래도록 눈에 아련해
혼이 갔으니 불러올 건 없으리.[2]

고향을 떠나본 적이 있는 사람은 떠날 때 눈에 담아놓았던 고향이 평생토록 잊히지 않는 법이다. 여행을 떠나든, 귀양을 가든, 피난을 가든, 혹은 피치 못할 사정이 있어서 고향을 떠나든, 마음에는 두 가지 생각이 교차한다. 언젠가는 고향으로 돌아오리라는 희망 섞인 마음과 다시는 고향으로 돌아오지 못하리라는 심정. 진나라 수도를 향해 나 있는 길의 푸른 나무들도, 푸른 구름 떠도는 낙수의 다리도 새삼스러운 눈으로 바라보게 된다.

그리하여 천만리 먼길을 떠돌면서도 문득 떠오르는 것은 그날의 고향 풍광이다. 낯선 남쪽 지방의 날씨와 풍토병에 몸은 날로 쇠약해지지만 고향은 늘 눈앞에 아른거린다. 몸은 멀리 있어 고향으로 가지 못하지만 혼은 늘 고향에 가 있다.

머나먼 타향 소주(韶州, 지금의 광동성 소관韶關)의 이른 아침에도 그의 눈에는 고향이 아른거린다. 간밤 꿈에 아마도 그의 혼은 고향으로 돌아갔을 것이다. 꿈속의 포근한 고향을 놓아버리고 싶지 않다. 누가 부르지 않아도 혼은 늘 고향에서 노닐 것이며, 꿈에서나마 고향으로 간 혼을 굳이 부르고 싶지도 않다. 참으로 절절한 사향가(思鄕歌)다.

이 작품은 원래 20구(句)로 된 오언배율(五言排律)이다. 마지막 부분의 4구를 떼어서 절구처럼 해놓았다. 조선 후기에는 널리 알려진 작품이었을 것이다. 〈춘향가〉에서 춘향이 이

도령과 이별하며 술을 한잔 권하는 대목이 있다. 거기에서 춘향은 이도령이 한양으로 멀리 가더라도 소식을 자주 전해달라면서 이렇게 말한다. "녹수진경도(綠樹秦京道)에 편안히 행차하옵시고 일자음신(一字音信) 듣사이다."

1_秦京: 진나라의 수도. 함양(咸陽)을 지칭함.

2_이 부분은 여러 가지로 해석할 수 있다. "부르지 않았어도 마음은 가 있네"라고 해도 아름답다.

4_ 송지문,
한강을 건너며〔渡漢江¹〕

嶺外²音書斷

經冬復歷春

近鄕情更怯

不敢問來人

영 밖으로 편지는 끊긴 채

겨울 지나고 또 봄을 지냈다.

고향이 가까워질수록 마음은 더욱 두려워

오는 사람에게 감히 소식 묻지 못한다.

소식이 있어야 할 사람이 소식이 없거나 혹은 제때에 오지 않으면 온갖 생각이 명멸한다. 괜찮을 것이라는 마음과 무슨 일이 일어난 건 아닌가 하는 불안한 마음이 교차한다.

농주참군으로 좌천되었을 때에는 집안 소식을 듣기가 쉽지 않았다. 편지조차 끊긴 채로 겨울을 지내고 또 봄을 보냈다. 무후가 물러나고 중종이 즉위하면서 폄직되었던 송지문에게, 편지 한 장 오지 않는 시간은 얼마나 불안했던가. 자기 때문에 집안 친척들이 피해를 당하지나 않았을까, 식구들은 겨울을 무사히 잘 보냈을까, 주변에서 겁박을 당하는 일은 없었을까. 겨울을 보내고 봄을 또 보내는 그 시간이 송지문에게는 수많은 사념들과의 싸움을 치르는 시간이었을 것이다.

이제 좌천되었던 시간은 끝나고 드디어 고향으로 가는 길이다. 송지문의 고향과 광동성 농주는 지리적으로도 멀지만, 그가 느꼈을 심리적 거리는 더 멀었다. 오죽 멀었으면 이제 양양의 한수를 건너는데 '고향이 가까워진다'는 표현을 썼을까.

1_ 漢江: 지금의 양양(壤陽) 부근에 있는 한수(漢水).

2_ 嶺外: 지금의 광동성 일대를 가리키는 말.

5~9_ 동방규(東方虯),
왕소군의 원망[昭君怨] 5수[1]

(1)

漢道方[2]全盛
朝廷足武臣
何須薄命妾
辛苦事[3]和親

한나라의 길이 바야흐로 번성하여
조정에는 무신들로 가득한데,
어이하여 박명한 이내 몸이
괴롭게도 화친을 일삼아야 하는지요?

(2)

昭君拂玉鞍
上馬啼紅頰
今日漢宮人

明朝胡地妾

소군이 옥안장을 털고
말에 오르니 붉은 뺨에 눈물 흐른다.
오늘은 한나라 궁인이지만
내일은 오랑캐 땅 첩이로구나.

(3)
掩淚[4]辭丹鳳
銜悲向白龍
單于浪驚喜
無復舊時容

눈물 감추며 궁궐과 이별하고
슬픔 머금고 백룡퇴로 향한다.
선우는 부질없이 놀라고 기뻐하지만
다시는 옛 모습 보이지 않네.

(4)
萬里邊城遠
千山行路難

擧頭惟見日[5]
何處是長安

만리 밖 변방은 멀기도 하고
천 개의 산 걷는 길은 험난합니다.
머리 들면 오직 해만 보일 뿐
어느 곳이 장안일까요?

(5)
胡地無花草
春來不似春
自然衣帶緩
非是爲腰身

오랑캐 땅에는 꽃과 풀이 없어
봄이 와도 봄 같지가 않군요.
절로 옷과 띠가 느슨해지나니
가는 허리 위한 것은 아니랍니다.

동방규의 작품으로 표기되어 있는 이 작품은, 중국 4대 미인의 한 사람으로 꼽히는 왕소군(王昭君)을 제목으로 하여 지어진 몇 사람의 시를 함께 모아놓은 것이다. 미인박명(美人薄命)이라고 했던가. 중국의 이름난 네 명의 미인은 모두 운명이 기구했다. 어쩌면 그녀들의 기구한 운명이 그 아름다움을 더욱 빛나게 했는지도 모를 일이다.

중국의 역사는 자신들의 영토를 확장해온 기록과 거의 일치한다. 주변을 오랑캐로 지칭하면서 자신들만의 문명을 형성했지만, 동시에 변방의 여러 민족과의 오랜 전쟁과 교섭을 통해서 판도를 끊임없이 넓혀왔다. 그중에서도 '흉노족'은 중국의 오랜 라이벌이었는데, 그들의 성쇠(盛衰)에 따라 중국의 정책 역시 변화했다.

중국 역사에서 북방 민족인 흉노와 본격적으로 교섭을 한 왕조는 한(漢)나라일 것이다. 그들을 치기 위해 직접 군대를 이끌고 나섰던 한고조(漢高祖) 유방(劉邦)은 도리어 그들에게 포위되어 위기에 처하기도 했다. 이후 그들에게 막대한 선물을 바치면서 화해의 시대를 만들기도 했지만, 한무제(漢武帝) 때에는 강성한 국력을 바탕으로 흉노 정벌을 감행하기도 했다.

선제(宣帝)~원제(元帝) 무렵에 한나라의 압박과 함께 주변 국가의 공격을 받던 흉노는 내부 분열까지 일어나서 내우외환의 위기에 처한다. 다섯 명의 선우(單于, 한나라 때 흉노족

군장君長의 명칭)가 내분으로 다투는 와중에 경쟁에서 밀려난 호한야선우(呼韓邪單于)는 한나라에 조공을 바치면서 자신의 아들을 인질로 보낸 덕에 한나라의 도움으로 정권을 잡게 된다. 게다가 호한야선우는 한나라를 자신의 정치적 배경으로 분명히 하기 위해 한나라의 사위가 될 것을 자청한다. 한나라 선제는 그 요청을 받아들여서 한나라의 궁녀를 시집보냈는데, 그 궁녀가 바로 왕소군이다.

원제의 궁중에는 많은 궁녀들이 있었다. 궁녀들은 원제의 눈에 들기 위해 자신의 초상을 그리는 화가들에게 많은 뇌물을 주고 아름답게 그려달라고 부탁하곤 했다. 그러나 왕소군은 그런 일을 하지 않았기 때문에 화가는 그녀의 얼굴을 못생긴 모습으로 그려서 올렸고, 그리하여 원제는 자신의 궁궐에 왕소군이라는 여자가 있는지조차 몰랐다. 10년이 넘도록 왕소군은 한 번도 원제의 부름을 받지 못했던 것이다.

그러던 차에 선우가 사위 되기를 자청하면서 누군가를 보내야 하는 처지가 되자, 원제는 한 번도 본 적이 없었던 왕소군을 지목했다(왕소군이 시집가기를 자청했다는 기록도 있다). 선우와 결혼을 하던 날, 선제는 왕소군의 아름다운 모습을 보고 깜짝 놀랐다. 선우 역시 놀라기는 마찬가지였다. 어쩔 수 없이 선제는 왕소군을 호한야선우에게 보냈고, 그림을 이상하게 그렸던 화가를 처형했다.

한편 왕소군은 흉노로 간 뒤 선우와의 사이에서 1남 2녀를 낳았고, 그곳에서 삶을 마감했다. 그녀의 무덤에는 겨울에도 풀이 푸르렀기 때문에 '청총(靑塚)'이라고 부른다. 그녀가 흉노로 시집가면서 한나라의 다양한 문화도 함께 전해짐으로써 문화의 교류를 통한 평화의 사절 역할을 한 것은 사실일 것이다.

　그렇지만 고향을 떠나 한 번도 본 적 없는 낯선 땅에서 평생을 살아간다는 것은 얼마나 괴롭고 외로운 일이겠는가. 조정에 가득한 무신(武臣)들은 도대체 무얼 하느라고 흉노와의 화친(和親)에 자신과 같은 이름 없는 여자의 힘을 빌린단 말인가. 하루아침에 한나라 궁녀에서 흉노족 선우의 아내로 바뀐 신세, 멀고 먼 황야에서 그리운 고향 장안을 바라보는 마음이니 봄이 와도 봄으로 느끼지 못하는 것은 당연한 일이다. 그녀의 원한이 수천 년 세월을 넘어 지금 우리 마음을 울린다.

1_『당음』에서는 여기에 수록된 5편을 모두 동방규의 작품으로 수록하였지만, (1), (3), (5)만이 그의 작품이다. (2)는 이백(李白)의 「왕소군(王昭君)」(『전당시』 권19)이고, (4)는 장호(張祜)의 「소군원(昭君怨)」(『전당시』 권23)이다.

2_方: 『전당시』에는 '初'로 되어 있음.

3_事: 『전당시』에는 '遠'으로 되어 있음.

4_淚: 『전당시』에는 '涕'로 되어 있음.

5_日: 『전당시』에는 '月'로 되어 있음.

10_ 하지장(賀知章),
원씨의 별장에 쓰다[題袁氏別業]

主人不相識
偶坐爲林泉
莫謾愁沽酒
囊中自有錢

주인과 아는 사이는 아니지만
우연히 앉은 것은 자연 때문이었소.
부질없이 술 사올 걱정 마시게
내 주머니에 돈이 있다오.

아름다운 자연을 좇아 이리저리 다니다가 마음 닿는 곳에 앉았다. 온몸으로 자연을 음미하다가 문득 이곳이 누군가의 별장 구역이라는 걸 깨닫는다. 누군지는 모르지만 우연히 만난 것도 인연일 터, 술 한잔 기울이며 자연과 삶을 이야기하는 풍경이 눈에 선하다.

생각나는 대로 던지는 말처럼 보이지만, 자연의 소박함을 닮은 두 사람의 마음이 어여쁘다.

11_ 우세남(虞世南),
매미〔蟬〕

垂緌飲淸露
流響出疎[1]桐
居高聲自遠
非是藉秋風

끈 드리우고 맑은 이슬 마시며
유려한 소리는 성긴 오동나무에서 나온다.
높은 데 살아 소리는 절로 멀리 가나니
가을바람 때문은 아니라오.

'수수(垂緌)'는 끈을 드리운다는 의미다. 높은 관직에 오른 사람은 관을 쓴 뒤 갓끈을 드리워 턱 아래로 묶는다. 그 모습이 마치 매미의 촉수와 비슷하다. 갓끈을 드리운 것 같은 매미가 맑은 이슬을 마신다고 했으니, 매미의 깨끗한 품성을 통해서 인간의 고결한 덕을 비유했다. 더러운 음식을 가까이하지 않고 맑은 이슬만 마신 덕분에 매미 소리는 더더욱 청아하고 유려해졌을 것이다.

가을이 가까워지면 매미 소리는 참으로 멀리까지 퍼져나간다. 그것은 매미가 높은 곳에 살기 때문이지 가을바람에 실려서 멀리까지 가기 때문은 아니다. 사람의 인품 역시 그와 같아서, 그 마음의 덕이 절로 향기를 내서 사람을 감화시키는 것이지 그의 높은 관직이라든지 외부적 명성, 주변 환경 같은 것 때문에 그러한 것은 아니다.

1_疎:『전당시』(권36)에는 '疏'로 되어 있음.

12_ 왕적(王績),
술집을 지나며〔過酒家〕

此日長昏飲
非關養性靈
眼看人盡醉
何忍獨爲醒

이런 날 오래도록 술에 빠져 사는 건
성령을 기르는 것과는 관계가 없지.
사람들 모두 취한 걸 눈으로 보면서
어찌 차마 나 홀로 깨어 있단 말인가.

어지러운 시대를 살아가는 지식인에게 멀쩡한 정신으로 세상을 보는 것은 참으로 고통스러운 일이다. 내 손으로 할 수 있는 일은 없는데 미처 돌아가는 세상은 눈에 들어오니, 그 간극이 만들어내는 고통이야 말해 무엇하랴.

왕적의 이 작품은 원래 5수로 이루어진 연작시인데, 위의 시는 그중 제2수다.

굴원(屈原)의 「어부사(漁父辭)」를 떠올리게 한다. 굴원이 벼슬에서 쫓겨나 강가를 서성거릴 때, 어떤 어부가 묻는다. "그대는 어찌하여 이곳에 오게 되었소?" 그러자 굴원이 이렇게 대답한다. "온 세상이 혼탁한데 나만 홀로 맑고, 모든 사람이 술에 취해 있는데 나만 홀로 깨어 있으니〔擧世皆濁我獨淸, 衆人皆醉我獨醒〕, 이곳으로 쫓겨날 수밖에요."

수(隋)나라 말기를 지내던 왕적의 눈에 자신의 시대는 얼마나 미친 시대였겠는가. 술을 마시지 않고서는 살아가기 힘든 시절, 술집을 어찌 그냥 지나치랴. 과연 '두주학사(斗酒學士)'라는 별명이 부끄럽지 않다.

13_ 이의부(李義府), 까마귀를 노래함〔詠烏〕

日裏颺朝彩
琴中伴夜啼[1]
上林[2]多少樹
不借一枝栖

해 속에는 아침햇살 드날리고
거문고 안에는 야제곡을 짝하였다.
상림에 많은 나무들이 있건만
내가 깃들일 가지 하나 빌려주지 않다니.

이의부가 당태종을 만난 것은 유계(劉泊), 마주(馬周) 등의 천거 덕분이었다. 당태종이 이의부를 불러서 까마귀를 소재로 시를 지으라고 하자, 이의부가 이 시를 지었다. 그러자 이세민이 이렇게 말했다고 한다. "나는 그대와 함께 나무를 모두 쓸 터인데, 어찌 가지 하나에 그치겠는가." 그러고는 그 자리에서 감찰어사(監察御使)를 제수했다고 한다.(『기사紀事』)[3] 이후 이의부는 승승장구하여, 고종 때에는 재상을 두 차례나 역임한다.

가슴에 큰 뜻을 품고 머리에는 뛰어난 지략을 가지고 있지만 아무도 알아주지 않으니 능력을 발휘할 기회를 얻지 못한다. 황제의 정원에 수많은 나무들이 있건만 자신에게는 나뭇가지 하나도 허락되지 않는다. 황제라고 해서 만능은 아니다. 이러한 상황에서 사람의 마음을 정확히 파악하고 능력을 알아내어 적재적소에 인재를 등용하는 것, 그것이야말로 황제의 능력이요 미덕이다.

1_야제(夜啼): 중국 악부시(樂府詩) 「오야제곡(烏夜啼曲)」을 말함.

2_상림(上林): 황제의 정원이나 후원.

3_이 일이 수나라 말기, 아직 당태종이 당나라를 세우기 전의 일이라고 기록된 문헌도 있음.

14_ 이의부,
미인을 노래하다〔賦美人〕

鏤月成歌扇
裁雲作舞衣
自憐回雪影
好取洛川歸

달을 아로새겨 노래 부채 만들고
구름을 마름질해 춤추는 옷 지었다.
감도는 눈 그림자 절로 어여뻐
잘 가지고 낙천으로 돌아가고파.

달로 만든 부채를 들고 구름옷을 입은 무희가 춤을 추고 있다. 자신의 춤사위가 마치 빙빙 돌며 내리는 눈 그림자 같다. 참으로 어여쁘다. 이 모습 그대로 낙천 고향으로 돌아가고 싶은 마음이다.

『전당시』(권27)에 「당당(堂堂)」이라는 제목으로 수록되어 있는 이 작품은 무희의 아름다운 모습을 그리고 있는 2수 중 제1수다. 특히 기구(起句)와 승구(承句)는 너무도 유명하여 아름다운 예술의 경지를 나타내는 '누월재운(鏤月裁雲)'이라는 성어가 만들어졌을 정도다.

15_ 양사도(楊師道),
중서성에서 숙직하다가 비를 읊다
〔中書寓直詠雨〕[1]

雲暗蒼龍闕[2]
沈沈[3]殊未開
窗臨鳳凰沼[4]
颯颯[5]雨聲來

창룡궐에 구름 어둡게 드리워
깊고 고요하여 아직 열리지 않았다.
창은 봉황소에 임해 있어서
쇄아 빗소리 들려온다.

중서성에서 숙직을 하는 처지 때문인지 밤늦도록 잠을 이루지 못한다. 작자는 지금 궁궐의 가장 깊은 곳에 있다. 황제의 원림이 있는 깊은 곳이니 얼마나 깊은 궁궐이겠는가. 사위는 고요하고 밤은 깊다. 구름이 어둡게 드리운 밤, 궁궐은 깊고 고요하고 침침하여 시간을 가늠하기 어렵다. 순간 어디선가 빗소리가 몰려온다.

캄캄하고 깊은 밤, 작은 등불 하나 밝히고 천지에 홀로 깨어 있는 듯한 느낌을 아는가. 잠은 완전히 달아나고 눈은 또렷해진다. 정신은 완전히 깨어서, 좁은 방에 앉아 있지만 마음은 우주를 유영한다. 거기에 들려오는 빗소리. 그것이 만들어내는 서늘한 기분이 이 시를 읽는 사람을 일으켜세운다.

1_『전당시』(권34)에는 이 작품의 제목이 「中書寓直詠雨簡褚起居上官學士」로 되어 있음. 또한 20구로 된 배율인데, 송나라 홍매(洪邁)가 앞의 4구만을 떼어서 절구로 기록하였다는 내용이 『전당시』의 주석에 적혀 있음.

2_창룡궐(蒼龍闕): 한무제 때 미앙궁(未央宮)의 동궐(東闕) 이름.

3_침침(沈沈): '沉沉'과 같음. 궁궐이 깊고 고요한 모양을 표현하는 말.

4_봉황소(鳳凰沼): 봉황지(鳳凰池), 봉지(鳳池), 봉소(鳳沼)라고도 함. 위진남북조시대 궁궐에 있었던 못. 이 시기에 중서성(中書省)이 황제의 원림(園林)인 금원(禁苑)에 있었으므로, 중서성을 봉황소 혹은 봉소 등으로 부르기도 했음.

5_삽삽(颯颯): 바람이 부는 소리를 표현하는 의성어.

16~17_ 왕발(王勃),
강가 정자에서 달밤에 사람을
전송하며〔江亭月夜送別〕

江送巴南¹水

山橫塞北雲

津亭秋月夜

誰見泣離群

亂烟籠碧砌

飛月向南端

寂寂離亭²掩

江山此夜寒

강물은 파남에서 흘러오는 물을 전송하고
산은 북쪽 변방의 구름을 비스듬히 걸쳤다.
나루터 정자에 가을달 뜬 밤
그 누가 무리와 울며 헤어지는 걸 볼 수 있으랴.

어지러운 안개는 푸른 섬돌 휘감고
나는 듯한 달은 남쪽 끝을 향한다.
고요하여라, 이정은 닫혔나니
강산은 이 밤에 춥기만 하다.

강은 파남에서 흘러와서 어디론가 흘러가고, 북쪽 변방에서 흘러온 구름은 산에 비스듬히 비껴 있다. 강물과 구름처럼 우리 인생도 끊임없이 떠도는 운명을 지녔다. 오늘은 누군가를 만났지만 내일이면 그와 헤어져야 하는 것이 우리 삶이다.

그렇게 만나고 헤어지는 것이 인간의 일이라는 것을 알면서도 막상 헤어지게 되거나 혹은 누군가가 헤어지는 걸 보는 일은 참으로 가슴 아프다. 더욱이 달이 환하게 뜬 가을밤, 오열하는 듯한 강물 소리를 들으며, 정든 사람들과 울며 헤어지는 사람을 보는 것처럼 견디기 힘든 일이 있겠는가.

밤이 깊어 시간이 새벽으로 흐르면 차가운 달밤에 피어오른 밤안개가 섬돌을 휘감고 달은 남쪽 끝을 향해 간다. 조금만 있으면 해가 뜰 것이고 드디어 그대와 헤어져야 한다. 이정(離亭)의 문은 닫혀 고요하기만 한데, 헤어져야 하는 슬픔을 가슴에 담고 밤을 지새우는 사람의 마음은 헤아릴 길이 없다. 문득 이 밤의 차가움이 온몸으로 느껴진다.

이 작품에서 '한(寒)'자의 쓰임이 참으로 절묘하다. 이미 황숙찬(黃叔燦)의 『당시전주(唐詩箋注)』나 왕국유(王國維)의 『인간사화(人間詞話)』에서도 지적한 바 있듯이, 이별의 슬픔이 강물 소리, 산 위의 구름, 가을, 달밤, 밤안개 등과 뒤섞이면서 증폭된다. 한껏 증폭된 이별의 정한이 '寒'이라는 글자 하나에 집약되어 있다. 이럴 때의 '寒'은 깊은 가을밤의 추위

이기도 하면서 풍경이 주는 쓸쓸함이자 동시에 헤어지는 사람의 마음속의 황량함을 모두 포함하고 있다.

도대체 인간 세상에서 이런 이별을 경험하다니, 왕발은 어떤 삶을 살았단 말인가.

1_파남(巴南): 지금의 중경(重慶)을 지칭하는 지명.

2_이정(離亭): 성에서 조금 떨어진 길가에 지어놓은 정자. 이곳에서 사람들이 떠나가는 사람을 전송하곤 했다.

18_ 왕발,
강가에서〔臨江〕¹

汎汎²東流水
飛飛³北上塵
歸驂 將別棹
俱是倦遊人

넘실넘실 강물은 동으로 흘러가고
풀썩풀썩 먼지는 북으로 올라간다.
돌아가는 말은 장차 배와 헤어지려 하나니
모두 놀기에 싫증난 사람들.

집을 떠나 한 달 동안 여행을 한 적이 있다. 야심찬 계획으로 먼길을 떠날 때는 가슴이 정말 두근거렸다. 낯선 세계와 새로운 사람을 만나는 일은 생각만 해도 가슴이 설렌다. 여행길에서 우연히 만난 사람들과 친구가 되어 여러 날을 함께 돌아다니고, 때로는 뜻밖의 일도 경험한다. 한 달쯤 되자 집으로 돌아가고 싶은 마음이 생기면서 여행이 시들해졌다. 더이상 설렘이 느껴지지 않는 것이었다.

여행은 유목적(遊牧的) 삶과는 근본적으로 다르다. 우리는 태어날 때부터 떠도는 숙명을 지녔지만 대부분의 사람들이 그 숙명을 거부하고 한곳에 정착하기를 원한다. 정착하면 다시 떠나기를 원하지만 말이다. 정착을 포기하지 않고 떠나는 마음을 경험하고 싶은 사람들이 항용 선택하는 것이 여행이다. 여행은 늘 돌아옴을 전제로 하여 시작된다. 돌아오는 것을 전제로 하는 여행은 시간이 흐를수록 우리를 지루하게 만든다.

돌아올 것을 기약하지 않는 여행이라야 모든 관습을 거부하는 유목적 사유를 만든다. 그런 사유를 이루려면 내 삶의 관성에서 벗어나려는 엄청난 용기가 필요하다. 게으른 여행꾼이 되기도 어렵지만, 돌아오지 않는 여행을 시도하는 사람의 용기 또한 얻기 어렵다.

1_『전당시』(권56)에 2수로 된 연작시로 수록되었는데, 그중 제1수임.

2_범범(汎汎): 물이 흘러가는 모양을 표현하는 말. '泛泛'으로도 씀.

3_비비(飛飛): 먼지 같은 것이 날리는 모습을 표현하는 말.

19_ 왕발,
산속에서〔山中〕

長江悲已滯
萬里念將歸
況屬高風¹晚²
山山黃葉飛

장강에서 너무 머문 것 슬퍼하며
만리 밖에서 고향으로 돌아가고 싶은 생각뿐.
하물며 가을바람으로 올해도 저물어
온 산에 누런 낙엽 날리고 있음에랴.

집에서 멀리 떨어져 객지생활을 하는 사람에게 고향이란 늘 그리운 곳이다. 고향은 멀고, 떠도는 삶은 끝이 보이지 않는다. 여유 없는 마음에는 초조함이 가득한데, 어느새 온 산에는 누런 낙엽이 날린다. 이렇게 또 한 해가 저물어간다. 가을바람은 높고 해는 기우는데, 올해도 돌아갈 기약 없다.

쉬지 않고 흘러가는 강물과 지금 이곳을 떠날 수 없는 작자 자신, 언제든지 고향을 오갈 수 있는 혼과 고향을 그리워할 뿐 가지 못하는 육신의 대비가 그의 슬픔을 더해준다. 그 간극이 크면 클수록 그리움 또한 깊어간다. 바로 그 순간, 온 산을 뒤덮으며 날리는 낙엽들이 스러져가는 세월을 적나라하게 보여준다.

어찌 보면 우리 인생도 저러하지 않겠는가. 죽을 때까지 누군가를, 무언가를 그리워하면서 살아가는 것이 인생 아닐까 싶기도 하다.

1_高風: 높이 부는 바람. 가을바람을 지칭함.

2_晚: 저문다는 뜻. 하루가 저무는 것도 '晚'이지만, 여기서는 한 해가 저물어가는 것으로 보아 그렇게 번역을 했다. 고향을 그리워하며 지내다보니 어느새 한 해가 갔다는 의미로 읽히기 때문이다.

20_ 왕발,
이십사에게 주는 시〔贈李十四[1]〕

亂竹開三逕[2]
飛花滿四隣[3]
從來揚子[4]宅
別有尙玄人

어지러운 대숲으로 세 갈래 길 나 있는데
날리는 꽃잎은 온천지에 가득하다.
원래 양자의 집에는
특별히 현담 숭상하는 사람이 있나니.

온천지 가득 꽃잎 날리는 봄날, 세상을 벗어나 은거하고 있는 사람의 생활을 포착했다. '이십사(李十四)'의 삶이 마치 세속의 영리를 벗어나 담박하고 현묘한 담론을 즐겼던 양웅의 삶에 비견된다고 했다.

세상이 어지러울수록 우리의 마음은 번우한 일에서 벗어나 고요하고 아름다운 곳을 찾게 된다. 그렇게 사는 것을 누가 마다하겠는가마는, 추악한 현실을 외면하지 않으려는 다짐과 이상향을 찾는 마음, 그 사이에서 갈등하느라 세월이 간다.

1_이십사(李十四): 이씨 가문의 열넷째 아들이라는 뜻. 총 4수로 된 연작시 중 제3수임.

2_삼경(三逕): 한나라 장후(蔣詡)가 벼슬을 그만두고 고향으로 돌아가 가시나무로 문을 막고 세 갈래 길만 남겨두었는데, 오직 구중(求仲)과 양중(羊仲)만이 드나들 수 있었다고 함. 이후 '삼경'은 은거자의 원림을 지칭하게 되었음.

3_사린(四隣): 사방에 함께 살아가는 모든 이웃.

4_양자(揚子): 한나라 때의 양웅(揚雄)을 말함. 세속의 영리를 추구하지 않고 담박한 생활을 즐기며 노장에 대한 깊은 담론과 저술에 나섰음.

21_ 왕발,
보안현 건음에서 벽에 쓰다
〔普安 ¹建陰題壁〕

江漢²深無極
梁岷³不可攀
山川雲霧裏
遊子⁴幾時還

장강과 한수는 끝없이 깊고
양산과 민산은 오를 수 없어.
산천은 구름과 안개 속에 있는데
집 떠난 이는 언제나 돌아오려나.

작중 화자는 집을 나가 떠도는 사람을 그리워하면서, 그이가 언제나 돌아올까를 묻는다. 그러나 정작 이 글을 쓴 왕발은 만리타향을 떠도는 자신이 언제나 고향집으로 돌아갈 수 있을까를 늘 생각한다. 당시 왕발은 당 고종(唐高宗)에게 미움을 받아 촉 지방으로 쫓겨나 떠도는 신세였다. 세상의 질타를 온몸에 짊어지고 타향을 떠도는 사람의 마음이 저 물음 속에 오롯이 담겨 있다.

1_보안(普安): 사천성에 있던 고을. 군(郡), 현(縣), 진(鎭) 등으로 여러 차례 바뀌어 편제되기도 했음.

2_강한(江漢): 장강(長江)과 한수(漢水).

3_양민(梁岷): 양산(梁山, 지금의 섬서성에 있는 산)과 민산(岷山, 사천성 북쪽에 있는 산. 장강과 황하의 분수령이 되는 곳). 모두 촉(蜀) 지역을 지칭함.

4_유자(遊子): 집을 떠나 떠도는 사람.

22_ 노조린(盧照鄰),
  옥청관에 올라〔登玉淸¹〕

絶頂橫臨日
孤峰半倚天
裴回²拜眞老³
萬里見風煙

산꼭대기는 비스듬히 해에 닿아 있고
외로운 봉우리는 반쯤 하늘에 기댔다.
서성거리다 진인(眞人)에게 배례하고
만리에 바람과 안개를 바라보노라.

세상이 어지러울수록 마음은 세상과 멀어진다. 산봉우리는 태양에 닿을 듯('臨'을 쓴 것은 봉우리가 하늘을 쳐다본다는 느낌보다는 굽어본다는 느낌을 준다. 거기에는 봉우리의 높이를 강조하려는 의도가 들어 있을 것이다), 혹은 하늘에 기댄 듯 솟아 있고, 그 위에 도교 수행처가 있다. 그것은 인간 세상과 멀리 떨어진 깊은 산속이라는 의미이기도 하지만 작자 자신의 드높은 정신 경계를 보여주는 것이기도 하다.

그는 도관 주변을 서성거리며 무슨 생각을 했을까? 그의 발걸음에는 속세와 비속세 사이의 수많은 갈등이 숨어 있는 것은 아닐까. 진인에게 절을 하고 나와서 바라보는 저 산 아래는 바람과 안개로 가득하다. 그의 마음이 맑은 마음으로 속세를 향할 것인지, 아니면 바람과 안개 가득한 세상을 벗어나 지금 이곳에 머물 것인지, 독자로서는 알 길이 없다. 만리에 펼쳐진 저 바람과 안개 바다를 바라보는 작자의 시선이 우리의 마음속에 많은 상상을 불러일으키는 것만은 분명하다.

1_옥청(玉淸): 도교에서 말하는 삼청(三淸)의 하나. 여기서는 도관(道觀)에 있는 건물을 말함.

2_배회(裵回): 서성거리다. '배회(徘徊)'와 같은 뜻.

3_진로(眞老): 도교 수행을 하는 사람. 나이 많은 진인(眞人).

23_ 노조린, 곡지의 연꽃〔曲池荷〕

浮香繞曲岸
圓影覆華池
常恐秋風早
飄零君不知

떠도는 향기는 굽이진 언덕을 감돌고
둥근 그림자는 화사한 연못을 뒤덮었다.
언제나 걱정하나니, 가을바람 일찍 불어
그대 모르는 사이에 꽃이 져버릴 것을.

주변을 떠돌던 향기와 연못을 화려하게 수놓던 꽃도 언젠가는 사라질 것이다. 세상에 영원한 것이 어디 있으랴. 세월이 흐르면 흔적도 남기지 않고 사라지는 것이 삼라만상의 숙명이다.

모든 사물은 자신만의 향기와 모습을 지니고 있고, 그 나름의 시간을 지속한다. 붉은 동백꽃은 그 나름의 시간을 즐기면서 빛을 뿜내고, 국화는 자신의 시간을 즐기면서 늦가을의 풍치를 더한다. 그렇지만 세상 모든 것이 어찌 순리대로 흘러가는 것이겠는가. 어떤 때는 붉게 피어 있는 꽃보다는 너무 일찍 떨어진 낙화에 눈길이 더 간다. 자신만의 시간을 온전히 즐기지 못하고 일찍 스러진 꽃에 대한 아쉬움 때문이다.

사람도 마찬가지여서, 저마다의 시간이 있음에도 불구하고 자신의 재능을 꽃피워보지 못한 채 일찍 스러진 사람이 안타깝고 그리워지기 마련이다. 연꽃이 나도 모르는 사이에 이른 가을바람에 떨어지는 것이 두렵듯이, 때를 만나지 못해 자신의 재능을 꽃피워보지도 못하고 스러지지나 않을까 하는 두려움이 우리 마음속에는 늘 있는 법이다. 닥쳐올 운명의 결과를 알지 못하기에 우리는 늘 지금 이 시간을 조심스럽게 살아가는 것이 아닐까.

24_ 노조린,
물결에 몸을 씻는 새〔浴浪鳥〕

獨舞依磐石
群飛動輕浪
奮迅碧沙前
長懷白雲上

홀로 춤을 출 때는 너럭바위에 의지하고
무리 지어 날 때는 가벼운 물결 일렁인다.
푸른 모래 앞을 재빠르게 날면서도
흰구름 위를 길이 생각한다네.

누구에게나 꿈이 있다. 가슴 깊은 곳에 간직한 채 쉽사리 꺼내놓지는 못하지만, 그 꿈을 생각할 때면 늘 가슴이 뛴다. 나를 보는 사람들은 겉으로 보이는 다양한 모습을 보고 비난하거나 칭찬하지만, 그런 모습으로는 도저히 보여줄 수 없는 원대한 꿈이 있다. 구름 너머 드넓은 하늘을 꿈꾸는 저 물가의 새처럼.

25_ 낙빈왕(駱賓王),
    군중에서 성루에 올라〔在軍登城樓〕

城上風威冷
江中水氣寒
戎衣[1]何日定
歌舞入長安

성 위에는 바람 위세 싸늘하고
강 속에는 물기운 차갑다.
전쟁은 언제나 끝나서
노래하고 춤추면서 장안으로 들어갈까.

전쟁이 이렇게 길어질 줄 어찌 알았으랴. 성 위로는 싸늘한 바람이 불고 저편 강에서는 물기운이 차갑게 밀려든다. 벌써 한 해가 저물어간다. 이제는 겨울이 코앞이다. 여전히 전쟁이 끝날 기미는 보이지 않으니 승리의 노래를 부르며 장안으로 돌아갈 날도 요원하다.

늦가을의 한랭한 분위기가 강해지면 강해질수록 장안을 향한 그리움도 더해간다. 장안으로 언제쯤이나 돌아갈까 하고 묻는 작자의 마음속에서는 절망적 현실과 아련한 희망이 교차하고 있다.

우리의 삶도 이와 같은 게 아닐까. 생각해보면, 우리 삶은 늘 절망과 희망의 교차점을 아슬아슬하게 지나고 있는 것이나 다름없으니.

1_융의(戎衣): 군복. 전쟁과 관련된 일. 여기서는 전쟁을 의미함.

26_ 낙빈왕,
역수에서의 송별〔易水¹送別〕

此地別燕丹
壯士髮衝冠
昔時人已沒
今日水猶寒

이곳에서 연나라 태자 단과 이별하매
장사의 머리카락이 갓을 찔렀지.
옛날 사람은 이미 사라졌어도
오늘날 물은 여전히 차갑다.

형가는 자객의 대명사로 알려진 인물이다. 그는 원래 제나라 사람으로 전하지만, 천하를 두루 떠돌아다니다가 연나라에 정착하여 살았다. 그의 인물됨을 알아본 연나라의 태자 단(丹)은 그를 극진히 우대하여 친해진 뒤 진왕(秦王) 정(政)을 암살해달라고 부탁한다. 진왕 정은 훗날 진시황(秦始皇)으로 등극하는 사람이다.

그러한 부탁에 형가는 번어기(樊於期)의 목과 연나라 독항(督亢) 지역의 지도를 요구한다. 번어기는 진나라 장군이었지만 반역을 일으켰다가 연나라로 망명한 사람이었고 독항은 연나라의 요지였으므로 모두 진왕의 관심을 끌기에 충분했다. 이 말을 들은 번어기는 즉시 자신의 목을 찔러 자결함으로써 그 조건을 충족시켜주었고, 단은 독항 지역의 지도를 마련해준다. 거기에 더해서 태자 단은 용맹하기 그지없는 진무양(秦舞陽)을 딸려 보내기로 한다.

드디어 형가가 진나라를 향해 출발하는 날이 되었다. 역수 가에서 태자 단과 이별하는 형가는 이곳에서 축(筑)을 꺼내 연주하면서 노래를 불렀다. 이 노래가 바로 널리 알려진 역수가(易水歌) 혹은 장사가(壯士歌)로 불리는 그것이다. "바람 쓸쓸함이여 역수는 차가운데, 장사가 한번 떠나감이여 다시는 돌아오지 못하리(風蕭蕭兮易水寒, 壯士一去兮不復還)."

이 노래가 얼마나 비분강개했던지 그 자리에 있던 사람들의 머리카락이 쭈뼛 서서 쓰고 있던 관을 찔렀다고 한다. 그의 암살은 결국 실패로 돌아가고, 분노한 진왕은 연나라를 침공하여 멸망시킨다. 결국 이 사건을 계기로 진왕은 천하 정벌의 길로 나서서 마침내 진시황이 된다.

성공하든 실패하든 한번 가면 다시는 돌아오지 못하리라는 것을 형가는 알고 있었다. 천하를 위한 그의 의기(義氣)가 세월을 넘어 우리에게 감동을 준다. 비록 사람은 사라졌어도 역수의 차가운 물은 마치 그의 추상같은 절의를 그대로 간직한 듯하다.

1_역수(易水): 하북성 서쪽에 있는 강 이름. 역현(易縣) 경계에서 발원하여 거마하(拒馬河)로 흘러들어감.

27_ 낙빈왕,
초승달을 구경하며〔玩初月〕[1]

忌滿光恒[2]缺
乘昏影暫流
自[3]能明似鏡
何用曲如鉤

가득차는 것을 꺼려서 빛은 늘 이지러졌고
어둠을 타고 그림자 잠시 흐른다.
이미 거울처럼 밝힐 능력 있는데
어찌하여 갈고리처럼 굽어 있는가.

가득차면 빠지기 시작하고, 가장 높은 곳에 오르는 순간 내려가야만 한다. 그게 세상 이치다. 둥글게 빛날 수 있지만 갈고리처럼 굽혀서 자신의 능력을 숨기는 것도 필요하다. 세상은 늘 우리에게 최선을 다해서 자신의 능력을 보이라고 요구하지만, 우리는 늘 뜻밖의 상황에 대비하여 약간의 실력을 숨기고 있는 편이 낫다.

1_작자가 '심전기(沈全期)'라고 표기된 곳도 있음.

2_恒: '先'으로 된 판본도 있음.

3_自: '旣'로 된 판본도 있음.

28_ 양형(楊炯),
밤에 조종을 전송하며〔夜送趙縱¹〕

趙氏連城璧²
由來天下傳
送君還舊府³
明月滿⁴前川

조씨의 연성벽은
원래 천하에 그 이름 전하던 것.
고향으로 돌아가는 그대 보내려니
밝은 달이 앞 시내에 가득하여라.

세상에는 뛰어난 고수가 곳곳에 숨어 있다. 아니, 숨어 있다기보다는 어디에나 있는데 우리가 그들을 알아보지 못한다. 자신의 능력을 펼쳐보고 싶지만 그것도 쉽지 않다. 누군가가 조금만 손을 잡아주기만 해도 훌쩍 날아오를 수 있을 텐데, 그 손을 잡아줄 사람은 보이지 않는다. 자신의 능력이 뛰어난 사람일수록 이런 순간에 느끼는 절망감은 깊다.

좋은 사람을 알아보는 사람이 없는 것은 아니다. 다만 그의 손을 잡아줄 능력이 없을 뿐이다. 그렇게 서로를 알아보지만 도움이 되지 못하니 그저 안타까운 마음만 가득하다. 좋은 사람이 뜻을 얻지 못하고 결국 고향으로 돌아간다. 저렇게 뜻이 꺾인 채 고향으로 돌아간다면 언제 다시 볼 수 있을지, 그의 재능을 발휘할 기회를 얻게 될지 알 수 없다.

술잔을 마주하고 앉은 자리, 무슨 말을 할 것인가. 그를 보내는 자리에 밝은 달만 시내에 가득하다. 어떤 소리도 들리지 않고 밝은 달만 휘영청 떠 있는 이 자리의 적막함은 단순히 그들을 둘러싼 풍경만이 아니다. 두 사람의 마음도 저렇게 적막하지 않겠는가.

1_조종(趙縱): 양형의 친구라고 하는데, 자세한 이력은 전하지 않음.

2_조씨연성벽(趙氏連城璧): 전국시대 조(趙)나라는 화씨벽(和氏璧)이라는 구슬

을 얻었는데, 진(秦)나라 소양왕(昭陽王)이 그 사실을 알고 거짓으로 15개의 성과 바꾸자는 제안을 하며 빼앗으려 한다. 그래서 화씨벽을 연성벽(連城璧)이라고도 한다. 여기서는 조종의 뛰어난 능력을 비유하는 소재로 사용되었다. 조금 첨언하자면, 저 화씨벽을 15개의 성과 바꾸자는 진왕의 제안을 거부하지 못한 조나라는 결국 인상여(藺相如)를 사신으로 보낸다. 인상여는 그 구슬을 그냥 빼앗으려는 진왕의 계략을 물리치고 다시 화씨벽을 무사히 조나라로 가져오게 되는데, 여기서 나온 말이 바로 '완벽(完璧)'이다.(『사기(史記)』「인상여열전(藺相如列傳)」)

3_구부(舊府): 조나라의 옛 땅. 여기서는 조종의 고향인 산서(山西) 지역을 지칭함.

4_滿: '照(조)'로 되어 있는 곳도 있음.

29_ 진자앙(陳子昂),
교시어[1]에게 주다〔贈喬侍御〕[2]

漢庭榮巧宦[3]
雲閣[4]薄邊功
可憐驄馬使[5]
白首爲誰雄

한나라 조정에선 교활한 관리가 영화를 누렸고
운각에선 변방의 공적을 박대하였다.
가련해라, 저 총마사는
흰머리 되도록 누구를 위해 큰 공 세웠나?

약삭빠른 사람들이 부귀를 얻고 시류를 잘 읽는 사람들이 영화를 누리는 세상. 정직함과 이성적 사유로 살아가는 사람들이 늘 불이익 앞에 놓이는 세상. 이런 세상이야말로 우리가 배척해야 한다고 주장하면서도 어쩌지 못하고 지켜보며 살아가는 세상. 중생들의 삶이 원체 그런 것이라고 자위를 해도 마음 한켠에는 늘 부끄러움이 자리하고 있는 것은, 내가 그렇게 살지 못하기 때문이다.

백발이 되도록 평생을 변방의 전쟁터에서 목숨을 걸었지만 그 공적은 왕 주변에서 종이 쪼가리나 만지는 문신들 차지다. 도대체 그는 누구를 위해 그렇게 치열한 전투로 살아왔던 것일까. 사직(社稷)을 지키기 위해, 황제를 보위하기 위해, 혹은 백성들을 위해 싸웠노라고 하지만 그에게 남은 것은 흰머리뿐이다.

삶의 황혼에서 자신의 삶을 돌아보면 늘 회한의 눈물이 흐르는 것은 아마도 인생의 열정에 대한 보상은커녕 그 진심을 알아주는 사람 하나 없는 무심하고 더러운 세상 탓이 아닐까.

1_교시어(喬侍御): 진자앙의 벗. 시어(侍御)는 관직 이름.

2_『전당시』에는 이 작품의 제목이 「題祀山烽樹贈喬十二侍御」라고 되어 있음.

3_교환(巧宦): 청탁을 해서 이익을 도모하고 아첨을 잘하는 관리.

4_운각(雲閣): 운대(雲臺)와 기린각(麒麟閣). 운대는 한나라 명제(明帝) 때 공신

을 추모하기 위해 초상을 그려서 걸던 곳이고, 기린각은 한나라 선제(宣帝) 때 곽광(霍光)을 비롯한 11명의 공신의 초상을 걸었던 곳. 모두 큰 공을 세운 공신과 장수의 초상을 걸어서 국가적으로 표창했던 곳임.

5_총마사(驄馬使): 총마어사(驄馬御史), 어사(御史)를 지칭함. 동한(東漢) 때 환전(桓典)이 어사에 임명되어 일을 처리할 때 매우 공정하고 정직하게 해서 아랫사람들이 두려워했다고 함. 그는 늘 청백색의 청총마를 타고 다녔기 때문에 총마어사로 불렸다고 함. 이후 어사를 총마어사 혹은 총마사로 부르게 되었음.

30_ 심전기(沈佺期),
감옥 속의 제비〔獄中燕〕[1]

拾[2]蕊嫌叢棘[3]
銜泥[4]怯死灰
不如黃雀[5]語
能雪冶長[6]猜

꽃을 주우려니 가시덤불이 밉고
진흙 머금으려니 싸늘한 재가 무서워라.
차라리 황작이 말을 해서
공야장의 의심을 풀어주는 게 낫겠지.

인정할 수는 없지만 주변 정황 때문에 죄를 뒤집어쓸 때가 있다. 가슴은 답답하고 전망은 보이지 않는다. 무수한 상념이 스쳐지나간다. 지금 이 순간을 인정하고 싶지 않다. 무슨 말을 해도 믿어주는 사람 하나 없는 상황이다. 누군가가 나를 위해 이 억울한 심정을 드러내줄 수만 있다면 얼마나 좋겠는가.

그렇지만 어디에도 희망은 보이지 않는다. 내 억울함을 호소해줄 제비는 어디에 있는가.

1_『전당시』(권96)에 의하면 「함께 갇혀 있는 사람이 감옥에 제비가 없는 것을 탄식하다(同獄者歎獄中無燕)」라는 제목의 칠언율시임.

2_拾:『전당시』에는 '食'으로 되어 있음.

3_총극(叢棘): 가시덤불. 중죄인의 경우에 집을 가시덤불로 둘러싸서 출입을 하지 못하게 했으므로, 여기서는 감옥을 의미함.

4_함니(銜泥): 제비가 진흙을 머금는다는 뜻으로, 제비가 진흙을 물어서 집을 짓는 것을 말함.

5_황작(黃雀): '황작(黃爵)'으로도 씀. 수놈은 엷은 황록색의 몸에 배 부위가 하얗고, 암놈은 엷은 황색의 몸에 암갈색 줄무늬가 살짝 있음. 소리가 맑고 가벼워서 관상용으로 많이 기름.

6_야장(冶長): 공자의 제자 공야장(公冶長)을 지칭함. 공야장은 『춘추(春秋)』에 의하면 제(齊)나라 사람(노魯나라 사람이라고도 함)으로, 이름은 장(長)이고 자는 야장(冶長). 공자는 공야장이 감옥에 갇혀 있을 때, 비록 감옥에 있지만 그가 죄를 지은 것은 아니었다고 하면서 사위로 삼을 만하다고 칭찬하였음. 심전기가 이 작품에서 공야장을 언급한 것은 자신이 비록 감옥에 있지만 죄를 지어서 갇힌 것은 아니라는 점을 드러내기 위함임.

31_ 왕적(王適),
강가의 매화〔江濱梅〕

忽見寒梅[1]樹
開花漢水濱
不知春色早
疑是弄珠人[2]

홀연 매화나무를 보니
한수 가에서 꽃이 피었다.
봄빛이 일찌감치 온 건 알지 못하고
구슬 가지고 노는 사람인 줄 의심하였지.

늘 계절은 순식간에 바뀐다. 그 변화의 조짐은 조금씩 드러났겠지만 중생의 삶이 그런 미묘한 변화를 눈치챌 정도로 밝지 못하다. 바쁜 생활에 쫓겨서 허겁지겁 살아가다가, 약간의 짬이 있을 때 숨을 내쉬며 눈을 돌려보면 어느새 계절이 바뀌어 있는 것을 알아차린다.

추운 겨울을 견디느라 우리의 삶은 얼마나 팍팍했을 것이며, 우리의 어깨는 얼마나 움츠러들었겠는가. 그렇게 옹송그리면서 종종걸음으로 살아가다가 문득 고개를 들어보니 강가에 있는 매화가 빛난다. 겨울이 한껏 깊어졌을 때 봄빛이 일찌감치 그 속에서 싹트고 매화를 피워낸 것이다. 눈을 의심하면서 혹시나 누군가가 강가에 서서 구슬을 가지고 노는 것은 아닌지, 선녀가 잠시 이 땅에 내려와 노니는 것은 아닌지 의심한다.

우리 눈에는 '홀연' 꽃이 피어난 것이지만 어느새 봄빛은 겨울의 심장을 뚫고 '일찌감치' 우리 곁에 와 있는 것이다.

1_한매(寒梅): 매화나무. 매화는 겨울을 이기고 꽃을 피우기 때문에 '寒'을 붙임.

2_농주인(弄珠人): 구슬을 가지고 노는 사람. 선녀를 지칭하기도 함. 『열선전(列仙傳)』에 의하면, 정교보(鄭交甫)가 한수 부근에서 노닐 때 우연히 두 여인을 만났는데, 모두 화려한 옷에 계란 정도의 큰 명주(明珠)를 패용하고 있었으나 그는 여인들이 신선인 것을 몰랐다고 하는 기록이 있음.

32_ 위승경(韋承慶),
남쪽으로 떠나가며 아우와 이별하다
〔南行別弟〕

澹澹[1]長江水
悠悠遠客[2]情
落花相與恨
到地一無聲

일렁이는 장강의 물
아득히 이어지는 나그네 마음.
떨어지는 꽃들 서로 한스러운지
땅에 떨어져도 소리 하나 없어라.

이제 돌아서면 사랑하는 아우와도 이별이다. 남쪽 하늘은 아득한데 다시 만날 기약을 할 길이 없다. 자신을 '원객(遠客)'이라고 했으니 소식이 제대로 가닿지 않을 정도로 멀리 떨어진 곳으로 떠나는 길이다. 강물이 출렁거리는 모양을 표현하는 '담담(澹澹)'이나 아련히 이어지는 모양을 표현하는 '유유(悠悠)'를 통해서 작자의 마음 상태가 어떤지를 은근히 드러낸다.

여기에 못지않게 가슴 아픈 것은 뒤의 두 구절이다. 한 시절을 아름답게 장식하던 꽃들도 계절의 변화와 함께 떨어져 사라지는 것은 당연한 일이다. 그러나 슬픔이 깊으면 어떤 표현도 할 수 없듯이, 떨어지는 꽃들의 슬픔도 내부로 깊이 스며들어 드러낼 길이 없다. 땅에 떨어지면서도 소리가 전혀 없다.

아우와 헤어지면서 가슴에 담고 있는 슬픔이 얼마나 깊은지를 작자는 주변의 경관을 보여줌으로써 우리에게 보여주고 있다. 눈물도 한숨도 통곡도 없지만, 읽으면 읽을수록 작자의 슬픔에 깊이 공감하게 된다.

1_담담(澹澹): 강물이 일렁이는 모양.
2_원객(遠客): 집을 떠나 먼 곳에 있는 사람 혹은 멀리 가는 사람. 여기서는 작자 자신을 지칭함.

33_ 위승경,
기러기를 노래함〔詠雁〕

萬里人南去
三春[1]雁北飛
不知何歲月
得與爾[2]同歸

만리 밖 남쪽으로 떠나가는 길
한봄에 기러기는 북으로 난다.
모르겠구나, 어느 세월에
너와 함께 집으로 돌아갈는지.

고향을 떠나 떠도는 사람이라면 고향 쪽으로 향하는 것만 보아도 가슴이 설렌다. 땅도 낯설고 사람도 낯설고 기후까지 낯선 만리 밖 타향에서 살아가는 사람이라면, 더욱이 그가 귀양바치라면, 북쪽을 향해 날아가는 기러기가 얼마나 부러울까.

이 작품은 위경승이 남쪽으로 귀양을 갈 때 지은 것이라고 한다. 그가 남쪽 귀양지에서 지은 것인지 혹은 귀양지로 가는 도중에 지은 것인지 확실하지는 않다. 그러나 북으로 날아가는 기러기와 함께 자신도 북쪽 고향으로 갈 수 있는 날이 언제일지 아득하기만 하다. 부러움의 깊이만큼이나 고향과의 거리 역시 깊고도 멀다. 언제나 돌아갈까 하는 저 물음 속에는 그의 절망이 깊이 스며 있다.

1_春: '秋'로 되어 있는 곳도 있음.
2_爾: '汝'로 되어 있는 곳도 있음.

34_ 일곱 살 난 여자아이, 오빠를 보내며〔送兄〕[1]

別路雲初起
離亭[2]葉正飛[3]
所嗟人異雁
不作一行歸[4]

이별 길에 구름 막 일어나고
헤어지는 정자엔 나뭇잎 한창 날린다.
아! 사람은 기러기와 달라서
한 줄로 돌아가지 못하나니.

내리던 비가 그치면서 구름이 피어오르기 시작한다. 바람이 불기 시작하더니 나뭇잎도 날린다. 이제 헤어져야 할 시간이다. 먼 곳으로 부임하는 오빠를 보내는 자리다. 평생 내 옆을 지켜줄 것만 같았던 오빠는 이제 내 곁을 떠난다. 언젠가는 돌아오겠지만, 지금 이 자리의 이별이 내 마음을 안타깝게 한다.

형제가 함께 외출할 때 형은 앞에 서고 동생은 뒤에 서서 걷는다. 이것이 마치 기러기가 줄을 지어 가는 것과 같다고 해서 '안항(雁行)'이라고 한다. 그러나 말만 그렇게 붙일 뿐 기러기처럼 줄지어 집으로 돌아가지 못하는 것이 어린 오누이의 현실이다. 비가 그치고 구름이 막 피어오르는 때, 나뭇잎이 어지러이 한창 날리는 때, 바로 어린 오누이가 헤어져야 할 때다.

1_『전당시』 협주에 의하면, 이 작품은 오빠를 보내는 시를 지으라는 측천무후(則天武后)의 명에 따라 그 자리에서 바로 지었다고 함.

2_이정(離亭): 옛날 역로(驛路)에 5리와 10리마다 지어놓았던 정자.

3_飛: '稀'로 되어 있는 곳도 있음.

4_歸: '飛'로 되어 있는 곳도 있음.

35_ 강총(江總),[1]
9일 강령이 장안에서 양주로 돌아가는 날에 짓다〔江令於長安歸揚州九日賦〕

心逐南雲逝

身[2]隨北雁來

故鄉籬下菊

今日幾花開

마음은 남쪽 구름 따라 흘러가고

몸은 북쪽 기러기를 따라온다.

고향집 울 밑 국화는

오늘 몇 송이나 피었을까?

장안에서 오랫동안 살다가 양주 땅으로 돌아가는 길이다. 닿지 못한 땅은 늘 그리움 속에서만 존재하는 법, 아직 고향에 닿지 못한 작자의 마음은 그리움과 설렘으로 가득하다. 고향으로 가는 길에 9월 9일 등고절(登高節)을 맞았다. 고향의 부모형제들과 높은 곳에 올라 술잔이라도 기울여야 하겠지만, 작자는 지금 타향을 떠돌고 있다. 그나마 다행인 것은 고향을 향해 발걸음을 옮기고 있다는 사실이다.

남쪽으로 흘러가는 구름을 따라 작자의 마음도 흘러가고, 북에서 내려오는 기러기를 따라 자신의 몸도 함께 간다. 대구도 멋지지만, 이 작품의 절창은 역시 뒤의 두 구절이다. 고향을 떠나올 때 울타리 밑에 자라고 있던 국화, 고향으로 돌아가는 지금 그 국화가 생각난 것이다. 더욱이 9월 9일이 아닌가. 고향에 있었더라면 여러 사람들과 술잔에 국화를 띄워 마시면서 즐겁게 지내고 있을 것이었다. 그 국화가 지금 몇 송이나 피었을까 하는 물음 속에는 고향으로 돌아가는 사람의 설렘이 물씬 묻어 있다.

1_이 작품의 작자는 남조(南朝) 진(陳)나라의 강총(江總)으로 널리 알려져 있으며, 강총의 문집에도 수록되어 있음. 제목 역시 강총의 「장안에서 양주로 돌아가면서 9월 9일 미산정에서 짓다〔於長安歸還揚州, 九月九日行薇山亭賦韻〕」로 되어 있음. 강총이 만년에 장안에서 고향인 양주로 돌아가는 도중 산동(山東)

미산현(薇山縣)에 있는 미산정에 올라 지은 것으로 알려져 있음. 『오언당음』에
서는 허경종(許敬宗)으로 표기되어 있지만, 위의 기록에 따라 강총으로 표기하
였음.

2_身: '形'으로 되어 있는 곳도 많지만, 뜻은 같음.

36~37_ 이교(李嶠),
추석 달〔中秋月〕 2수

盈缺青冥外
東風萬古吹
何人種丹桂
不長出輪枝

圓魄上寒空
皆言四海同
安知千里外
不有雨兼風

차고 기우는 달 푸른 하늘 밖에 떠 있고
동풍은 만고에 불어온다.
그 누가 붉은 계수나무를 심었는지
둥근 달 밖으로 가지가 뻗지 않네.

둥근 혼백 찬 하늘로 솟아오르니
모두들 온 세상이 같다고 한다.
어찌 알겠는가, 천리 밖에는
비바람 치지 않으리라는 것을.

오랜 세월 동안 달은 차고 기울기를 반복해왔다. 저 달 속에는 계수나무가 자란다고들 한다. 아름다운 전설과 함께 달을 보는 사람들과 달리, 작자는 문득 의문을 표한다. 달 속의 계수나무는 도대체 누가 심었을까. 오랜 세월이 흘렀는데도 왜 계수나무 가지는 둥근 달 밖으로 자라나지 않는 것일까?

제2수에서도 의문을 제기한다. 둥근 달이 떠오르면 사람들은 온 세상 사람들이 똑같이 저 달을 보면서 달빛의 세례를 받을 것이라고 생각한다. 그러나 저 달을 보는 것은 지금 여기 있는 우리뿐, 다른 동네에는 비바람이 불어서 달을 볼 수 없으리라는 점을 생각하지 못한다.

늘 관습적으로 떠올리는 생각에 삐딱한 질문을 던지는 일이 필요할 때가 있다. 습관적으로 살아가는 내 삶에도 슬쩍 딴지를 걸어볼 필요가 있다.

38_ 곽진(郭震),[1]
자야춘가(子夜春歌)

陌頭楊柳枝

已被春風吹

妾心正斷絶

君懷那得知

거리에 버드나무 가지

벌써 봄바람에 흔들립니다.

제 마음 한창 끊어지는데

그대 마음 어떻게 알 수 있을까요?

봄바람이 불면 만물이 살아나고 온갖 꽃이 피어난다. 사람의 마음도 부드러워지는 봄이다. 그러나 임은 소식이 없고 내 마음은 끊어지는 듯 아프다. 창밖으로 보이는 버드나무는 봄바람을 만나 하늘거리는데, 방안의 나는 여전히 겨울이다. 그대 마음을 어떻게 알 수 있겠느냐고 묻는 여인의 얼굴이 눈에 선하다.

이 작품은 원래 「자야사시가(子夜四時歌)」라는 제목으로 된 6수의 연작시다. 봄 2수, 가을 2수, 겨울 2수로 되어 있다. 위의 시는 그중 춘가(春歌) 제2수다.

1920년대 민요시의 대표 작가이자 김소월의 오산학교 스승으로도 널리 알려진 안서(岸曙) 김억(金億, 1896~?)은 그의 한시 번역집 『망우초(忘憂草)』(1934)에서 이 작품을 이렇게 번역했다. 번역도 절창이다.

하늘하늘 봄바람 버들과 노네.
야속다, 님의 맘을 난 모르겠네.

1_『당음』에는 작자의 이름이 '郭振'으로 잘못 표기되어 있음. 이 작품의 작자는 곽진(郭震)으로, 자는 원진(元振)임.

39_ 설직(薛稷),
가을 아침에 거울을 보며[秋朝覽鏡]

客心驚落木
夜坐聽秋風
朝日看容鬢
生涯在鏡中

떨어지는 잎에 나그네 마음 놀라
한밤중에 앉아서 가을바람 소리 듣는다.
아침 되어 얼굴의 살쩍머리 보노라니
이 생애가 거울 속에 있구나.

문득 거울 속의 내 얼굴이 낯설 때가 있다. 매일 보던 얼굴이건만 이상하게도 달라 보인다. 가는 주름도 유난히 선명하고 머리카락도 별나게 희다. 살쩍머리 부분에 희끗한 모습이 보이는가 싶더니 거울 속의 내 모습을 달리 보이게 한다.

세월은 조금씩, 천천히 가는 것이 아니다. 한동안 멈춰 있다가 내가 깨닫지 못하는 사이 한순간에 휙 지나간다. 나는 막 그 순간을 알아차렸다. 세파에 시달리며 정신없이 살아온 나의 한 생애가 저 순간 속에 담겨 있구나.

40_ 정읍(鄭愔),
노란 꾀꼬리를 노래함〔詠黃鶯兒〕

欲囀[1]聲猶澀

將飛羽未調

高風不借便

何處得遷喬

울려고 해도 소리는 여전히 껄끄럽고

날려 해도 깃이 아직 다듬어지지 않았다.

높은 바람은 방편을 빌려주지 않으니

어디서 높은 나무로 옮겨갈 수 있으랴.

아직 소리도 매끄럽지 않고 날개깃도 제대로 자라지 않은 새끼 꾀꼬리다. 마음은 넓은 하늘을 날아서 거센 바람에도 흔들리지 않을 나무로 옮겨가고 싶다. 높은 바람이 불고 있지만 그건 그림의 떡. 그 바람을 맞아서 자신의 작은 몸을 띄울 힘도 기술도 없다. 게다가 날 수 있는 준비도 되지 않았다. 날갯짓 한번 하기도 불가능한 처지다.

이런 내용의 작품은 대개 정치적 비유로 사용된다. 아무런 힘도 없는 자신의 현실과 높은 곳으로 나아가고 싶은 자신의 이상 사이에서 머뭇거리고 괴로워하는 모습이 보인다.

그래도 나는 여전히 저 어린 꾀꼬리가 가엾다.

1_囀: '轉'으로 되어 있는 판본도 많음. 소리를 낸다는 의미로, 같은 뜻임.

41_ 노선(盧僎),
남루에서 바라보다[南樓望]

去國[1]三巴[2]遠
登樓萬里春
傷心江上客
不是故鄉人

고향을 떠나니 삼파는 멀고
누정에 오르니 만리에 봄일세.
마음 아파하는 강가의 나그네들
고향 사람이 아니로구나.

타향을 떠도는 사람들이 타향살이를 늘 자각하고 있는 것은 아니다. 먼길을 가느라 몸이 피곤하고, 사람들 속에서 일상을 만들어가기 때문이다. 그러나 문득 자신이 타향에서 떠돌고 있다는 사실을 깨닫는 순간이 있다. 그 계기는 사람마다 달라서, 혼자 아침을 먹다가 깨닫기도 하고 저녁놀을 바라보며 길을 재촉하다가 깨닫기도 한다.

노선의 시는 그런 점에서 참 흥미롭다. 그는 누정에 올라서 자신이 타향을 떠돌고 있음을 깨닫는다. 그 누정도 호젓한 곳이 아니라 많은 사람들이 오가는, 제법 명승으로 알려진 곳으로 보인다.

강가에 세워진 이 정자에 올라서 주변을 둘러보니 탐승객들이 제법 눈에 띈다. 그런데 그들은 하나같이 아픈 마음을 품고 누정에 오른 모습이다. 무엇 때문에 아픈 마음인지는 모르겠지만, 작자가 보기에는 그들 역시 고향을 떠나 타향을 떠돌아다니는 '나그네'들이다. 그래서 '강가의 나그네'라고 썼다. 그들에게 다가가 말을 걸어보고 싶지만, 둘러보니 아쉽게도 고향 사람이 하나도 없다. 사람은 많지만 고향 사람이 없는 걸 느끼는 순간, 타향에서의 외로움이 엄습한다.

마지막 두 구절, 전구(轉句)와 결구(結句)에 대한 번역을 잠시 언급해둔다. "傷心江上客, 不是故鄕人"의 번역을 "상심이 되는구나 강가의 나그네들, 고향 사람 아닌 것이" 또는

"마음 아프구나 강상의 나그네여, 고향 사람은 아무도 안 보이네"로 하는 경우가 있다. 이렇게 번역을 해도 잘못되었다고 할 수는 없다. 그렇지만 나는 이 번역에 동의하기가 어려웠다. 이 번역에서 '상심'하는 주체가 강가의 나그네인지 혹은 작중 화자 자신인지 명확하게 드러나지 않기 때문이다. 자세히 읽어보면 모호한 면이 있다. 물론 시를 번역하면서 모든 주체를 명확하게 드러내기는 어려울 것이다. 그렇지만 여기서는 '상심'의 주체를 '강가의 나그네'로 명확하게 하는 것이 시를 감상하는 데에 도움이 되는 것 같다. '상심(傷心)'하는 주체를 작중 화자인 '나'로 보는 입장을 취한다면 시의 맥락을 일관되게 해석하기가 난감해진다.

작중 화자 자신도 상심한 상태이긴 하다. 그렇지만 여기서는 '상심'의 주체가 누정에 오른 강가의 나그네들이라야 한다. 작중 화자가 그런 사람들을 둘러보다가 그들의 상심을 알아차리고, 그들 상심한 강가의 나그네들이 자신과 같은 고향 사람이 아닌 사실을 알아차리는 순간 타향을 떠돌고 있는 자신의 처지를 새삼 깨달으면서 외로움이 엄습하는 상황을 묘사한 것으로 보이기 때문이다.

1_국(國): 여기서의 '국'은 당나라 장안(長安)을 지칭함.

2_삼파(三巴): 지금의 중국 사천성 동부 지역. 동한 말기에 이곳을 파(巴), 파동(巴東), 파서(巴西)로 나누어 다스렸으므로 삼파라고 지칭함.

42_ 노선,
길을 가다가 문득 짓다〔途中口號〕[1]

抱玉三朝楚

懷書十上秦

年年洛陽陌

花鳥弄歸人

옥을 안고 세 번이나 초나라에 조회를 했고

글을 품고 열 번이나 진나라에 상소를 했지.

해마다 낙양의 거리에는

꽃과 새가 돌아가는 사람을 희롱하는구나.

초나라에 변화(卞和)라는 사람이 있었다. 그는 어느 날 산속에서 박옥(璞玉)을 얻었다. 좋은 옥을 만들 수 있는, 아직 다듬어지지 않은 옥을 박옥이라고 한다. 그는 이 박옥을 초나라 여왕(厲王)에게 바쳤다. 여왕이 옥을 만드는 사람에게 감정을 해보도록 했는데, 그 사람이 돌이라고 판정을 했다. 여왕은 변화가 자신을 속였다고 생각해서 그의 왼쪽 발꿈치를 잘라버리는 형벌에 처했다. 여왕이 세상을 떠나고 무왕(武王)이 즉위했다. 변화는 다시 그 박옥을 무왕에게 바쳤다. 무왕 역시 옥 만드는 사람에게 감정을 시켰고, 또 돌이라는 판정을 받았다. 이에 무왕도 변화가 자신을 속였다고 생각해서 그의 오른쪽 발꿈치를 잘라버리는 형벌에 처했다. 무왕이 죽고 문왕(文王)이 즉위했다. 화씨는 그 박옥을 가슴에 안고 초산 아래에서 통곡을 하고 있었다. 삼일 밤낮을 계속 통곡하는 바람에 눈에서 피가 흐를 정도였다. 문왕이 그 이야기를 듣고 변화를 불러서 물었다. "세상에는 발꿈치를 베는 월형(刖刑)에 처해진 사람들이 많은데, 어찌하여 그대만 이토록 통곡을 하는가?" 그러자 변화가 대답했다. "월형을 당한 것이 슬퍼서 그러는 것이 아닙니다. 보옥(寶玉)을 돌이라고 지목당한 것이 슬퍼서 우는 것입니다. 올바른 선비에게 '속였다'는 이름을 뒤집어씌우니, 이것이 바로 제가 슬퍼하는 까닭입니다." 이 말을 들은 문왕은 다시 그 박옥을 감정해보도록 했고, 그것이

다듬어지지 않은 뛰어난 옥돌이라는 사실을 알게 되었다. 그 박옥을 잘 다듬어서 마침내 좋은 옥을 얻었는데, 그것을 '화씨지벽(和氏之璧)'이라고 부르게 되었다. 『한비자』에 나오는 고사다.

열 번이나 진나라를 위해 글을 올린 사람이란 소진(蘇秦)을 지칭한다. 소진은 원래 진나라 혜왕(惠王)에게 합종설을 적극 주장하면서 열 번이나 글을 올렸지만 채택되지 못한다. 실의한 그는 진나라를 떠나 다른 여섯 나라 왕들에게 합종(合從)할 것을 주장한다. 그것이 채택되어, 여섯 나라가 연합하여 진나라에 대항하는 전선이 만들어지게 된다.

두 이야기 모두 뛰어난 재주와 능력을 가지고 있지만 발탁되지 못해 자신의 능력을 발휘하지 못하는 불우한 인재를 안타까워하는 내용이다. 낙양 거리의 꽃과 새가 실의에 빠져 돌아가는 과거시험 낙방생들을 비웃으며 희롱하는 것이 세상의 분위기다.

예나 지금이나 수많은 시험이 시행되지만, 요즘처럼 온갖 시험의 홍수에 빠져 허우적거린 적이 있었던가 싶다. 시험은 늘 낙방하는 사람을 만든다. 시험에 떨어졌다고 해서 과연 그 사람의 실력이 부족한 것일까? 낙방생 중에는 분명 차고 넘치는 능력을 갖춘 사람이 있을 것이다. 그들에게 실력 발휘를 할 기회조차 주어지지 않는 사회라면, 분명 그 사회는 큰 문제를 안고 있으리라.

세상의 모든 낙방생들에게 축복 있으라!

1_『전당시』(권99)에는 이 작품의 작자를 '노선'으로 표기하면서도 곽상(郭向)
이라는 설도 있다고 기록하였음. 혹은 당나라 시인 장구령(張九齡)의 작품이라
고 기록된 곳도 있음. 여기서는 『전당시』와 『당음』의 기록을 따라서 '노선'으로
표기하였음. 제목에 들어 있는 '구호(口號)'는 입에서 나오는 대로 지은 작품이
라는 의미임.

43_ 무평일(武平一),
정월 초하루 여러 신하들에게
백엽주를 하사한 것에 받들어
화답하다〔奉和元日賜群臣柏葉〕**¹**

綠葉迎春綠

寒枝歷歲寒

願持柏葉壽

長奉萬年歡

푸른 잎은 봄을 맞아 푸르고

찬 가지는 한 해 지나면서 차갑다.

원컨대 잣나무 잎 같은 목숨으로

길이 만년의 기쁨을 받들 수 있기를.

새해 첫날이면 백엽주를 마시는 풍습이 있었다. 잣나무 잎으로 담근 술이 백엽주다. 이 술을 나누어 마시면서 나쁜 기운을 쫓아내고 무병장수하기를 기원하는 것이다. 임금 역시 여러 신하들에게 백엽주를 하사하면서 시를 주고받았다. 그런 모임에서 지은 작품이다.

늘 푸르던 잎도 봄이 되자 더 푸르러지고, 차가운 겨울 나뭇가지는 한 해를 지나면서 더욱 차갑게 보인다. 새해가 되어 우리의 삶도 더 푸르러지고, 우리가 겪은 세월만큼이나 우리의 삶도 더욱 단단해지기를 빌어본다. 그리하여 잣나무 잎의 숫자처럼 수없이 많은 세월을 살아가면서 만년토록 기쁨을 누리기를 비는 마음이 이 시에는 담겨 있다. 임금에게 올리는 축수(祝壽)라서 무한한 칭송과 축하가 작품에 가득하지만, 그래도 구절 뒤편에 담겨 있는 작가의 눈이 그의 내공을 은근히 보여주는 것도 같다.

1_『전당시』(권102)에는 제목이 「奉和正旦賜宰臣柏葉應制」로 되어 있음. 임금의 명으로 지은 작품이라는 뜻의 '응제'가 덧붙어 있음.

44_ 최식(崔湜),
장안에 들어선 것을 기뻐하며
〔喜入長安〕

雲日能催曉

風光不借**1**年

賴逢征路**2**盡

歸在落花前

구름 속 해는 새벽을 재촉하나니

풍광은 세월을 빌려주지 않는 법.

전쟁 끝난 덕분에

꽃 지기 전에 돌아왔구나.

고향을 멀리 떠난 사람의 눈에는 늘 고향에 남아 있는 가족들이 아른거린다. 길 위의 인생이 고달프면 고달플수록 그리움은 깊어진다. 무슨 일을 해도 고향 생각을 한다.

그리던 고향으로 돌아가는 길, 한시도 지체하고 싶지 않았을 것이다. 아침해가 아직 구름 속에 잠긴 신새벽, 드디어 장안성에 들어선다. 아마도 밤새도록 길을 재촉했을 것이다. 풍광은 세월을 빌려주지 않는다는 것은, 아름다운 한 시절도 잠깐이면 흘러가는지라 나를 위해서 시간을 늦추어주지 않는다는 의미다.

먼길을 떠돌면서도 그의 눈에는 늘 장안의 아름다운 봄날 풍광이 그리움 속에 늘 함께 있었으리라. 전쟁이 끝나자 그는 부랴부랴 고향 장안으로 돌아왔다. 밤을 새워 길을 재촉하며 그리운 사람들이 있는 장안을 향하는 그의 마음이야 얼마나 즐겁고 기뻤으랴. 게다가 꽃이 지기 전이니, 자신이 예전에 보던 아름다운 봄날의 풍광을 그리운 사람들과 즐길 수 있게 되었다. 마지막 구절에서는 고향에 들어선 순간의 기쁨과 안도의 기분이 한껏 느껴진다. 마침내 돌아왔구나 하는 기쁨에 찬 외침이 들리는 듯하다.

길을 떠나본 사람에게는 늘 그리워할 곳이 있는 법이다. 뿌리 없이 떠도는 우리 시대의 수많은 사람들에게 그리움의 장소는 어딜까. 갑자기 궁금해진다.

1_借: 『전당시』(권54)에는 '惜'으로 되어 있음.

2_路: 『전당시』(권54)에는 '客'으로도 쓴다고 되어 있음. 정로(征路)는 전쟁으로 출정하는 길을 의미하기도 하고, 먼 곳을 돌아다니는 여행길을 의미하기도 함. 여기서는 앞의 뜻으로 해석했음.

45_ 소정(蘇頲),
산자고 노래〔山鷓鴣詞〕[1]

人坐靑樓晩
鶯語百花時
愁多人自老[2]
斷腸君不知

저물녘 청루에 앉았노라니
온갖 꽃 핀 시절에 꾀꼬리 지저귄다.
근심 많으니 사람은 절로 늙어가는데
애끊는 이 마음 그대는 모르시리.

'산자고사'라는 제목은 원래 곡조(曲調)의 제목으로, 음악에 얹어 부르기 위해 짓는다. 자고새의 울음을 흉내내어 만든 노래라서 대체로 삶에서 겪는 근심과 괴로운 마음을 다루는 경우가 많다.

작중 화자는 남편을 멀리 전쟁터로 보내고 혼자 규방에서 살아가는 여인이다. 아마도 나이가 어리지 않았을까. 여기에 수록하지는 않았지만, 제1수에서는 가을의 외로움을 읊었고, 제2수인 이 작품에서는 봄날의 외로움을 노래했다. 작품의 순서로 봐서 아마도 긴긴 겨울밤을 홀로 지낸 이 여인은 드디어 봄을 맞은 모양이다.

꽃이 피고 새가 울고 사람들이 거리를 오가며 만들어내는 소리들이 온통 귓가에 술렁거린다. 그 속에서 소식 없는 남편을 기다리는 그녀의 심정을 뉘라 알겠는가. 마음에는 깊은 멍이 들고 눈은 온통 그리움으로 가득한데, 세월은 속절없이 흐른다. 아, 애끓는 이 마음을 어찌할꼬.

1_이 작품은 2수로 된 연작시로, 여기에 수록된 것은 제2수임.

2_이 구절은 『전당시』(권27)에 '愁人多自老'(시름겨운 사람은 절로 늙는 이가 많다로 되어 있음. 여기서는 『당음』의 기록을 따름. 『당시품휘(唐詩品彙)』(권38)에도 역시 『당음』과 같이 기록되어 있음. '愁多人易老'(근심이 많으면 사람은 늙기 쉽다)로 되어 있는 곳도 있음.

46_ 장열(張說),
촉도에서 약속을 놓치고〔蜀道後期〕

客心爭日月
來往豫期程
秋風不相待
先至洛陽城

나그네 마음은 일월과 다투나니
오고가는 일정을 미리 약속했었지.
가을바람 서로 기다려주지 않아서
제 먼저 낙양성에 도착했구나.

장열이 공무로 서촉(西蜀) 지방에 갔을 때의 작품이다. 얼른 일을 마치고 집이 있는 낙양으로 돌아가고 싶은 마음이 간절했다. 오죽하면 일월과 다툰다고 했을까. 시간을 다투었던 것은 그가 가을이면 집으로 돌아가기로 약속한 것 때문이었다. 그러나 처리해야 할 공무와 험한 촉도(蜀道)는 내 발길을 잡고, 결국 가을바람이 낙양에 먼저 이르렀다. 시의 제목에 굳이 '후기(後期)'라는 말을 넣은 것도 흥미롭다. 원래 했던 기약보다 늦어졌다는 뜻인데, 이를 통해서 장열은 시간을 다투어 집으로 돌아가고 싶은 심정이었음을 강조하는 것처럼 보인다.

장열의 작품 중에 「사신 임무로 촉 땅에 있으면서〔被使在蜀〕」(『전당시』권89)라는 제목의 시가 있다.

卽今三伏盡	이제 삼복이 끝났는데
尙自在臨邛	나는 아직도 임공에 있다.
歸途千里外	돌아가는 길은 천리 밖에 있지만
秋月定相逢	가을달 뜰 때면 필시 서로 만나겠지.

같은 시기에 지은 것으로 보이는데, 이로 보면 장열은 서촉으로 떠날 때 가을이면 집으로 돌아갈 수 있으리라 기대했던 것 같다. 그러나 돌아갈 여정을 예측하기란 쉽지 않은 일,

아무리 일월과 시간을 다투어도 기약은 멀어진다.

　집을 뛰쳐나오라고 노골적으로 부추기는 우리 시대에, 이런 작품을 읽으면서 새삼 집의 의미를 돌아본다.

47_ 장열,
섣달 그믐날에〔守歲〕[1]

故歲今宵盡

新年明旦來

愁心隨斗柄[2]

東北望春回

묵은해도 오늘밤이면 끝이 나고

새해는 내일 아침이면 온다네.

근심스러운 마음은 북두성 따라가니

동북쪽으로 봄이 돌아오는 걸 바라본다.

한 해의 마지막날이다. 이제 오늘밤만 지나면 새해다. 돌아보면 올해도 근심 가득한 해였다. 다사다난하지 않은 때가 있었을까마는, 마지막 밤에 돌아보는 한 해는 늘 근심의 연속이었다. 늘 근심으로 한 해를 보내니, 새해를 맞이하는 마음은 늘 새로운 세월을 기대할 수밖에.

그렇게 평생토록 내일에 대한 희망을 가지고 사는 것이 우리의 삶이 아닐까 싶다.

1_『전당시』(권89)에는 제목이 「흠주수세(欽州守歲)」로 되어 있음.

2_두병(斗柄): 북두칠성의 자루 부분을 말함. 자루 부분이 돌아가면서 가리키는 방향으로 1년 12개월을 구분하는데, 1월이면 자루 부분이 동쪽을 향하게 됨.

48_ 장구령(張九齡),
그대가 나간 때부터〔自君之出矣〕[1]

自君之出矣
不復理殘機
思君如滿月
夜夜減淸輝

그대가 나가신 뒤로
다시는 남은 베틀을 다스리지 않았습니다.
그대 생각하는 저는 보름달 같아
밤마다 맑은 빛 줄어듭니다.

「자군지출의(自君之出矣)」는 악부의 제목이다. 말하자면 이 작품은 원래 민요에서 유래되어 노래로 불렸던 것이다. 같은 제목의 작품이 다수 전하는 것은 이 때문이다. 한결같이 떠나간 임에 대한 그리움을 호소하는 내용으로 되어 있다.

남편은 아마도 전쟁이나 수자리를 살기 위해 먼길을 떠났던 모양이다. 그후로는 남편 생각을 하느라 베를 짜던 것도 작파하고 살았다. 날마다 남편 생각에 잠을 이루지 못하니 몸은 점점 수척해진다. 그대 생각하는 작자의 마음이 보름달 같다는 것은 그 마음이 천지를 가득 채우고 있다는 뜻이리라. 보름달이 세상 만물을 모두 환히 비추는 것처럼, 작자의 그리움이 얼마나 넓고 깊은지 보여준다.

이 작품의 전구와 결구, "思君如滿月, 夜夜減淸輝"는 다른 방식으로도 해석이 된다. 작자의 모습을 보름달에 비유하는 방식의 해석이다. 그렇게 보면 작자의 보름달 같은 모습이 남편을 그리워하는 마음 때문에 날로 조금씩 야위어간다는 의미로 풀이된다.

어느 쪽으로 해석하든, 남편을 그리워하는 작자의 마음은 참으로 아름답고 가슴 아픈 사연을 품고 있다. 똑같은 달이지만 그것을 바라보는 사람들의 사연은 정말 많기도 하다.

1_『전당시』(권49)에는 제목이 「賦得自君之出矣」로 되어 있음.

49_ 장구령,
거울에 비추어보다〔照鏡〕[1]

宿昔靑雲志
蹉跎[2]白髮年
誰知明鏡裏
形影自相憐[3]

옛날에는 청운의 뜻을 품었었는데
헛되이 노년을 보내고 있다.
뉘 알았으랴, 밝은 거울 속에서
형체와 그림자가 스스로 가련히 여길 줄을.

돌아보면 인생이 잠깐이다. 젊은 시절에는 청운의 뜻을 품고 세상을 향해 당당히 걸어나갔지만, 나이들어 내 손안의 권력이 사라지면 모든 것이 헛되다.

거울을 보니 문득 내가 살아온 세월이 오롯이 저 안에 들어 있구나.

1_이 작품은 장구령이 장정(張挺) 사건에 연루되어 개인적으로 붕당을 지었다는 혐의를 받아 재상 직에서 해임되었을 때 창작된 것으로 알려져 있음. 장구령은 만년에 이임보(李林甫)에게 배척되어 외직에 임명되기도 했음.

2_차타(蹉跎): 세월을 헛되이 보냄.

3_형체와 그림자가 서로를 가련히 여긴다는 것은 작중 화자 자신이 스스로를 가련하게 여긴다는 의미임.

50_ 손적(孫逖),
낙양의 이소부와 함께 영락공주가
번국으로 들어가는 것을 보다
〔同洛陽李少府觀永樂公主入蕃〕[1]

邊地鶯花少

年來未覺新

美人天上落

龍塞[2]始應春

변방에는 꾀꼬리와 꽃이 적어

새해가 와도 새로운 걸 못 느꼈는데,

미인이 하늘에서 떨어지니

용새에도 비로소 봄이 응당 찾아오리.

중국의 황실이 정략결혼을 통해서 변방의 민족들과 유대를
강화한 것은 이미 한나라 때부터의 일이다. 오랜 세월 동안
변방은 중원을 위협하는 세력이어서, 그들과 정치적 화해를
맺을 필요가 있었던 중국 황제는 늘 공주쯤 되는 여성을 변방
으로 시집보냈다. 일은 남성들이 저지르고 거기에 여성들은
늘 희생양으로 등장한다.

변방의 황량함은 봄을 봄처럼 느끼지 못하게 한다. '봄이
와도 봄이 온 것 같지 않다'는 뜻의 '춘래불사춘(春來不似春)'
역시 변방으로 시집을 간 왕소군이 느끼는 변방의 봄이 아니
었던가. 그 봄이 영락공주 덕분에 새로워질 것이라니, 그녀의
아름다움이 황량한 변방을 화사하게 만들리라는 것, 중국과
북방 민족 사이의 싸늘한 기운을 따사롭게 녹여주리라는 것
을 동시에 느끼게 만든다.

1_당 현종(玄宗) 개원(開元) 5년(717년), 현종이 동평왕(東平王)의 외손녀 양씨
(楊氏)를 영락공주에 봉한 뒤 거란왕 이실활(李失活)에게 시집을 보냈는데, 이
사건을 소재로 지은 작품임. 제목에 나오는 '소부(少府)'는 관직의 명칭으로, 현
위(縣尉)를 지칭함.

2_용새(龍塞): 용성(龍城). 거란의 왕이 거주하던 곳. 막북(漠北) 지역에 있는 곳
으로, 한나라 이래로 흉노들이 지배하는 변방 지역을 총칭하는 말로도 사용되
었음.

51_ 이백(李白),
고요한 밤의 생각〔靜夜思〕[1]

床前看[2]月光
疑是地上霜
擧頭望明[3]月
低頭思故鄉

침상 앞으로 비치는 달빛을 보니
아마도 땅 위에 서리가 내린 듯.
머리 들어 밝은 달을 보고
머리 숙여 고향을 생각한다.

너무도 아름다워서 역대로 많은 사람들의 사랑을 받아온 작품이다. 고향을 떠나 타향을 떠도는 사람에게 밝은 달 비치는 가을밤은 견디기 어려웠을 것이다. 천지에 서리가 내린 듯 달빛이 내린 밤, 밝은 달을 보고 고향을 생각하는 작자의 마음이 서늘하면서도 아련하다. 고개를 들었다가 숙이는 순간에 그의 마음은 벌써 고향에 가 있는 듯하다.

내게도 저렇게 고향을 생각하는 마음이 있을까 궁금해진다.

1_판본에 따라 글자가 조금씩 다르지만, 여기서는 이 책의 저본인 『당음』을 따른다.

2_看: 『당시별재(唐詩別裁)』, 『당시품휘(唐詩品彙)』 등에는 '明'으로 되어 있음.

3_明: 『전당시』(권165), 『당시별재』, 『당시품휘』 등에는 '山'으로 되어 있음.

52_ 이백,
   서로 만나서〔相逢行〕

相逢紅塵內
高揖黃金鞭
萬戶垂楊裏
君家阿那邊

티끌 가득한 이 세상에서 서로 만나
황금 채찍 높이 들어 인사하노라.
수양버들 속에 있는 수많은 집들
그대 집은 어느 쪽에 있는가?

북적이는 번화가에서 우연히 누군가를 만났다. 황금으로 장식된 채찍을 든 사람이라니 아마도 풍류 넘치는 '황금공자(黃金公子)'이리라. 말 위에서 선뜻 인사를 건네며 상대방에게 집을 묻는 모습에서 호방함을 느낄 수 있다.

풍류를 즐기는 사내일 수도 있고, 호기(豪氣) 가득한 협객일 수도 있다. 고수는 고수를 알아보는 법, 첫눈에 상대방이 자신과 흉금을 터놓을 수 있는 사람이라는 걸 알아챘다. 인사를 건네고 집을 물어보는 것에서 드러난다.

마음에 드는 사람을 만나도 말을 건네기가 머뭇거려지는 요즘, 이백의 호방한 시 구절이 내 마음을 뒤흔든다.

53_ 이백,
녹수곡(淥水曲)**¹**

淥水明秋月
南湖**²**采白蘋
荷花嬌欲語
愁殺**³**蕩舟人

녹수에 가을달 밝은데
남호에서 흰 마름을 딴다.
연꽃은 말 거는 듯 교태로우니
흔들리는 배 위에서 시름겨워라.

달 밝은 가을밤, 배를 띄우고 마름을 딴다. 살랑이는 물결에 달빛이 부서지고, 거기에 비친 연꽃은 마치 내게 말을 건네는 듯 어여쁘다. 문득 떠나간 사람이 그리워진다. 물결 따라 흔들리는 배 위, 하염없이 시름에 잠긴다.

그리움은 언제나 내 마음에 있지만, 그것이 드러나는 계기가 있어야 비로소 내 그리움이 얼마나 깊은지를 느낀다. 마름을 따다가 우연히 눈길이 닿은 연꽃의 모습에서 그녀는 그리움의 정서를 일으키고, 끝내 견디기 어려운 시름에 빠진다.

이백의 작품에서 한 여인의 그리움을 몇 글자 속에 담는 솜씨를 발견하는 것은 그리 어려운 일이 아니다. 나는 이런 작품을 만날 때마다 이상하게도 김소월의 시가 떠오르곤 한다. 시대와 지역을 넘어서, 사랑하는 누군가를 그리워하는 마음은 모두 비슷한 모양새를 하고 있기 때문일지도 모르겠다.

1_녹수곡(淥水曲): 원래는 옛 노래의 제목인데, 이백이 그것을 빌려서 녹수의 경관을 노래한 것임.

2_남호(南湖): 동정호(洞庭湖)를 말함.

3_수쇄(愁殺): 너무도 시름에 겨워 어찌할 바를 모른다는 뜻.

54_ 이백,
아름다운 섬돌에서의 원망〔玉階怨〕

玉階生白露

夜久侵羅襪

卻下水晶[1]簾

玲瓏望秋月

옥 같은 계단에 흰 이슬 내려

밤 깊어지자 비단버선에 스민다.

도리어 수정렴 내리고는

영롱한 가을달 바라본다.

흰 이슬 내리는 늦가을, 달빛 밝은 깊은 밤이다. 이렇게 늦은 밤, 이슬이 버선에 스미도록 앉아 있는 것은 누군가를 그리워하는 마음이 절절한 탓이다. 밝은 달빛이 방으로 스며도 좋지만, 여인은 수정렴을 슬며시 내린다. 수정렴 사이로 비치는 영롱한 달빛을 보며 그리운 사람을 생각한다.

오지 않는 사람에 대한 원망이나 그리움을 직접 드러낸 글자는 없지만, 이 작품만큼 가슴 아픈 그리움을 그려낸 것은 드물지 않을까.

1_晶: 『전당시』(권20)에는 '精'으로 되어 있으나 뜻은 같음.

55_ 이백,
원망하는 마음〔怨情〕

美人捲¹珠簾

深坐顰蛾眉

但見淚痕濕

不知心恨誰

아름다운 여인이 주렴을 걷고

깊은 방에 앉아 어여쁜 눈썹 찌푸린다.

촉촉한 눈물 자국만 보일 뿐

마음속으로 누구를 한탄하는지 알 길 없어라.

때로는 소리 높여 하는 통곡보다 눈물 자국 보이며 하염없이 앉아 있는 모습이 더 가슴 아플 때가 있다. 누구를 한탄하는지 알지 못하지만, 그녀의 마음은 찌푸려진 눈썹만큼이나 큰 아픔으로 가득하다. '한탄한다〔恨〕'고 했지만, 아마도 그리움이 사무쳐서 한탄으로 쓸 수밖에 없었을 것이다. 저 깊은 그리움을 어찌할꼬.

1_捲: 의미는 같으나 『전당시』(권184)에는 '卷'으로 되어 있음.

56_ 이백,
추포가(秋浦歌)[1]

白髮三千丈

緣愁似箇長

不知明鏡裏

何處得秋霜

백발은 삼천 장이니

시름 때문에 이토록 길어졌지.

모르겠구나, 밝은 거울 속 내가

어디서 가을 서리를 얻어왔는지.

일찍부터 머리에 새치가 많던 나는, 마흔 중반이 되자 거의 백발이 되었다. 언젠가 아들이 친구들과 함께 걸어가고 있는 걸 보고는 차를 세우며 말을 걸었다. 그랬더니 아들 친구 녀석이 '네 할아버지냐?'고 묻는 소리를 듣고 나는 약간 충격을 받았다. 글에서만 보던 일이 나에게도 일어나다니, 참 놀라웠다. 그날 저녁 거울에 내 모습을 비춰보면서, 어느새 희어진 내 머리카락을 새삼 느꼈다. 그와 함께 내 삶도 저물어간다는 생각을 했다. 백발이 되면 나의 신체적·정신적 나이와는 별개로 사람들의 시선은 할아버지로 바라보게 된다는 점을 나는 잊고 살았다.

50대가 된 이백 역시 거울 속 자신의 백발을 보며 인생의 가을을 느끼고 있다. 저 흰 서리를 어디서 가지고 왔는지, 인생이 참 속절없었으리라. 당태종 치세 말기, 세상은 온갖 일로 어지럽고 이백이 머물 만한 곳은 어디에도 없었다. 천하를 떠돌면서 그는 자신의 삶을 돌아본다. 이 작품은 '백발이 삼천 장'이라는 과장 때문에 유명해졌지만, 그렇게 길어진 것이 모두 시름 때문이라는 말에서 우리는 이백의 고민이 얼마나 깊고 길었는지 짐작한다. 고민이 깊어지니 당연히 머리카락도 희어졌으리라.

그렇게 '할아버지' 소리를 듣고 며칠 지나서 나는 아들에게 물었다. "아빠가 염색을 할까?" 그러자 아들은 뜻밖에 염색을 하지 않는 아빠가 좋다고 대답하는 것이었다. 이유를 물었더니, 이렇게 말했다. "머리가 희면 어쩐지 지혜로워 보이거든요." 헉, 하고 가슴이 덜컥 내려앉는 느낌이 들었다. 아, 나는 머리가 희어지도록 무슨 생각을 하면서 세상을 살아왔던가.

1_추포(秋浦): 당나라 때 지주군(池州郡)에 속한 지명으로, 지금의 안휘성(安徽省) 귀지현(貴池縣) 서쪽 지방을 말함. 이백의 「추포가」는 모두 17수로 된 연작시인데, 이 작품은 제15수임.

57_ 이백,
   흰매 놓는 것을 보며〔觀放白鷹〕

八月邊風高
胡鷹[1]白錦毛[2]
孤飛一片雪
百里見秋毫[3]

샛바람 드높은 팔월
흰색 깃털의 호응 한 마리.
한 조각 눈처럼 외로이 날아오르니
백리 밖에서도 가을 터럭을 보는구나.

지금은 거의 사라져 문화재로 지정받은 풍속이지만, 20세기 전반까지만 해도 대장부의 장쾌한 놀이 중에서 수위를 다투는 것이 바로 매사냥이었다. 날카로운 눈매와 멋진 깃털을 가진 매 한 마리를 팔 위에 얹고 북풍 몰아치는 겨울 산을 바라보는 모습이야말로 사내의 호기를 드러내는 멋진 풍경이었다. 오죽하면 매사냥 하느라 가산을 탕진하는 사람까지 있었을까.

이제는 북풍 몰아치는 눈 덮인 들판이나 겨울 산을 볼 기회도 별로 없는, 콘크리트로 뒤덮인 도시 생활에 묻혀 자본의 거센 물결을 헤쳐나가기도 벅찬 우리 처지에 언감생심 매사냥을 꿈꿀 수나 있을 것인가. 어쩌면 그러하기에 더더욱 하늘을 날아오르는 매의 고독함과 맹렬함 속에서 야수성을 그리는 것이리라.

이 작품을 음미하다보면 흰매의 비상을 노래하는 이백의 처지도 우리와 별반 다를 게 없다는 생각도 든다. 가슴에 큰 뜻을 품었으되 펼칠 수 있는 기회는 없다. 실의에 빠진 사내이기에 외로운 매의 비상이 새삼스럽다. 백리 밖 가을 터럭조차 볼 수 있는 저 매가 다시 땅을 향해 쏜살같이 내리꽂힐 때를 기다린다.

1_호응(胡鷹): 북쪽 오랑캐들이 기르는 매.

2_백금모(白錦毛): 흰 비단처럼 아름다운 매의 깃털.

3_추호(秋毫): 가을이 되면 새나 짐승들이 털갈이를 하는데, 그때 돋아나는 가늘고 미세한 털을 말함. 아주 작은 것을 비유하는 말로도 사용됨.

58_ 이백,
동산을 그리며〔憶東山〕**1**

不向東山久
薔薇幾度花
白雲還自散
明月落誰家

동산으로 향하지 못한 지 오래나니
장미는 몇 번이나 피었을까.
흰구름은 절로 흩어졌을 것이고
밝은 달은 뉘 집에 떨어졌을까.

이 작품은 동진 때의 시인 사안(謝安)이 은거하던 곳의 상황을 알아야 이해할 수 있다. 우선 동산(東山)은 사안이 은거하던 지역의 이름이다. 동산 옆에 있던 골짜기는 장미동(薔薇洞)인데, 장미꽃이 많이 피어서 그런 이름이 붙었다고 한다. 또 백운당(白雲堂), 명월당(明月堂)이라는 이름의 건물이 집 안에 있었다고 한다. 그러니 동산, 장미, 백운, 명월 등은 모두 사안이 거처하던 곳의 지명이나 건물명과 관련이 있으며 동시에 그 자체로 뜻을 지닌 중의적 단어들이다.

이백은 자신이 사안을 우러른다는 속내를 작품에서 노골적으로 드러내고 있다. 그것은 사안이라는 인물을 내세워 자신의 뜻을 표현하는 방법이기도 했다. 사안은 동진을 위해 부견(符堅)의 백만대군을 물리친 뛰어난 인물이었지만, 아둔한 임금과 아첨만 하는 신하들로 가득한 조정을 떠나 표연히 은거의 길을 택한 인물이기도 했다. 동산에 은거한 사안을 드러냄으로써 자신이 관직에 연연하지 않는다는 점을 드러낸 것이다.

마음속으로 누군가를 그리워하고 그의 삶을 따르려 하지만, 사람이 늘 제 뜻대로 살아갈 수 있는 건 아니다. 그러니 우리 인생이 괴로움으로 가득한 것이 아닐까.

1_이 시는 두 편으로 된 연작시 중의 제1수임.

59_ 이백,
경정산(敬亭山)¹

衆鳥高飛盡
孤雲獨去閒
相看兩不厭
只有敬亭山

뭇새들은 높이 날아 사라지고
외로운 구름만 홀로 한가로이 떠간다.
서로 바라보아도 모두 싫지 않은 건
다만 경정산이 있기 때문이지.

이백이 남쪽으로 내려와 경정산 인근에서 서성거릴 때는 753년(천보 12년), 그의 나이 53세 무렵이었다. 안녹산의 난이 일어나기 두어 해 전, 세상은 어지러웠다. 양귀비의 동생 양국충이 재상의 자리에 올라 권력을 휘두르고 있었다. 이백이 벼슬에서 쫓겨난 지 10여 년이 지났을 무렵이니, 계속되는 방랑으로 심신이 모두 지쳐갈 때였다.

이 작품에서 '진(盡)', '한(閒)'의 묘미를 이야기하는 사람들이 많지만, 내 눈에는 '지(只·다만)'가 더 깊이 들어온다. 세상의 온갖 풍파를 겪으면서 인생의 단맛과 쓴맛을 경험한 이백의 눈에, 변하지 않고 내 눈앞을 지키면서 말없이 바라봐주는 경정산이야말로 인생의 위로가 되지 않았을까. 그러니 '지'자는 이백의 마음이 온전히 담겨 있는 글자가 아닐까 싶다.

1_『전당시』(권182)에서의 제목은 「경정산에 홀로 앉아서〔獨坐敬亭山〕」임. 경정산은 지금의 안휘성 선성시(宣城市) 북쪽에 있는 산 이름.

60_ 이백,
홀로 시간을 보내며〔自遣〕

對酒不覺暝
落花盈我衣
醉起步溪月
鳥還人亦稀

술 마시느라 날 저무는 걸 몰랐는데
떨어진 꽃 내 옷에 가득하여라.
술 취해 일어나 달빛 시냇가 걷노라니
새는 둥지로 돌아가고 인적도 드물어라.

술을·앞에 놓고 하염없이 앉았다가 문득 둘러보니 날은 저물고 있다. 떨어진 꽃이 옷에 가득하니 그사이 시간이 꽤 흘렀던 모양이다. 새도 둥지로 돌아가고 인적 역시 없는 시냇가 길을 걷는 작자의 취한 발걸음이 풍류롭다. 세상 번우한 일을 잊고 이렇게 홀로 시간을 보내는 것〔自遣〕, 술에 취하고 달빛에 취한 그의 모습이 내 마음을 느긋하게 만든다.

61_ 이백,
여름날 산속에서〔夏日山中〕

懶搖白羽扇

裸體靑林中

脫巾掛石壁

露頂灑松風

나른하게 백우선 흔들면서

벌거숭이로 푸른 숲속에 있다.

두건 벗어 바위벽에 걸어두고

정수리 드러내어 솔바람 맞는다.

이제는 전국 방방곡곡 이름 없는 골짜기까지 피서객들에게 점령당해서 고즈넉한 곳을 찾기가 어려워졌다. 어렸을 때야 옷을 홀렁 벗고 동네 개울에서 미역감는 일이 다반사였지만, 나이를 먹어가면서는 그렇게 하기가 쉽지 않았다. 남들 보는 눈이 없다는 걸 알면서도 옷을 벗기가 부끄러워진 탓이다. 그만큼 우리는 옷으로 나를 감추는 것에 익숙해져서, 내가 입고 있는 옷조차도 나의 피부처럼 느끼게 된 것이다.

무더위가 기승을 부리는 한여름이면 슬쩍 나가서 몸을 담그곤 하던 계곡이 있었다. 인적이 닿지 않는 곳일 뿐 아니라 주변을 지나가더라도 숲에 가려서 보이지 않는 나만의 장소였다. 옷을 모두 벗고 계곡에 몸을 담그면 살랑이며 흘러가는 물결이 온몸으로 느껴졌다. 바위를 베고 누우면 무성한 푸른 잎 사이로 빛나던 여름 하늘과 햇살이 내 얼굴을 쓰다듬는 듯했다.

이제는 그런 장소도 피서객들에게 빼앗기고 더이상 그런 즐거움을 누릴 데가 없다. 세월이 가면 갈수록 옛날이야기를 많이 하는 까닭도 아마 그런 즐거움에 대한 회상 탓이 아닐까. 여름날의 정취로 이만한 일이 또 어디 있으랴. 해본 적 없는 사람은 짐작도 못할 그 즐거움이여.

62_ 이백,
중양절 용산에서
술을 마시며〔九日龍山飮〕¹

九日龍山飮
黃花笑逐臣²
醉看風落帽³
舞愛月留人

중양절 용산에서 술을 마시니
노란 국화가 쫓겨난 이 몸을 비웃는구나.
취해서 바람에 모자 벗겨지는 걸 보고
춤추면서 달빛이 사람 붙잡는 걸 사랑한다.

중양절이면 가족과 친지들이 모여서 높은 언덕이나 산봉우리에 올라가 국화주를 마시는 것이 중국의 풍습이었다. 그것을 '등고(登高)'라고 한다. 그렇지만 이백은 임금에게 쫓겨나서 타향을 떠돌고 있다. 스스로를 '쫓겨난 신하[逐臣]'라고 표현한 것은 그런 신세를 드러낸다. 바람에 모자가 날려서 떨어지는 것도 이백의 사정이고, 흥이 일어 춤을 출 때 달빛이 좀더 머무르라면서 붙잡는 것도 이백의 사정이다. '月留人(월류인)'은 사람들이 술자리를 떠나가지 않도록 달이 붙잡는다는 뜻이다. 마치 이 술자리가 계속 이어질 수 있도록 달이 붙잡는 것 같다는 말이다.

장안을 떠나 남쪽을 떠도는 이백의 마음은 착잡하기 그지없었던 듯하다. 쫓겨났다는 말 속에는 자신의 원래 자리가 임금 옆이라는 것을 전제로 한다. 국화 앞에서 술을 마시며 바람에 모자가 날리는 것도 모르고 달빛이 자신을 붙잡는 듯한 술자리를 하는 이백은, 비록 몸은 속세를 벗어난 곳에 있지만 마음은 임금이 있는 조정에 있는 것으로 보인다. 속세와 자연의 사이에서 서성거리는 마음이 그를 방랑의 길로 안내한 것이 아닐까.

1_구일(九日)은 음력 9월 9일 중양절(重陽節)을 말함. 이날 높은 곳에 올라가

가족이나 지인들과 함께 국화주를 마시는 풍습이 있음. 용산(龍山)은 안휘성 당도현(當涂縣) 남쪽 10리 지점에 있는 산으로, 마치 용이 구불구불 서려 있는 것처럼 보인다고 해서 붙은 이름이라고 함.

2_축신(逐臣): 조정에서 쫓겨난 신하.

3_풍락모(風落帽): 바람에 모자가 날려서 떨어진다는 뜻. 동진(東晉)의 대사마(大司馬)였던 환온(桓溫)이 중양절 용산에 올랐다가, 그의 부하였던 참군(參軍) 맹가(孟嘉)의 모자가 바람에 날려서 떨어졌는데도 그가 알아차리지 못하는 것을 보았음. 이에 환온이 사람들에게 그 일을 소재로 시를 쓰도록 하였는데, 맹가 역시 함께 시를 지으며 중양절을 즐겼다고 하는 고사.

63_ 이백,
   동림사 스님과 헤어지며
   〔別東林寺僧〕

東林送客處

月出白猿啼

笑別廬山¹遠²

何煩過虎溪³

동림사에서 손님을 전송하는 곳,

달 뜨자 흰 원숭이 우는구나.

여산의 혜원 스님도 웃으며 헤어졌나니

호계 넘어선 것 어찌 고민하랴.

여산 동림사는 동진의 혜원 스님이 주석하던 곳으로 이름난 절이다. 작자는 지금 동림사에서 스님과 헤어지는 중이다. 달이 떠오르는 걸 보면 아마 두 사람의 이야기는 길었을 것이고, 헤어질 시간을 놓친 것으로 보인다. 그런데도 흰 원숭이 울음소리를 등장시킨 것을 보면 두 사람의 이별은 애틋하기 그지없다.

서로 헤어지기 아쉬워서 이백은 혜원 스님을 등장시킨다. 평생 동림사에서만 살겠노라고, 절 앞의 호계를 절대 건너지 않겠노라고 맹세했던 혜원 스님도 도연명과 육수정 같은 지음(知音)을 만나서 이야기를 나누다가 자기도 모르게 호계를 넘지 않았던가. 이백은 스님과 헤어지는 자리가 너무도 아쉽고 슬펐을 것이다.

좋은 사람과 담소를 나누는 시간은 참으로 빨리 간다. 좋은 사람과 헤어지는 자리는 늘 아쉽다. 어느새 어둑해진 시간, 머뭇거리는 발길 속에 두 사람의 정이 깊이 스민다.

1_여산(廬山): 강서성(江西省) 구강(九江)에 있는 산 이름.

2_원(遠): 동진 때의 고승 혜원(慧遠)을 지칭함.

3_호계(虎溪): 여산에 있는 시내의 이름. 동림사에 살면서 수행을 하던 혜원은 평생 호계를 건너가지 않겠다는 맹세를 했다고 함. 어느 날 도연명(陶淵明)과 육수정(陸修靜)이 찾아와서 담소를 나누다가 돌아가는 길에 너무 즐거워한 나

머지 자기도 모르게 호계를 건너갔음. 건너간 뒤 비로소 자신이 호계를 넘지
않겠다는 맹세를 어겼다는 사실을 알아채고 세 사람이 호탕하게 웃었다고 함.
이것이 '호계삼소(虎溪三笑)'의 고사임.

64_ 이백,
눈을 마주하여 우성[1]
현감을 지내는 종형께 바침
[對雪獻從兄虞城宰]

昨夜梁園[2]雪[3]

弟寒兄不知

庭前看玉樹[4]

腸斷憶連枝[5]

간밤 양원에 눈이 내려서

이 동생은 추웠지만 형님은 모르셨지요.

뜰 앞 옥같이 아름다운 나무를 보니

이어진 가지 생각하며 애끊어집니다.

문득 월명사(月明師)의 향가 작품 「제망매가(祭亡妹歌)」가 떠오른다. "한 가지에 나고도 가는 곳 모르겠구나" 하는 탄식 때문일까. 삶과 죽음이 인간의 숙명이라면, 그것을 깊이 있게 살피고 사유하는 것은 우리의 인생을 깊이 사유하는 것이리라.

이백의 작품이 삶과 죽음의 문제를 관조하게 하는 것은 아니다. 즐거운 자리에서 두 사람이 함께 노닐었는지는 모르겠으되(어느 쪽이든 관계는 없다) '동생[弟]'이라 자칭한 이백은 추운 밤을 보냈고 종형(從兄)은 동생의 처지를 모른 채 지냈다는 사실이다. 아침에 일어나 문을 여니 밤새 눈이 내렸다. 뜰 앞의 나무는 흰 눈을 뒤집어쓴 채 아름다운 자태를 뽐내고 있다. 그 나무를 보면서 이백은 연리지(連理枝)를 떠올리는 것이다. 같은 조상을 둔 형제인데도 살아가는 모습과 처지는 이렇게도 다르다. 천하를 떠돌아다닐 수밖에 없었던 이백의 처지에, 한 고을의 관장(官長)으로 정착해서 살아가는 종형의 처지가 부러웠을까. 알아차릴 수 없는 그 깊은 심사가 결구에 스며 있는 듯하다.

1_虞城(우성): 당나라 때 송주(宋州) 휴양군(睢陽郡)에 있던 현(縣). 지금의 하남성(河南省) 우성현.

2_梁園(양원): 한나라 양효왕(梁孝王)이 건축한 동원(東苑)으로, 지금의 하남성

개봉시 동남쪽에 있었음. 사방 3백 리에 달하는 방대한 원림(園林)이었는데, 이곳에서 노닐면서 말을 타고 사냥을 하기도 했음. 양효왕은 이곳에서 당대 최고의 문사였던 사마상여(司馬相如), 매승(枚乘), 추양(鄒陽) 등과 어울렸음. 토원(兎園)이라고도 함.

3_雪: 『전당시』(권169)에는 '裏'로 되어 있음. '昨夜梁園裏'는 '간밤 양원에서 함께 노닐었는데'로 번역됨.

4_玉樹(옥수): 눈이 내려 나무가 마치 옥으로 장식된 것처럼 아름답게 변모한 것을 말함. 눈 속의 나무.

5_連枝(연지): 다른 나무의 나뭇가지가 서로 이어져 있는 것을 뜻함. 부부를 의미하기도 하지만, 여기서는 형제를 의미함.

65_ 왕유(王維),
   임고대(臨高臺)[1]

相送臨高臺
川原杳何極
日暮飛鳥還
行人尚[2]不息

높은 곳에서 서로 헤어지나니
시내 흘러가는 들판은 어찌 이리도 아득한가.
날 저물자 새들은 돌아오는데
그대는 오히려 쉬지 않고 가는구나.

멀리 떠나는 사람을 전송하러 교외까지 함께 나왔다. 높은 언덕으로 올라가 마주보고 인사를 했으리라. 들판을 가로질러 흐르는 냇물이 보이고, 그 들판 너머로 떠나는 사람이 가야 할 길이 벋어 있다. 그와의 이별을 슬퍼하듯이, 들판 너머는 아득하여 보이지 않는다. 새들은 둥지를 찾아 돌아오지만 그대는 먼길을 떠나서 날이 저물어도 돌아오지 않는다는 걸 새삼 느낀다. 그가 떠났어도 차마 발길을 돌리지 못하고 작자는 오래도록 높은 언덕에 서서 그가 떠난 길, 이제는 보이지도 않는 아스라한 저편을 하염없이 바라보고 있는 듯하다.

'임고대'는 악부(樂府)의 명칭이라서 같은 제목으로 많은 시인들이 작품을 썼다. 임고대는 누대(樓臺)의 이름일 수도 있지만, 대체로 높은 곳에 임하였다는 의미로 쓴다. 한쪽은 절벽처럼 벼랑이 있는 높은 지형을 '대(臺)'라고 한다.

1_『왕유시전집』에는 제목이 「습유 여흔을 전송하다〔送黎拾遺昕〕」로, 『전당시』(권128)에는 제목이 「임고대에서 여 습유를 전송하다〔臨高臺送黎拾遺〕」로 되어 있음.

2_尙: 『전당시』(권128)에는 '去'로 되어 있음.

66_ 왕유,
식부인(息夫人)¹

莫以今時²寵

能忘³舊⁴日恩

看花滿眼⁵淚

不共楚王言

지금 총애를 받는다 해서

옛날의 은혜를 잊을까보냐.

꽃을 보면 눈에 가득한 저 눈물

초왕과 한 마디 말도 하지 않았다지.

춘추시대를 대표하는 4대 미인으로 꼽히는 식부인의 기록을 읽으면 이 말이 떠오른다. 미인박명(美人薄命).

식부인은 원래 춘추시대 진(陳)나라 장공의 딸이었는데, 식국(息國)으로 시집을 가는 바람에 식부인으로 불리게 된다. 그녀의 이름이 규(嬀)여서 식규로 불리기도 한다. 그녀가 식국으로 시집을 가는 도중에 채(蔡)나라를 경유하게 되었다. 채나라의 왕이 식부인의 미모에 혹해서 추근대었고, 후에 식국의 왕후가 된 그녀는 초나라를 끌어들여서 채나라를 멸망시킴으로써 복수를 한다. 그러나 초나라 문왕 또한 식부인의 미모에 빠져서, 식국을 순방한다는 핑계로 갔다가 식국의 왕을 사로잡고 식부인을 초나라로 데려와서 첩실로 삼는다. 그녀는 초나라 문왕과의 사이에 자식을 둘이나 두었지만, 말을 한 마디도 하지 않고 침묵을 지키며 살아간다. 한번은 초문왕이 그렇게 말을 한 마디도 하지 않는 이유를 묻자, 그녀는 이렇게 대답한다. "여자의 몸으로 두 남자를 섬겼습니다. 차마 죽지도 못하였는데, 어찌 말을 하겠습니까?"

『전당시』(권128)에는 당나라 맹계(孟棨)의 「본사시(本事詩)」를 인용하여, 왕유가 이 작품을 지은 유래에 대해 언급하고 있다. 영왕(寧王, 당 현종의 형)의 집 옆에서 떡을 파는 사람의 아내가 있었는데 매우 아름다웠다. 영왕은 그 남편을 후하게 대하여 보내고 그녀를 집으로 데려왔다. 한 해가 지난 뒤, "너는 아직도 떡을 팔던 사내가 생각나느냐?" 하고 물으면서 떡장수를 데려와서 보여주었다. 그러자 그녀는 떡장수를 한참 바라보더니 눈물을 펑펑 흘리는 것이었다. 결국 영왕은 그녀를 떡장수 남편에게 돌려보내주었다. 이 자리에 당대 문사 10여 명이 함께 있었는데, 영왕은 이 일을 소재로 시문을 쓰게 했다. 이때 왕유가 이 작품을 가장 먼저 써냈더니, 다른 사람은 감히 쓸 엄두를 내지 못하고 포기했다는 것이다.

남녀 관계를 어찌 신분이나 돈으로 재단할 것인가. 사람의 마음은 참으로 미묘하다.

1_『전당시』(권128)에 의하면 이 제목은 「식부인의 원망〔息夫人怨〕」, 「식규의 원망〔息嬀怨〕」으로도 알려져 있다고 함.

2_時: '朝'로도 표기함.

3_能望: '寧無' 혹은 '難忘'으로도 표기함.

4_舊: '昔'으로도 표기함.

5_眼: '目'으로도 표기함.

67~68_ 왕유,
반첩여(班婕妤)[1·2]

宮殿生秋草
君王恩幸疎
那堪聞鳳吹[3]
門外度金輿[4]

怪來妝閣[5]閉
朝下不相迎
總向[6]春園裏
花間笑語聲

궁전에 가을 풀만 자라고
임금님의 은혜와 총애 멀어집니다.
아름다운 음악 연주와 함께
문밖으로 금수레 지나가는 걸 어찌할까요.

이상하여라, 그대의 방문 닫혀 있어
조회가 끝나도 맞이하지 않다니.
온통 봄동산을 향하여
꽃 사이에서 웃고 떠드는 소리 들린다.

총애가 깊을수록 버림받은 현실은 쓰라린 법이다. 총애가 떠난 것을 알고 천자의 곁을 떠난 것이 반첩여 자신의 선택이었을지라도 내가 받던 총애가 다른 사람에게 옮겨간 것을 보는 마음은 쓰라리다.

문밖으로 금수레가 지나간다는 것은 조회가 끝나도 맞이하지 않는다는 것과 상응한다. 이제는 천자의 사랑이 떠나갔으므로 천자가 반첩여의 거처에 들르지 않는다는 점을 표현한다. '조회가 끝나도 맞이하지 않는다'는 표현은 천자가 들르지 않으니 반첩여 역시 맞이하지 않을 수밖에 없다는 의미다. 게다가 뒤의 작품은 닫혀 있는 반첩여의 거처와 웃고 떠드는 소리로 가득한 봄동산을 대비하면서 그녀의 외로움을 부각시키고 있다.

사랑이 깊을수록 배신은 더욱 가슴 아프다.

1_이 작품은 3수로 된 연작시인데, 『당음』에는 제2수와 제3수가 수록되었다.

2_반첩여(班婕妤): '첩여'는 한나라 때 상경(上卿)에 해당하는 궁중 여관(女官)의 명칭임. 반첩여는 한나라 반황(班況)의 딸로, 성제(成帝)의 후궁이 되어 총애를 받음. 후에 성제가 조비연(趙飛燕)에게 마음이 기울어지면서 총애를 잃고, 시어머니인 성제의 어머니를 모시고 스스로 물러나 장신궁(長信宮)에서 여생을 보냈다고 함.

3_봉취(鳳吹): 생황, 통소 등과 같이 소리가 비교적 작은 관현악을 지칭함.

4_금여(金輿): 황제가 타는 수레. '금여(金轝)'로도 표기함.

5_장각(妝閣): 여성이 거처하는 방.

6_向: '在'로 되어 있는 판본도 있음.

69~70_ 왕유, 잡시(雜詩)[1]

家住孟津河[2]
門對孟津口
常有江南船
寄書家中否

君自故鄉來
應知故鄉事
來日綺窗前
寒梅[3]著花未[4]

집은 맹진 강가에 있고
문은 맹진 나루를 마주하고 있어요.
늘 강남의 배들이 오가는데요
집에서 편지를 보내지나 않았는지요?

그대는 고향에서 오셨으니
응당 고향 일을 아시겠지요.
떠나오시던 날 창문 앞에
겨울 매화나무는 꽃을 틔웠던가요?

서정적 주체를 누구로 보는가에 따라 작품은 다른 느낌으로 해석되곤 한다. 예컨대 제1수의 주체를 여성으로 본다면, 멀리 강남으로 떠난 남편을 기다리는 아내의 그리움이 짙게 배어 있는 작품으로 해석된다. 강남에서 매일 배가 오가건만 그리운 남편의 편지는 오지 않는다. 집의 문이 포구를 향해 나 있기 때문에 아내는 남편의 소식을 이제나저제나 기다린다. 그런데 이 작품의 주체를 남성으로 본다면, 남편은 멀리 강남으로 떠나와 있는 처지다. 그는 자기 고향에서 오는 배를 매일 마주하며 그리운 고향 소식을 애타게 기다리는 형편이다. 자신의 집이 어디인지를 자세히 이야기하면서, 혹시 그 집에서 전해달라고 하는 편지는 없었는지 궁금해한다.

어느 쪽으로 해석하든 짙은 그리움이 느껴지는 작품이다. 제1수의 주체를 여성으로 보고 제2수의 주체를 남성으로 보면, 작품의 서정적 주체를 여성과 남성으로 번갈아 설정한 흥미로운 작품으로 해석된다. 그러나 「잡시」라는 제목으로 세 편의 연작시를 쓴 것이므로 시적 통일성을 감안할 때 모두 고향을 떠나 있는 남성으로 서정적 주체를 설정하는 것이 어떨까 싶다.

제2수는 멀리 떠나 있는 사람이 고향 사람을 만나서 고향 소식을 묻는 내용이다. 고향집 창 앞에 매화꽃이 피었는지를 묻는 사람의 말투에서 고향을 향한 그리움이 강하게 느껴진다.

겨울이 깊어가는 시절, 고향의 매화를 통해서 그는 강남을 떠도는 자신의 삶을 마무리하고 싶은 심정을 드러낸다. 고향을 생각하면 누구에게나 가장 먼저 떠오르는 이미지가 있다. 그에게는 아마도 매화였으리라. 겨울 추위를 딛고 꽃을 틔우는 매화에 아련한 고향의 냄새와 그리움을 담았다.

1_이 작품은 3수로 되어 있는 연작시인데, 여기서는 제1수와 제2수가 수록된 것임.

2_맹진하(孟津河): 하남성 낙양 북쪽의 황하 일대를 말함. 근대 이전에는 교통의 요지였음.

3_한매(寒梅): 겨울에 꽃을 피우는 매화.

4_미(未): 문장의 끝에 붙어서 '~인가, 아닌가?'라는 의문형 문장을 만드는 글자. 앞에 나온 '否'도 같은 용법임. '著花未'에서 '著'는 '着'과 같은 뜻으로, "꽃을 피웠던가요, 안 피웠던가요?"라고 묻는 것임.

71_ 왕유,
송별(送別)[1]

山中相送罷
日暮掩柴扉
春草年年[2]綠
王孫[3]歸不歸

산속에서의 이별 마치자
날 저물어 사립문 닫았다.
봄풀은 해마다 푸르건만
그대는 언제나 돌아오려나.

자연의 무한함과 인간 삶의 무상함을 대비하여 이별의 슬픔
을 표현했다. 봄이 오면 풀은 언제나 예년처럼 푸르건만, 인
간은 한번 가면 돌아오지 않는다. 세월의 흐름을 따라 조금씩
늙어가고, 변해가고, 언젠가는 헤어져야 하고, 사라져야 한
다. 만나면 헤어지는 것이 인간의 숙명이라고는 하지만, 떠나
간 사람이 언젠가는 돌아오리라고 믿으며 살아가는 것 또한
인간의 숙명이라 해도 과언이 아니다. 그러나 사랑하는 사람
은 왜 그리도 돌아오지 않는 것인지. 그리움의 깊이는 시간의
순환과 함께 더해간다. 푸르름이 짙어지는 봄이면 늘 자연의
순환과 대비되는, 떠난 사람에 대한 그리움이 절실하다.

　오랫동안 동아시아 문학에서 관용적으로 사용되어오던
'그대는 언제나 돌아오려나'라는 표현의 원래 출처다. 우리나
라 한시나 시조에서도 적절히 사용되면서, 사랑하는 사람을
떠나보낸 이의 그리움과 기다림을 담아왔다.

1_이 작품의 제목은 판본에 따라 「산속에서의 이별〔山中送別〕」, 「친구를 전송
하다〔送友〕」로 되어 있기도 함.
2_年年: 『전당시』(권128)에는 '明年'으로 되어 있음.
3_王孫: 원래는 귀족의 자제를 지칭하지만, 여기서는 이별한 친구를 말함.

72_ 왕유, 망천을 떠나며〔別輞川¹〕²

依遲³動車馬
惆悵⁴出松蘿⁵
忍別靑山去
其如綠水何

머뭇거리다 수레를 움직여서
슬픈 마음으로 송라 무성한 숲을 벗어났다.
청산은 차마 떠나간다 해도
녹수는 또 어찌한단 말인가.

종남산 망천에 은거하는 동안 왕유는 주옥같은 명작들을 많이 남겼다. 이 작품도 그중의 하나다. 왕유가 사랑했던 망천 별서(別墅)를 떠나는 아쉬움을 짧은 시 속에 남겼다. 이곳을 떠나는 것은 그대로 자기 일생의 한 시절과 헤어지는 일이다. 아무리 가슴 아픈 기억이 있는 곳이라 하더라도 세월이 지나면 그 아픔이 대부분 누그러지는 것은, 헤어진 것에 대한 그리움이 작동한 탓이리라.

　망천을 떠나면서 가장 마음에 남는 것은 청산과 녹수다. 푸른 산과 시냇물을 두고 먼지 가득한 세상을 향해 나아가는 왕유의 어지러운 마음이 행간에 녹아 있어서, 읽을 때마다 마음 아프다.

1_망천(輞川): 지금의 섬서성(陝西省) 남전현(藍田縣)에 있는 종남산(終南山) 망곡(輞谷) 골짜기를 흐르는 시내 이름. 왕유의 별장이 있던 곳. 그는 이곳의 여러 풍경을 시로 남긴 바 있는데, 이 작품들을 묶어서 펴낸 시집이 『망천집(輞川集)』임.

2_『전당시』(권128)에서는 제목이 「망천의 별장을 떠나며〔別輞川別業〕」로 되어 있음.

3_의지(依遲): 머뭇거리며 떠나가지 못하는 모양.

4_추창(惆悵): 슬퍼하는 모양.

5_송라(松蘿): 겨우살이. 여라(女蘿)라고도 함. 나무에 기생해서 살아가는 지의류 식물의 이름.

73_ 왕유,
맹호연을 곡하다 [哭孟浩然]

故人不可見
漢水日東流
借問襄陽老
江山空蔡州[1]

그대 더이상 볼 수 없는데
한수는 날마다 동으로 흘러간다.
묻노니, 양양의 늙은이여
채주의 강산이 텅 비었는가.

한수가 동으로 흘러가 다시는 돌아오지 않듯이, 유명(幽明)을 달리한 사람도 다시는 볼 수 없다. 볼 수 있다는 어떤 희망도 없기 때문에, 살아 있는 사람에게 사별(死別)이란 아득하게 느껴진다. 친한 사람일수록 그 이별의 마음은 아득하다. 언젠가는 죽음과 마주해야 한다는 것을 알지만, 그래도 죽음 앞에서의 이별은 까마득한 절망의 거리를 가진다. 언제든 그곳을 가면 만날 수 있었던 맹호연이 이제는 없다. 그가 누리던 강산은 적막하기 그지없다. 그 아득함의 깊이가 '空(텅 비었다)' 한 글자에 집약되어 있는 듯하다.

『전당시』의 주석에 의하면 이 작품은 왕유가 전중시어사(殿中侍御史)의 직함으로 중국 영남(嶺南) 지역의 지방관 선발 때문에 양양을 지나면서 지었다고 한다. 맹호연은 왕유와 함께 전원시(田園詩)의 대표 작가로 병칭되기도 하지만, 둘은 개인적으로도 친분이 아주 두터웠다. 두 사람의 우정이 죽음 앞에서까지도 빛난다. 천지가 텅 비어버린 듯한 아득한 슬픔으로 빛난다.

1_채주(蔡州): 양양 현산 동남쪽 1리에 있는 모래톱으로, 채모(蔡瑁)가 이곳에 살았기 때문에 붙은 이름. 맹호연이 즐겨 노닐었던 곳.

74_ 왕유,
남산으로 가는 최구 아우를 보내며
〔送崔九¹弟往南山²〕³

城隅一分手⁴
幾日還相見
山中有桂花
莫待花如霰⁵

성 한켠에서 헤어지나니
언제나 다시 볼까.
산속에 계수나무 있으리니
눈처럼 꽃이 흩뿌릴 때를 기다리지 마시게.

종남산으로 떠나는 최구는 세속에서의 어지러운 삶을 정리하고 은거하려는 듯하다. 자신의 처남이자 좋은 벗으로 지내오던 그를 보내는 왕유의 마음이 착잡하기 그지없다. 다시 만나서 정을 나누며 함께 살아가고 싶은 심정이 가득하다. 성 한쪽 구석, 떠나는 사람과 손을 맞잡고 이별의 정을 나누는 모습이 눈에 선하다.

작품 속의 계절을 알 수는 없지만, 종남산에서 오래 지내지 말고 어서 돌아오라는 소망을 왕유는 글에 썼다. 계수나무는 초여름에 꽃을 피운다. 작고 하얀 꽃이 피어나면, 약한 바람에도 하얗게 날리는 모습이 마치 한겨울 싸라기눈이 흩뿌리는 듯하다. 봄이 가기 전에 돌아오라는 뜻이리라.

왕유의 시에서 이별을 소재로 한 명시가 여러 편이다. 그의 작품을 읽다가 문득 나를 돌아본다. 이별의 순간에, 나는 이토록 애틋한 마음을 표현한 벗이 있었던가.

1_최구(崔九): 최씨 집안의 아홉째 아들이라는 뜻으로 부르는 명칭. 여기서 최구는 최흥종(崔興宗)을 지칭함. 최흥종은 당 현종 때 우보궐(右補闕)을 지냈음. 왕유에게는 아내의 남동생이자 좋은 벗이었음.

2_남산(南山): 종남산(終南山)을 말함.

3_『전당시』(권128)에는 제목이 「최구 아우가 남산으로 떠나려 할 제 말 위에서 즉시 지어 송별하다(崔九弟欲往南山馬上口號與別)」로 되어 있으며, 판본에 따라 「최구 아우가 남산으로 떠나려 할 때(崔九弟欲往南山)」로 되어 있기도 함.

4_분수(分手): 헤어짐. 이별.

5_산(霰): 싸라기눈.

75_ 왕유,
아우 목씨 집 열여덟째에게 주다
〔贈弟穆十八〕[1]

與君靑眼客[2]
共有白雲心[3]
不向東山[4]去
日[5]令春草深

마음 맞는 그대와
자연의 삶을 함께하려 했는데,
동산으로 가지 않아서
날마다 봄풀이 우거지게 하네.

함께 자연으로 돌아가 은거하자고 약속을 했지만, 돌아가지 않는 바람에 자연은 점점 황폐해져간다. 속세를 떠나 청정한 세계에서 이승의 삶을 함께하자는 약속은 결코 쉬운 것이 아니다. '목십팔(穆十八)'이 누구인지는 알려져 있지 않지만, 그의 마음도 청정한 세계일 것이다. 그런 벗이 있다면 나도 정말 좋겠다.

전구에 나오는 표현은 그 주체가 모호한 면이 있다. 동산으로 가지 않은 사람은 누구일까? 작중 화자일까, 아니면 목씨 동생일까? 전체적으로 볼 때 목씨 동생이 은거하지 않은 탓에 동산은 풀로 무성해져가는 것처럼 읽힌다. 그러려면 작중 화자는 이미 동산으로 돌아가 있어야 한다. 그런데 풀이 무성해져간다고 했으니, 그 역시 아직 자연으로 돌아간 것은 아닌 듯하다. 동산으로 돌아가지 않은 것에 대한 아쉬움은 자신을 향한 것이기도 하고 목씨 동생을 향한 것이기도 하다.

1_『전당시』(권128)에는 이 작품의 제목이 「贈草穆十八」로 되어 있음.

2_청안객(靑眼客): 의기투합하는 좋은 벗. 진(晉)나라 명사였던 완적(阮籍)은 마음에 맞는 사람이 오면 청안(靑眼)으로 맞고 마음에 맞지 않는 세속의 선비가 오면 백안(白眼)으로 맞았다고 함. 정상적인 눈으로 보면 청안이지만, 상대방을 흘겨보면 흰자위가 많이 드러나서 백안이라고 함. 여기에서 비롯된 고사임.

3_백운심(白雲心): 자연에 은거하고 싶은 마음.

4_동산(東山):『진서(晉書)』「사안전(謝安傳)」에 의하면, 사안은 일찍이 벼슬을

그만두고 회계산(會稽山)의 동쪽에 은거한 적이 있었음. 조정에서 여러 차례 불렀으나 동산으로 나갔다고 함. 임안(臨安)이나 금릉(金陵) 등에도 동산이 있는데, 모두 사안이 유유자적하면서 쉬던 곳임. 이 때문에 훗날 '동산'은 은거하는 곳 혹은 휴식을 취하는 곳이라는 의미로 쓰이게 되었음.

5_日: '自'로 되어 있는 곳도 있음.

76_ 왕유, 상평전(上平田)¹

朝耕上平田
暮耕下平田
借問問津²者
寧知沮溺³賢

아침에는 상평전을 갈고
저녁에는 하평전을 간다.
나루터를 묻는 이들에게 묻노니,
어찌 장저와 걸익의 현명함을 알 것인가.

『논어』「미자」편에 장저와 걸익이 등장하는 부분은 아주 흥미롭다. 공자가 제자들과 길을 가다가 마침 밭을 갈고 있는 사람들을 보았다. 제자인 자로를 시켜 나루터를 물어보도록 하였다. 그러자 장저가 말한다. "저 수레를 잡은 사람이 뉘시오?" 그분이 공자라고 자로가 대답하자 다시 장저가 확인한다. "노나라의 공구(孔丘)요?" 그렇다고 하자, 그분이라면 나루터가 어디인지 알 것이라고 장저가 말한다.

자로는 다시 그 옆의 걸익에게 나루터를 묻는다. 그러자 걸익이 "당신은 누구요?" 하고 물었고, 자기가 중유(仲由, 자로의 자)라고 하자 공자의 문도냐고 묻는다. 그렇다고 하자, 걸익은 이렇게 말한다. "도도하게 흘러가는 이 천하는 누가 바꿀 수 있겠소? 그대는 사람을 피해 다니는 공자 같은 사람을 따르지 말고, 세상을 피하는 우리 같은 사람을 따르는 게 좋지 않겠소?"

자로가 돌아와서 자신이 겪은 일을 공자에게 아뢰자, 공자는 이렇게 말한다. "날짐승 길짐승과는 무리를 이루지 못하는 것이니, 내가 이 사람들의 무리와 함께하지 않고 누구와 함께할 것인가. 천하에 도가 있다면 내가 그들과 함께 세상을 바꾸려 하지 않을 것이다."

자연 속에서 살아가기보다는 사람들과 무리를 이루어 자신의 뜻을 실현하겠다는 공자의 입장이 분명하게 드러나는 일화다.

그러나 위의 작품에서 왕유는 공자의 입장보다는 장저와 걸익의 입장을 이해하는 맥락으로 썼다. 상평전과 하평전을 갈면서 속세를 벗어나 살아가고 있지만, 그 사람의 마음을 이해하는 사람이 과연 얼마나 되겠는가. 사람들과 어울려 사회 속에서 살아가는 사람들은 밭 갈면서 은둔해 살아가는 사람의 삶을 이해하지 못하므로 자연 속에서의 현명한 삶과 사유를 알지 못하리라는 것이다.

세상이 어지러우면 지식인은 자신의 입장을 정하기가 참 어렵다. 세상에 뛰어들어 함께 이전투구를 하더라도 변혁을 위해 살아갈 것인가, 아니면 변혁의 어려움을 일찌감치 알아차리고 속세를 벗어나 자신의 순수함을 지키며 은둔할 것인가. 두 입장의 사이에 존재하는 무한대의 입장들이 있고, 우리는 그 속에서 고민한다. 정답은 없다. 그저 고민할 뿐이다.

1_왕유가 지은 「황보악운계잡제(皇甫岳雲溪雜題)」 5수 연작시 중 제4수임.

2_문진(問津): 나루터를 묻는다는 뜻. 『논어』 「미자(微子)」편에 나오는 고사로, 공자가 제자 자로(子路)를 시켜서 장저와 걸익에게 나루터를 물었다는 내용. 이 때문에 훗날 '문진'은 진리 탐구를 비유하게 되었음.

3_저익(沮溺): 중국 춘추시대의 은거 현자로 알려진 장저(長沮)와 걸익(桀溺)을 말함.

77_ 왕유,
산새 우는 시냇가[鳥鳴磵] [1·2]

人閒桂花落

夜靜春山空

月出驚山鳥

時鳴春磵中

사람 한가한데 계수나무 꽃 떨어지고
밤 고요한데 봄산은 텅 비었다.
달 떠서 산새 놀라게 하니
때때로 봄 시내에서 운다.

이렇게 고요한 밤을 맞아보았던가. 인적 없는 봄날의 산속, 소리 하나 들리지 않는 밤, 계수나무 꽃이 소리 없이 진다. 이토록 깊은 밤의 고요를 깨는 건 뜻밖에 달이다. 달이 뜨자 달빛에 숲이 빛나고, 거기에 놀란 산새들이 깬다. 봄 시내에서 이따금 우는 산새 소리에 문득 천고의 고요가 더욱 깊어진다. 정(靜)에서 동(動)으로 옮겨가는 솜씨도 뛰어나지만, 움직임 속에 깊은 고요를 담는 수법이 절창이다.

1_조명간(鳥鳴磵): 산새가 우는 시내라는 뜻이기도 하지만, 왕유 친구의 별장이 있는 곳의 지명이기도 함.

2_왕유가 지은 「황보악운계잡제(皇甫岳雲溪雜題)」 5수 연작시 중 제1수임.

78_ 왕유,
맹성요(孟城坳)

新家孟城口
古木餘衰柳
來者復爲誰
空悲昔人有

맹성 입구에 새집을 마련하니
고목에 노쇠한 버들만 남았다.
훗날엔 또 누가 와서
부질없이 옛사람 집을 슬퍼할까나.

자연의 무한함과 인간의 유한함을 작품 저변에 깔고, 자신도 이곳을 잠시 스쳐가는 존재일 뿐이라는 인식을 보이는 것은 한시의 유구한 전통이다. 사람은 살다가 사라지고, 주변의 나무들 역시 죽거나 노쇠해져가겠지만, 그 역시 생명을 가진 존재라면 받아들여야 하는 숙명과 같은 것이다.

맹성요는 원래 당나라 초기의 이름난 관료이자 시인인 송지문(宋之問)의 별장이 있던 곳이었다. 송지문은 뛰어난 문재(文才)로 이름을 날렸지만 귀양을 가서 객사한 인물이다. 그가 죽고 나서 맹성요에 있던 그의 별장은 황폐해졌는데, 왕유는 그곳에 다시 자신의 별장을 마련한 것이다. 맹성 어귀로 이사를 해서 제일 먼저 눈이 들어오는 것은 고목과 몇 그루의 쇠잔한 버드나무. 송지문이 예전에 살다가 이제는 황폐해진 채 자신의 집이 되었다. 문득 생각하니 자기도 같은 처지다. 세월이 흘러서 언젠가는 이곳을 떠나게 되고, 다시 황폐해질 터. 그렇다면 세월이 흐른 뒤 누군가가 이사를 와서 또 부질없이 자기처럼 이곳에 살았던 옛사람의 흔적을 보면서 비감함에 빠질 것이다.

이 작품은 왕유의 문집 『망천집(輞川集)』에 첫번째로 수록되어 있다. 그는 작품들을 수록하면서 첫머리에 서문을 짧게 덧붙였는데, 다음과 같다. "나(왕유)의 별장은 망천 산골짜기에 있어서, 나의 유람은 맹성요, 화자강(華子岡), 문행관(文杏

館), 근죽령(斤竹嶺), 녹채(鹿柴[1]), 목란채(木蘭柴), 수유반(茱
萸沜), 궁괴맥(宮槐陌), 임호정(臨湖亭), 남타(南垞), 의호(欹
湖), 유랑(柳浪), 난가뢰(欒家瀨), 금설천(金屑泉), 백석탄(白
石灘), 북타(北垞), 죽리관(竹里館), 신이오(辛夷塢), 칠원(漆
園), 초원(椒園) 등에 이르렀다. 배적(裵迪)과 함께 한가로이
노닐면서 각각에 대해 절구를 썼다."

1_柴: '시'로도 읽지만, 여기서는 '채'로 읽힘.

79_ 왕유,
녹채(鹿柴)[1]

空山不見人
但聞人語響
返景[2]入深林
復照靑苔上

텅 빈 산에 사람 보이지 않고
말소리만 들릴 뿐.
되비치는 저녁 빛 깊은 숲에 들어와
또다시 푸른 이끼를 비춘다.

저물녘 숲길을 산책하노라면 무성한 잎 사이로 황금빛 햇살이 스미는 걸 보곤 한다. 밤이 오기 직전이라 그런지 인적도 없다. 산 아래쪽 도시로 저녁이 밀려오는 게 보인다. 이른 불빛이 저녁 햇살에 빛나고, 산길은 고적하다. 어디선가 무슨 소리가 들리는 듯하다. 고요할수록 작은 소리도 멀리까지 들리는 법이다. 이럴 때면 늘 왕유의 이 작품이 생각났다.

자신이 살고 있는 종남산 기슭의 풍광을 묘사하지는 않았지만, 이 작품만큼 그가 살아가는 환경이 느껴지는 것도 별로 없는 듯하다. 낮과 밤 사이를 아름답게 노래하면서, 그 속에 맑고 깊은 자신의 마음을 담았다. 무어라 설명하기는 어렵지만, 그의 마음이 손에 잡힐 듯 느껴진다.

1_왕유의 별장인 망천 안에 있던 지명. '柴(채)'는 나무로 만든 울타리를 뜻하는 글자로, '寨(채)', '砦(채)'와 통용되기도 함.
2_반경(返景): 저물녘 해가 지려고 할 때 구름 사이로 반사되는 햇빛을 말함.

80_ 왕유,
백석탄(白石灘)

清淺白石灘
綠蒲向¹堪把²
家住水東西
浣紗³明月下

맑고 얕은 백석 여울
푸른 부들은 손에 잡힐 듯하다.
집은 강물 인근에 있어
밝은 달빛 아래 빨래를 한다.

맑고 얕은 물이라 하얀 돌이 잘 보이고, 물 가운데 푸른 부들이 선명하다. 게다가 달 밝은 밤이면 빨래하는 아낙들이 오간다. 낮과 밤의 아름다운 풍광이 잘 대비되어 있고, 그림처럼 고요한 낮의 풍경과 빨래하며 들리는 소리들이 대비되어 있다. 시각적 이미지와 청각적 이미지, 정적 이미지와 동적 이미지를 적절하게 배치하여 백석탄을 보여준다.

1_向(향): 부근, 인근.

2_把(파): (손으로) 잡다.

3_완사(浣紗): 소흥(紹興) 완사계(浣紗溪)에서 서시(西施)가 비단을 빨았다는 고사 때문에, '완사'는 빨래를 한다는 뜻으로 쓰이게 되었음.

81_ 왕유,
죽리관(竹裏館)¹

獨坐幽篁²裏
彈琴復長嘯
深林人不知
明月來相照

깊은 대숲에 홀로 앉아서
거문고 연주도 하고 길게 휘파람도 불어본다.
깊은 숲이라 사람들은 알지 못하고
밝은 달이 찾아와 서로 비춘다.

혼자 있을 때면 나는 늘 음악을 크게 틀어놓고 책을 읽는다. 조용한 가운데 책을 읽을 때도 있지만, 고요가 너무 무겁게 느껴질 때면 늘 음악을 듣는다. 고요함만 있으면 고요함을 알 수 없다. 작은 움직임이라도 있어야 고요의 무게를 짐작한다.

깊은 대숲에서 거문고를 연주하고 길게 휘파람을 부는 것은 자기 마음속을 표현하는 행동이다. 그렇지만 사람들은 그 속에 담긴 뜻을 알아주지 않는다. 사람들 속에서도 외롭다. 자신의 뜻을 알아주는 이는 오직 밝은 달이다. '상조(相照)', 서로 비춘다는 것은 명월과 시인 자신이 마음으로 감응한다는 의미다. 인간 세상을 벗어나 깊은 대숲에서 천지자연과 감응하는 모습에서, 그가 자연 속에 은거하면서 청정한 삶을 살아가는 은자(隱者)임을 보여준다.

1_「竹裏館」은 「竹里館」으로도 씀.

2_幽篁(유황): 깊고 그윽한 대나무숲.

82_ 왕유,
신이오(辛夷¹塢)

木末芙蓉花²
山中發紅蕚³
澗戶寂無人
紛紛開且落

우듬지의 부용화는
산속에서도 붉은 꽃 피운다.
시냇가 집은 인적 없이 고요해도
어지러이 피고 지는구나.

제법 푸른빛이 우거지기 시작하는 산길을 걷노라면 바람결에 슬며시 백목련 향이 스칠 때가 있다. 싱그러운 계절과 잘 어울리는 향기는 사람을 기분좋게 만든다. 잎사귀 사이로 연꽃 모양의 흰 꽃이 보이고, 그 사이로 푸른 하늘이 보인다. 길옆 시냇가 바위에 앉아 잠시 바람에 몸을 맡긴다. 보는 이 전혀 없어도 잎을 틔우고 꽃을 피우고 향기를 흩뿌리고, 끝내는 스러질 것이다. 어쩌면 우리의 생도 이와 같아서, 아무도 알아주는 이 없지만 사람의 꽃을 피우고 사람의 향기를 뿌리다가 슬며시 사라질 일이다.

1_辛夷(신이): 나무에 향기가 있음. 꽃은 처음에 가지 끝에서 피는데, 붓처럼 뾰족한 모양이라고 해서 목필화(木筆花)라고 부르기도 함. 꽃이 활짝 피면 마치 연꽃처럼 모양이 작은 잔과 비슷함. 붉은색 꽃도 있고 흰색 꽃도 있음. 옥란(玉蘭), 목란(木蘭)으로 부르기도 하며, 우리나라에서는 백목련으로 부르기도 함.
2_芙蓉花(부용화): 연꽃을 지칭할 때도 있지만, 여기서는 목련(木蓮)을 말함. 신이(辛夷)와 같은 뜻으로 쓰임.
3_紅萼(홍악): 붉은 꽃받침을 의미함.

83_ 최국보(崔國輔),
원망의 노래〔怨辭〕[1]

妾有羅衣裳

秦王[2]在時作

爲舞春風多

秋來不堪著[3]

제가 가진 비단옷은

진왕 계실 때 지은 것입니다.

봄바람 살랑일 때 춤추던 옷,

가을이 되니 입을 수 없네요.

총애는 덧없는 것이어서, 봄날의 총애가 가을까지 가지도 못한다. 황제가 없으면 총애도 사라지는 법, 버림받은 여인의 마음은 헤아릴 길이 없다. 가을 부채가 여름이 지나면 버림받듯이, 봄날의 비단 춤옷도 황제가 없으니 입을 기회가 없다. 세상일이란 대체로 이런 것이어서, 우리가 한때 좋은 시절을 만난다 하더라도 영원하지 않다는 사실을 마음에 담고 있어야 한다.

이 작품은 2수로 된 연작시다. 판본에 따라 어떤 것이 제1수인지 달리 표기되어 있는데, 여기서는 『전당시』(권20)에 따라 위의 작품을 제2수라고 하였다. 제1수는 다음과 같다.

樓前桃李疏	누각 앞 복사꽃 오얏꽃 성글어지고
池上芙蓉落	연못 안의 연꽃 떨어집니다.
織錦猶未成	짜던 비단 아직 마치지 못했는데
蟲[4]聲入羅幕	벌레 소리 비단 장막으로 들려옵니다.

1_『전당시』(권20)에는 제목이 「怨詩」로 되어 있음. 2수로 된 연작시 중에서 제2수임.

2_秦王(진왕): 당태종 이세민(李世民)을 지칭함. 황제가 되기 전 진왕에 봉해졌음. 여기서는 굳이 당태종을 지칭하려는 것이 아니라, 왕을 범칭하는 것으로 사용되었음.

3_著(착): (옷을) 입다.

4_蟲: '蚕'으로 되어 있는 판본도 있음.

84_ 최국보,
옛 시의 뜻을 따라 짓다〔古意〕

淨掃黃金階[1]
飛霜厚[2]如雪
下簾彈箜篌[3]
不忍見秋月

황금계단 깨끗이 쓰니
날리는 서리가 눈처럼 두터워라.
주렴 내리고 공후 타노라니
차마 가을달 쳐다보지 못하겠다.

온갖 사념으로 괴로운 밤, 잠은 오지 않고 밤은 길다. 뒤척이기 괴로워서 슬며시 일어나 밖으로 나간다. 달은 밝고 사방은 고요하다. 온갖 생각들이 의식 표면으로 올라왔다가 사라지기를 무시로 반복한다. 누구나 이런 경험이 있을 것이다. 번민의 나날을 떠올리면 지금도 잠이 사라진다.

여성으로 보이는 위 작품의 화자 역시 번민의 밤을 지내는 것 같다. 계단을 쓸고 나니 서리가 눈처럼 날려서 쌓인다고 했다. 새벽이 가까워지도록 잠을 이루지 못했다는 뜻이리라. 괜히 공후를 끌어안고 몇 줄 연주해보지만, 가을달을 차마 쳐다보지 못한다. 달을 보는 순간 떠나간 임을 생각하느라 눈물이 쏟아질 것 같은 마음 때문이었을까.

어린 시절에는 제대로 들어오지 않던 화자의 마음이 내 마음 깊이 들어온다는 것은 내 삶이 저와 같은 경험에 공감할 수 있을 만큼 오래되었다는 뜻일 것이다. 그저 상투적인 표현으로만 읽던 표현이 아니던가. 원래 '고의(古意)'라는 뜻은 옛 시를 염두에 두고 지을 때 붙이는 의고시(擬古詩)의 제목이다. 상투적이라는 비판을 감수하고 짓는다는 의미다. 옛 시의 내용과 표현에 자신의 생각을 의탁하는 것, 어쩌면 그 이상 자신의 마음을 표현하기 어렵다는 뜻이기도 하다. 화자의 그리움은 그렇게 깊고 또 깊은 모양이다.

1_黃金階(황금계): 황금으로 만든 것처럼 아름다운 계단이라는 뜻으로, 여성이 거처하는 규중의 계단을 아름답게 표현한 단어.

2_厚: 『전당시』(권119)에는 '皎'로 되어 있는 판본도 있다고 하였음.

3_箜篌(공후): 줄을 당겨서 연주하는 현악기의 이름. 근대 이전 서역 및 동아시아 전역에서 널리 연주되던 악기였음.

85_ 최국보,
위궁사(魏宮詞)

朝日照¹紅妝
擬上銅雀臺²
畫眉猶未了³
魏帝⁴使人催

아침햇살 붉은 화장을 비추니
동작대에 막 오르려 할 때.
눈썹 그리는 일 아직 마치지 못했는데
황제는 사람 보내 재촉한다.

위왕 조조는 늘 동작대에서 궁녀들을 모아놓고 연회를 열었다. 궁녀들은 그의 눈에 띄기 위해 정성 들여 화장을 했을 것이다.

아침햇살에 빛나는 붉은 화장, 아리땁게 눈썹을 그리는 모습 등은 시 작품에 밝고 화려한 이미지를 부여한다. 사람을 시켜서 빨리 동작대에 오르라고 재촉하는 것에서도 황제가 주관하는 연회가 임박했다는 느낌을 준다. 화사하면서도 긴박감이 느껴지는 작품이다.

1_照: '點'으로 되어 있는 판본도 있음.

2_銅雀臺(동작대): 중국 한나라 말기, 건안(建安) 15년(서기 210년)에 위왕(魏王) 조조(曹操)가 수도인 업(鄴)의 서북쪽에 세운 누대. 구리로 만든 봉황으로 지붕을 장식했으며 옥룡·대(玉龍臺), 금봉대(金鳳臺) 등으로도 불렸음.

3_了: '竟'으로 되어 있는 판본도 있음.

4_魏帝(위제): 위나라 황제. 여기서는 후일 위무제(魏武帝)로 추존된 조조를 지칭함.

86_ 최국보,
장신궁의 풀〔長信草〕[1]

長信宮[2]中草
年年愁處生
時[3]侵珠履[4]跡
不使玉階行

장신궁의 풀은
해마다 근심 어린 곳에서 자란다.
때때로 그대 발자국을 덮어
섬돌로 다니지 못하게 한다.

황제의 총애를 잃은 여인이 살아가는 곳은 늘 풀이 무성하다. 찾아오는 사람이 없다는 뜻이다. 남편인 황제조차 찾아오지 않는 곳은 근심으로 가득하고, 해마다 파릇한 풀들은 근심을 먹고 자라는 듯하다. 황제가 오지 않으니 풀이 무성해지고, 풀이 무성하니 황제의 발길이 오기 힘들다.

1_이 작품의 제목은 「長信宮」, 「반첩여의 원망〔婕妤怨〕」으로 되어 있기도 함.

2_長信宮(장신궁): 한나라 성제(成帝)의 총애를 받던 반첩여(班婕妤)가 조비연(趙飛燕)이 들어오면서 황제의 총애를 잃자, 조비연 자매의 무고로 폐위가 된 시어머니 허황후를 모시고 물러나 살았던 궁궐의 전각 이름.

3_時: '故'로 되어 있는 판본도 있음.

4_주리(珠履): 구슬로 장식한 신발. 여기서는 황제의 신발을 의미함.

87_ 최국보,
소년의 노래〔少年行〕[1]

遺却[2]珊瑚鞭

白馬驕不行

章臺[3]折楊柳

春日[4]路傍情

산호 채찍 잃어버리자

백마는 거만하게 가지 않는다.

장대에서 버들가지 꺾은 건

봄날 길가의 정이로세.

풍류를 한껏 뽐내면서 거리를 다니는 소년의 멋진 모습이 작품에 넘친다. 산호 채찍에 백마를 탔으니, 한껏 멋을 내기도 했지만 부티가 흘러넘친다. 그 비싼 산호 채찍을 잃어버리고 백마를 탄 모습에서 그가 비싼 물건을 아무렇지도 않게 생각한다는 느낌을 담았다. 아마도 그는 부유하면서도 귀한 집 자제일 것이다. 비싼 채찍에 걸맞게 백마 역시 가질 않는다. 그러는 중에도 버드나무 가지를 꺾으며 어여쁜 아가씨와 정을 나누는 모습에서 소년의 여유와 호기, 풍류 등이 넘쳐난다.

이런 이미지의 시는 특히 이백(李白)에게서 잘 드러난다. 당나라 시에서 만들어지는 소년의 형상에서 우리는 호탕하면서도 세상 사람들의 평판에 신경쓰지 않고 풍류를 즐기는 호협(豪俠)의 이미지를 읽어낼 수 있다. 그러한 이미지에서 확대되어 풍류방을 제집 드나들 듯이 돌아다니는 풍류남아(때에 따라서는 방탕한 남자)의 이미지가 형성되기도 했다.

1_이 작품의 제목이 「長樂少年行」 또는 「古意」로 되어 있는 판본도 있음.(『전당시』 권119) '少年行'은 악부(樂府)의 제목임.

2_遺卻(유각): (둔 곳을) 잊어버리다. (물건을) 잃어버리다. 버리다. 던지다.

3_章臺: 기생들의 집이 밀집해 있던 장안의 거리 이름.

4_日: '草'로 되어 있는 판본도 있음.

88_ 최국보,
유수곡(流水曲)¹

歸來²日尙早
更欲向芳洲³
渡口水流急
迴船不自由

돌아가려니 시간이 너무 일러
다시 향기로운 풀 우거진 섬으로 가려 한다.
나루터 어귀의 물이 너무 급해서
배를 돌리기가 자유롭지 않네.

배를 타고 강으로 나왔다가 돌아가려니 여전히 아쉽다. 나루터 어귀의 물살이 급해서 배를 돌리지 못한다는 것은 핑계일 뿐, 강 한가운데에 있는 섬으로 가서 아름다운 날을 즐기고 싶어하는 화자의 마음이 강하다.

문득 초등학교 시절이 생각난다. 집에 돌아가자니 오후 햇살이 아깝다. 가방을 던져놓고 강변에 앉아 하염없이 놀던 때가 있었다. 세월은 어느덧 속절없이 흘러 그렇게 놀 수 있던 시절은 지나고, 여유로운 마음을 가질 때 없는 신세가 되었다.

1_이 작품의 제목이 『전당시』(권119)에는 「中流曲」 혹은 「古意」로 되어 있음.

2_來: 『전당시』(권119)에는 '時'로 되어 있음.

3_芳洲(방주): 아름다운 풀들이 우거진 섬. '洲'는 강 한가운데에 모래가 쌓여 섬처럼 된 곳을 지칭함.

89_ 최국보,
연밥 따는 노래〔採¹蓮曲〕

玉嶼²花爭發
金塘³水亂流
相逢畏相失
竝着⁴采蓮舟

어여쁜 섬에는 꽃이 다투어 피어나고
멋진 연못에는 물이 어지러이 흐른다.
서로 만났다가 서로 잃어버릴까 두려워
연밥 따는 배를 나란히 묶어두었다.

맑은 날, 연밥을 따러 배를 타고 나온 여인들의 발랄함이 느껴진다. 꽃이 다투어 피어나는 못, 물은 어지러이 흐른다. 자칫 물결에 배가 흘러서 멀리 떨어질까 걱정하는 마음에 서로 배를 이어놓았다.

'옥(玉)', '금(金)'의 화려한 색채 이미지와 '쟁(爭)', '란(亂)'의 시각적 혹은 동적 이미지가 엇갈리면서 이 작품의 분위기를 표현한다. 게다가 다투어 피어나는 수직적 이미지와 어지러이 흘러가는 수평적 이미지도 읽는 재미를 더한다. 평범하게 보일 수 있는 표현들을 곰곰이 따져보노라면 참 잘 짜인 작품이라는 생각이 든다.

1_ 採: 『전당시』(권119)에는 '采'로 되어 있음. 본문도 같음. '採蓮曲'은 악부의 제목임.

2_ 嶼: 『전당시』(권119)에는 '潊(서)'로 되어 있음. '嶼'는 섬, '潊'는 물가라는 뜻임.

3_ 金塘(금당): 돌로 단단하게 둑을 쌓은 연못.

4_ 着: 『전당시』(권119)에는 '著'로 되어 있음.

90_ 맹호연(孟浩然),
건덕강에서 묵으며〔宿建德江¹〕

移舟泊烟²渚³
日暮客愁新
野曠天低樹
江淸月近人

배를 움직여 안개 낀 물가에 세우니
날 저물자 나그네 설움 새로워라.
들판 넓어 하늘은 나무에 낮게 드리우고
강 맑아 달은 사람과 가깝다.

나그네의 근심을 이렇게 아름다운 말로 묘사한 작품을 만나기란 쉽지 않다. 고향을 떠나 낙양으로 가면서 남쪽 지방을 다시 유람할 때 지은 작품으로 알려져 있다. 배로 다니다가 날이 저물면 안개 자욱한 모래톱에 정박하고 하루를 지새운다.

날은 저물고 달이 떠오를 무렵, 아득히 넓은 들판에 하늘이 낮게 드리우고 자그마한 나무들이 보인다. 하늘이 나무에 낮게 드리운다는 것은 하늘이 마치 나무들과 서로 이어져 있는 듯하다는 의미다. 지평선임을 알려주는 작은 나무들과 하늘은 서로 뒤엉겨 저녁 풍경을 보여준다. 게다가 강물이 얼마나 맑은지 물에 비친 달은 손에 잡힐 듯 앞에서 빛난다.

끝없이 드넓은 우주 속에서 오직 내 옆에는 달만이 빛나는 초저녁, 나는 문득 저 궁극의 외로움이 어쩌면 인간의 본질을 드러내는 것이 아닐까 생각한다.

1_建德江(건덕강): 지금의 절강성(浙江省) 건덕 서쪽을 흘러가는 강 이름.

2_烟: '幽'로 되어 있는 판본도 있음.

3_渚(저): 모래가 쌓여 모래톱이 있는 물가를 말함. 강 한가운데에 섬처럼 쌓이면 '주(洲)'라고 함.

91_ 맹호연,
진으로 들어가는 주대를 전송하며
〔送朱大¹入秦〕

遊人²五陵³去
寶劍直⁴千金
分手⁵脫相贈
平生一片心

유람객은 오릉으로 떠나가매
보검은 천금과 맞먹는다.
이별하며 풀어서 서로 주나니
평생의 한 조각 마음이어라.

장안으로 유람하러 먼길을 떠나는 사람을 위해 천금의 보검을 풀어서 선물로 준다. 오릉은 장안의 이름난 곳으로, 풍류 넘치는 사람들과 호협(豪俠)한 사람들이 모이는 곳이다. 멋진 보검이야말로 그러한 점을 염두에 둔 선물이며, 동시에 자신의 마음을 담아서 주는 귀한 선물이다.

명시하지는 않았지만, 이 구절 뒤에는 춘추시대 오(吳)나라 공자(公子) 계찰(季札)의 '연릉해검(延陵解劍)' 고사가 스며 있다. 계찰이 진나라로 사신을 가면서 서(徐)나라를 지나게 되었다. 서군(徐君)이 계찰의 검을 보고 마음에 들었지만 차마 달라는 말을 하지 못했다. 계찰은 진나라에 사신으로 가는 처지여서 검을 차고 있어야만 했으므로 그에게 주지 못했다. 사신의 임무를 마치고 돌아오는 길에 서나라를 들렀지만 공교롭게도 서나라 임금은 세상을 떠난 뒤였다. 계찰은 자신의 보검을 풀어서 서군의 무덤인 연릉(延陵) 옆 나무에 걸어두고 귀국했다. 시종하는 사람이 '서군은 이미 죽었는데 어째서 검을 주었느냐'고 묻자, 계찰은 이렇게 말한다. "내가 처음에 마음속으로 보검을 주겠노라 허락했는데, 그가 죽었다고 해서 주지 않으면 내 마음을 내가 저버리는 것이다."

맹호연은 그 고사를 염두에 두고 이 구절을 썼으리라. 그렇게 자신이 마음속으로 인정한 벗이어서, 보검을 풀어 선물로 주는 것으로 마음을 표현한 것이리라. 담박한 시풍을 지닌 맹호연의 작품 중에서 호방한 풍모를 보이는 몇 작품 중의 하나다.

1_朱大(주대): 누구인지 알려져 있지 않음. 주(朱)씨 집안의 맏이라는 뜻으로 '大'를 붙였음.

2_遊人(유인): 유람하는 사람. 여기서는 주대를 지칭함.

3_五陵(오릉): 장안과 함양 사이에 한나라 황제의 무덤 5기가 있어서 붙은 이름. 부유하고 명망 있는 사람들이 많이 살았으며 호협한 사람들이 많이 왕래한 곳임.

4_直(치): 여기서는 '치'로 읽음. '~에 해당하다', '~의 가치가 있다'는 뜻.

5_分手(분수): 이별하다. 헤어지다.

92_ 맹호연,
서울로 가는 벗을 보내며〔送友之京〕¹

君登青雲去
予望青山歸
雲山從此別
淚濕薜蘿衣²

그대는 청운으로 올라 떠나고
나는 청산을 바라며 돌아간다.
구름과 산은 이제 이별이라
눈물에 벽라의가 젖어든다.

담담한 이별 속에 깊은 슬픔이 배어 있다. 청운의 꿈을 안고 벼슬길로 향하는 벗과 청산 속에서 살아가려는 화자가 이제 이별하는 자리, 모두 푸른 자리이지만 살아가는 곳이 달라진다. 구름과 산의 이별, 젖어드는 벽라의, 만날 기약은 아득하다. 쉬운 글자, 절묘한 대구 속에 슬픔이 넘쳐난다.

1_『전당시』(권160)에는 제목이 「送友人之京」으로 되어 있음.
2_薜蘿衣(벽라의): 벽라는 벽려(薜荔)와 여라(女蘿)라는 풀의 이름. 담쟁이덩굴을 지칭한다고도 함. 담쟁이덩굴 같은 풀로 만든 옷이라는 의미로, 은거해서 살아가는 사람이 입는 옷을 말함. 은자(隱者)를 의미하기도 함.

93_ 맹호연,
저십이와 함께 낙양으로 가는 길에 짓다〔同儲十二¹洛陽道中作〕

珠彈²繁華子³

金羈⁴遊俠人

酒酣白日暮

走馬入紅塵

구슬 탄환 쏘는 부유한 집 자제들

금장식 굴레 씌운 말 타는 유협들,

술에 취해 하루해 저무는데

말을 달려 홍진 속으로 들어간다.

풍류와 호협은 과연 젊은 청춘들의 상징이다. 나이가 들어 풍류로움을 즐기는 사람도 많고 그렇게 즐기는 풍류가 멋질 때도 많지만, 돈에 구애받지 않고 한낮에 이미 술에 취해 있는 모습은 아무래도 노년의 모습으로 보기에는 무리가 있다. 게다가 붉은 먼지 가득한 속세로 말을 타고 뛰어드는 모습은 아무리 술에 취했더라도 청춘의 패기가 아니면 기대하기 어렵다. 내 젊은 시절을 돌아본다. 나는 과연 저렇게 세상을 향해 무모하게 뛰어든 시절이 있었던가.

이 작품은 당대 뛰어난 시인 저광희(儲光羲)의 작품에 맹호연이 화답한 것이다. 이 시를 지었을 때는 개원 7년(729년)이다. 당시 맹호연은 벼슬을 구하는 데에 실패하고 낙양에서 노닐고 있었다. 그 무렵 저광희의 작품 「낙양도 5수를 여사 낭중에게 올리다〔洛陽道五首獻呂四郎中〕」 연작시 중 마지막 수에 맹호연이 화답했다. 저광희 작품의 제5수는 다음과 같다.

洛水照千門	낙수는 수많은 문에 비치고
千門碧空裏	수많은 문은 푸른 하늘에 솟아 있다.
少年不得志	소년은 뜻을 얻지 못하여
走馬入新市	말을 달려 새 저잣거리로 들어간다.

낙수에 비치는 화려한 전각(아마도 궁궐일 것이다)에 마음

을 두었던 소년의 뜻은 꺾이고 막 열린 저잣거리로 말을 달려 들어가는 모습을 그린 저광희의 시 구절에서 맹호연은 자신의 처지를 읽었는지도 모르겠다. 풍류와 호탕함에 빠져드는 것은 뜻을 펼 곳 없는 청춘들이 마음을 펴려는 것 아니겠는가.

1_儲十二(저십이): 저씨 가문의 열두째 자식이라는 뜻. 여기서는 저광희(儲光羲)를 지칭함.

2_珠彈(주탄): 구슬을 탄환으로 사용한다는 뜻으로, 호탕하면서도 부귀함을 의미함.

3_繁華子(번화자): 화려하게 용모를 꾸민 부유한 집안의 자제.

4_金羈(금기): 금으로 장식한 굴레.

94_ 맹호연,
봄날 새벽〔春曉〕

春眠不覺曉

處處聞啼鳥

夜來風雨聲

花落知多少**1**

봄잠에 새벽인 줄 몰랐는데
곳곳에서 새 우는 소리 들린다.
간밤 비바람 소리 들리더니
떨어진 꽃이 얼마인 줄 알겠구나.

봄은 걸핏하면 사람을 혼곤한 잠으로 인도한다. 이 작품은 봄날 풍경을 너무도 아름답게 포착하고 있다. 새벽이 온 줄도 모르고 잠에 빠져 있었다고 한 걸 보면, 평소에 작자는 새벽부터 일어나 집안을 돌아다니는 부지런한 사람이었다는 생각이 든다. 지저귀는 새소리에 봄잠을 깬다. 겨우내 고요하던 집 주변의 자연은 봄이 되자 비로소 두런두런 깨어나는 것이다. 봄이 깨어나는 소리에 작자도 잠을 깬다.

작자는 어째서 새벽이 온 줄도 모르고 잠에 빠져 있었을까? 아마 그는 밤잠을 설쳤을 것이다. 비바람 치는 소리에 밤새 뒤척이다가 새벽녘이 되어서야 비로소 잠이 든 것으로 보인다. 새소리가 들리는 걸 보면 밤새 비바람이 치다가 맑게 갠 봄날 아침이 온 것을 짐작할 수 있다. 그리고 문득 간밤의 비바람에 떨어졌을 꽃이 생각난다. 3, 4구를 직역하면 "간밤 비바람 소리 들리더니, 떨어진 꽃이 얼마인 줄 알겠구나" 정도가 되겠지만, 나는 이렇게 의역하고 싶다. "간밤 비바람 소리 들렸는데, 꽃은 또 얼마나 떨어졌을까." 새소리와 함께 맑게 갠 봄날 아침을 맞으면서, 그가 제일 먼저 의식한 것은 간밤 비바람에 떨어졌을 꽃에 대한 안타까움이다.

문득 이런 생각이 든다. 아파트 생활에 익숙한 사람들이 이 작품의 느낌을 얼마나 마음으로 이해할 수 있을까. 현관문을 닫는 순간 세상과 완전히 독립되어 마치 섬처럼 살아가는 우리에게, 봄날 새벽 삼라만상이 깨어나는 소리를 들을 가능성은 없다고 해도 과언이 아니다. 맹호연의 시 구절이 더욱 내 마음에 들어오는 봄날 아침이다.

1_이 대목은 판본에 따라 "欲知昨夜風, 花落無多少"로 표기된 곳도 있음.

95_ 맹호연,
원습유를 찾아갔다가 만나지 못하고
〔訪袁拾遺不遇〕[1]

洛陽訪才子[2]
江嶺[3]作流人[4]
聞說梅花早
何如此[5]地[6]春

낙양에서 그대를 방문했더니
먼 곳에 유배당한 몸이 되었더군.
듣자 하니 그곳은 매화가 일찍 핀다는데
낙양의 봄과 비교하면 어떠하던가.

재주 많은 사람이 유배를 당하다니, 세상 참 고약하다. 원습
유를 찾아간 맹호연의 마음이 황망했으리라. 대유령 남쪽은
흔히 영외(嶺外)라 해서 풍토병이 횡행하는 오랑캐의 땅이 아
니던가. 먼 곳으로 유배되었으니 만날 기약을 할 수 없다.

　남쪽이라 매화가 일찍 필 터, 그곳에서 지내는 봄이 이곳
낙양의 봄보다 좋으리라는 보장이 없다. 먼 곳의 그대에게 마
음으로부터 안부를 묻는다.

1_『전당시』(권160)에는 제목이 「洛中訪袁拾遺不遇」로 되어 있음. '洛中'은 '낙
양(洛陽)'을 지칭함.

2_才子(재자): 재주가 많은 사람. 여기서는 원습유를 지칭함.

3_江嶺(강령): 중국 강남의 대유령(大庾嶺) 이남 지역. 당나라 때에는 죄인들이
유배를 많이 가던 곳임.

4_流人(유인): 유배를 당한 사람. 여기서는 원습유를 지칭함.

5_此: '北'으로 되어 있는 판본도 있음.

6_此地(차지): 이 땅. 곧 작자가 있는 낙양을 말함.

96_ 맹호연,
국화담 주인을 찾아가다
〔尋菊花潭主人〕**1**

行至**2**菊花潭

村西日已斜

主人登高**3**去

雞犬空在家

국화담에 이르자

마을 서쪽으로 해는 이미 기울어.

주인은 등고하러 갔고

닭과 개만 부질없이 집을 지킨다.

벗을 만나러 갔다가 못 만난 경우를 누구나 한 번쯤은 겪었을 것이다. 약속 없이 무작정 찾아간 길이었지만, 막상 벗이 없으면 서운한 마음이 깊어진다. 예부터 많은 시인묵객들이 그러한 경우를 소재로 작품을 많이 썼다.

맹호연의 이 작품 역시 만나지 못한 서운함을 담은 대표적인 시이다. 연못 이름도 국화담이고 '등고'가 등장하는 것을 보면, 맹호연이 찾아간 것은 9월 9일 중양절이었을 것이다. 친구와 함께 등고를 하면서 국화주라도 한잔 즐길 요량이었을까. 그의 집에 도착했을 때는 이미 날이 저물고 있었다. 그런데 벗은 등고에서 돌아오지 않은 듯 집에 없다. 텅 빈 집에 닭과 개만 서성거리는 모습에서 그의 마음이 허전하고 착잡한 듯이 느껴진다.

누군가 보고 싶을 때 그를 만날 수 있다면 얼마나 좋을까. 그렇지만 인생은 늘 어긋남의 연속이다. 그 어긋남 속에서 우연히 마주쳤을 때의 기쁨을 떠올려본다. 인생에 두어 번은 그런 순간이 있으면 좋겠다.

1_『전당시』(권160)에는 제목이 「국화담 주인을 찾아갔다가 만나지 못하다〔尋菊花潭主人不遇〕」로 되어 있음.

2_行至(행지): '걸음이 ~에 이르다'는 의미로, '도착하다'의 뜻으로 사용됨.

3_登高(등고): 음력 9월 9일, 높은 곳에 올라가는 풍습. 흔히 주변의 언덕이나

산봉우리에 올라가 국화주를 마심으로써 재앙을 없앰.『속제해기(續齊諧記)』에 의하면, 동한(東漢) 때 여남(汝南) 사람인 환경(桓景)이 비장방(費長房)을 따라 여러 해를 돌아다녔음. 그런데 하루는 비장방이 환경에게 '9월 9일 그대 집에 재앙이 닥칠 터이니 즉시 돌아가서 사람들에게 주머니를 만들어 산수유를 담아 팔에 묶고 높은 곳에 올라가 국화주를 마시도록 하라'는 말을 들음. 환경은 즉시 돌아가서 높은 곳에 올라갔다가 돌아와 보니 모든 가축들이 불에 타서 죽어 있었다고 함. 이후 9월 9일이면 산수유 가지를 머리에 꽂고 높은 곳에 올라가 국화주를 마시는 풍습이 생겼는데, 이를 '등고(登高)'라고 함.

97~98_ 저광희(儲光羲),
낙양으로 가는 길〔洛陽道〕[1]

洛水春冰開
洛城春樹[2]綠
朝看大道上
落花亂馬足

大道直如髮
春日佳氣[3]多
五陵貴公子[4]
雙雙鳴玉珂[5]

낙수에 봄 얼음 녹고
낙양성에 봄 나무 푸르다.
아침에 보니 큰길 위에
떨어진 꽃 말발굽에 어지럽다.

큰길은 머리카락처럼 곧고
봄날은 아름다운 풍광 넘친다.
오릉의 귀공자들
쌍쌍이 옥 장식 울리면서 지난다.

해마다 봄을 맞지만 똑같은 봄은 없다. 불가역적인 시간의 지배를 받는 것은 인간의 숙명이다. 지금 이 시간이 소중하고 아까운 것은 그 때문이다. 특히 우리에게 봄은 기나긴 겨울을 물리면서 등장하기 때문에 더욱 찬란하다. 생명이 사라진 듯한 겨울, 우리는 봄을 얼마나 기다렸던가.

화창한 봄날을 즐기기 위해 한껏 치장을 하고 나선 귀공자들의 모습에서 청춘 시절을 느낀다. 말굴레에 달린 옥 장식이 가볍게 부딪치는 소리를 들으면서, 그들은 풍류를 즐길 마음에 한껏 부풀어 있을 것이다.

그렇지만 그 젊음은 순식간에 지나간다. 얼음이 풀리고 나무에 푸른빛이 도는가 싶었는데 어느새 봄을 화려하게 장식하던 꽃들은 떨어져 말발굽에 어지러이 밟힌다. 저 아름다운 풍광도 곧 사라지리라. 이게 인생이 아니던가.

봄날의 풍류를 즐기는 멋진 청춘들을 노래하는 작품들을 읽다보면 알 수 없는 슬픔 같은 것이 느껴지는 것은 이런 점 때문이다. 아름다운 시절은 짧기가 봄날 저녁과 같으니, 지금 이 순간을 즐기는 것이야말로 우리의 몫이 아닐까.

1_『전당시』(권139)에는 제목이 「낙양으로 가는 길 5수를 지어 여사 낭중에게 바치다(洛陽道五首獻呂四郎中)」로 되어 있음. 여기서는 제1수와 제3수를 수록한 것임. 「장안도」는 악부의 제목임.

2_樹: '水'로 되어 있는 판본도 있음.

3_佳氣(가기): 아름다운 기운. 특히 구름이 만들어내는 멋진 기운을 말하지만, 여기서는 봄날의 아름다운 풍광을 의미함.

4_五陵貴公子(오릉귀공자): 오릉은 당나라 장안의 번화한 곳을 지칭하는 것으로, 풍류를 즐기는 귀공자들의 왕래가 잦았던 곳임. 맹호연의 「진으로 들어가는 주대를 전송하며」 주석 참조.

5_玉珂(옥가): 말굴레에 다는 옥 장식물.

99_ 저광희, 장안으로 가는 길〔長安道〕[1]

西行一千里
暝色生寒樹[2]
暗[3]聞歌吹聲[4]
知是長安路

서쪽 천릿길을 가노라니
어둑한 빛이 서늘한 나무에서 피어난다.
그윽이 음악 소리 들어보니
장안으로 가는 길인 걸 알겠구나.

날 저무는 겨울, 먼길을 걸어 장안으로 간다. 어둑한 빛 속에 겨울나무들 스산한데, 문득 들리는 음악 소리가 반갑다. 멀리서 들리는 소리는 지친 나그네에게 안온함과 따스함, 안도의 한숨, 휴식 같은 것들을 안겨준다. 어쩌면 인생의 힘든 시기를 넘어서 이제 평온한 곳을 바라보는 희망의 소리를 느낄 수도 있을 것이다.

1_長安道: 악부의 제목임. 원래 2편으로 된 연작시인데, 여기서는 제2수를 수록한 것임.

2_寒樹(한수): 겨울나무.

3_暗(암): 몰래. 그윽이.

4_歌吹聲(가취성): 노래하고 악기 연주하는 소리.

100~101_ 저광희,
강남곡(江南曲)¹

綠江深見底
高浪直翻空
慣是湖邊住
舟²輕不畏風

日暮長江裏
相邀³歸渡頭
落花如有意
來去逐船流

짙푸른 강 깊숙이 바다까지 보이는데
높은 파도 곧바로 허공에서 뒤집힌다.
호숫가에 사는 게 익숙한지라
배가 가뿐해도 바람 두려워하지 않는다.

날 저무는 장강 위에서
서로 만나 나루터로 돌아온다.
떨어진 꽃은 무언가 뜻이 있는지
오락가락 배를 따라 흐르는구나.

강에서 고기를 잡으며 살아가는 어촌 사람들을 노래한 작품이다. 「강남곡」이라는 제목으로 지어지는 악부는 강가에서 살아가는 사람들을 소재로 한 민요풍으로 많이 창작된다. 저광희의 작품 역시 강가 어부들의 건강한 삶을 소재로 지어졌다.

깊고 푸르고 맑은 물이지만 물결은 허공에서 뒤집힌다 할 정도로 높다. 위험해 보이기까지 한 저 파도 위에서 작은 배로 가볍게 움직이지만, 이 동네 사람들에게는 그저 일상일 뿐이다. 바람이 불어도 두려움 없이 물살을 헤쳐나가는 어부들의 모습에서 우리는 활달하고 건강한 삶을 발견한다. 제1수에서 멋지게 쓰인 것은 '慣(관)'이라는 글자다. 누구나 두려워할 만한 파도 위에서 작은 배를 움직이는 삶이 하루이틀에 만들어진 것이 아니라는 말이다. 목숨을 걸고 고기를 잡는 그들의 생활은 이미 '습관(習慣)'이 되었다. 삶과 죽음의 경계에서 살아가는 것이 그저 일상이 되었다. 나는 '慣'이라는 글자에 어부들의 생애가 함축되어 있다는 느낌을 받았다.

하루 종일 강에서 고기를 잡다가 날이 저물자 돌아온다. 높은 파도 일렁이는 물 위에서의 하루를 마치고 돌아오는 길, 다른 배들도 돌아가는 모습이 보인다. 소리 높여 서로 이름을 부르거나 하루의 생활을 묻는 모습이 눈에 선하다. 나처럼 저들도 하루를 무사히 마치는 것이다. 어디선가 떨어진 꽃들이 배를 타고 따라온다.

이 부분은 배 위에서 남녀가 서로 만나 사랑을 나누는 것으로 해석하는 경우도 있다. 일반적으로 「강남곡」이라든지 「채련곡」과 같은 악부 작품은 남녀의 낭만적 사랑의 분위기를 그리는 작품이 많은 것도 사실이다. 특히 떨어진 꽃이 배를 따라오는 풍경을 두고 낭만성에 초점을 맞추는 것이다. 그렇게 해석해도 이 작품을 감상하는 데 그리 나쁘지는 않다. 그렇지만 연작시의 제1수에서 거센 물결을 헤치면서 고기잡이를 하는 것이 일상생활이라는 점을 노래했다면, 남녀의 문제로 보기보다는 호숫가에서 살아가는 어부들의 삶을 노래한 것으로 보는 것이 자연스럽게 느껴진다.

어부들의 생애가 고달프고 위험하다지만, 돌이켜보면 육지에서의 삶이라 해서 편안하기만 하겠는가. 어쩌면 우리의 삶도 저 어부들의 삶과 같아서, 세상의 높은 파도 위를 작은 몸뚱이로 헤쳐나가는 우리야말로 육지의 어부가 아니겠는가.

1_4편의 연작시 중에서 제1수와 제3수임. '강남곡'은 악부의 제목임.

2_舟: '船'으로 되어 있는 판본도 있음.

3_相邀(상요): 서로 부르다. 서로 맞이하다. 강 위에서 각자 고기를 잡다가 강 위에서 서로 만나 함께 포구로 돌아오는 것을 의미함.

102_ 배적(裵迪),
맹성요(孟城坳)

結廬古城下
時登古城上
古城非疇昔
今人自來往

옛 성 아래 집을 짓고
때때로 옛 성을 오른다.
옛 성은 옛것 아니니
오늘날의 사람이 절로 오간다.

성은 허물어져 터만 남았는데 사람들은 그곳을 무심히 오간
다. 옛 성이 있던 시절의 풍경도 사라지고, 옛 성을 오가던 사
람들도 사라졌다. 빈터에서 풍경을 바라보며 사람들이 오가
는 모습을 바라보는 시인의 마음이 쓸쓸하게 느껴진다.

'맹성요'라는 곳은 앞서 소개한 왕유(王維)의 작품으로 유
명하다. 왕유가 망천(輞川)에 은거하고 있을 때 배적과 함께
이곳에서 지냈다. 그들은 망천의 풍경 스무 곳을 골라서 오언
절구를 썼다. 같은 제목의 작품이 왕유와 배적 모두에게서 나
오는 것은 그 때문이다.

103_ 배적,
목란채(木蘭¹柴²)

蒼蒼落日時
鳥聲亂溪水
緣溪路轉深
幽興何時已

짙푸른 숲속에 해가 질 무렵
냇가에 새소리 어지럽다.
시내 따라 길은 더욱 깊어지나니
그윽한 흥취는 언제나 다할까.

시냇가를 따라 나 있는 산길을 걸어본 사람이면 그 호젓함을 기억할 것이다. 더욱이 해가 질 무렵, 인적은 없고 새소리는 더욱 귀에 가까이 들린다. 저물녘 작은 산길이 깊어질수록 내 마음도 더욱 고요해진다. 굽어진 길을 돌아드는 순간 문득 코끝에 산목련 향기가 아련히 스며드는 듯하다.

'蒼蒼(창창)'은 전통적으로 망천 계곡 주변의 짙푸른 숲을 지칭하는 것으로 해석해왔다. 여기서도 그 해석을 따랐다. 그런데 '창창'은 하늘의 깊고 푸른 빛을 의미하기도 한다. 그런 입장에서 해석하면 안 될까? 만약 그렇게 본다면 첫째 구절인 "蒼蒼落日時(창창낙일시)"는 "푸르고 푸른 하늘에 해가 질 무렵" 정도의 뜻이 될 것이다.

1_木蘭(목란): 낙엽교목에 속하는 나무로, 속은 희고 겉은 자줏빛이 도는 꽃이 핌. 목련(木蓮) 혹은 산목련(山木蓮)을 지칭한다고도 함.
2_柴: '시'로도 읽지만 여기서는 '채'로 읽음. 왕유의 「녹채(鹿柴)」 주석 참조.

104_ 두보(杜甫),
무후묘(武侯[1]廟)

遺廟丹青[2]落[3]
空山草木長
猶聞辭後主[4]
不復臥[5]南陽[6]

버려진 사당에 단청 벗겨지고
빈산에 풀과 나무만 무성하다.
후주와 작별했다는 말 들었지만
다시는 남양으로 돌아가지 못했어라.

꿈은 늘 이루어지는 것이 아니다. 마음속에 나라를 구하기 위한 뜨거운 열정이 있어도 그것은 대부분 역사 속에서 스러지기 일쑤다. 어쩌면 인간은 그런 비극을 운명적으로 안고 살아가는 것이 아닐까.

이 시를 지었을 때인 대력(大曆) 원년(766년), 만년의 두보(712~770)는 기주(夔州)에 머무르고 있었다. 평생 곤궁한 생활과 전쟁으로 인한 유랑에서 벗어나지 못했지만 성도(成都)에서의 생활은 비교적 안정된 편이었다. 이곳에서 제갈량의 유적을 돌아다니며 「촉상(蜀相)」과 같은 명편을 남기기도 했다. 이후 그는 기주로 옮겨서 2년쯤 사는데, 「무후묘」는 이 시기에 지은 작품이다.

유비의 삼고초려(三顧草廬)로 남양을 떠난 제갈량은 평생 촉나라를 위해 온 마음을 다했다. 유비가 세상을 떠날 때 아들 유선을 불러서 제갈량을 아버지처럼 대하도록 당부했으나, 유선이 황제가 되자 제갈량의 뜻이 제대로 반영되지 않는 일이 잦았다. 촉은 위(魏)에 공격을 당하면서 상황이 어려워졌고, 이에 제갈량은 위나라를 정벌하기 위해 227년 후주(後主)로 지칭되는 유선에게 글을 올린다. 이 글이 바로 「출사표(出師表)」다. 이 정벌이 실패하자 다시 한번 군사를 일으키는데, 이때 올린 글을 「후출사표(後出師表)」라고 한다. 그러나 결국 사마의(司馬懿)가 이끄는 위나라 군대를 맞아 오장원(五

丈原)에서 싸우는 와중에 제갈량은 세상을 떠난다.

전구의 번역을 여기서는 "후주와 작별했다는 말 들었지만"으로 했으나, 이 부분을 두보 입장을 감안하여 "후주와 작별하는 말 아직도 들리는 듯한데"로 번역하는 것도 가능하다.

무후묘는 양양(襄陽), 성도(成都), 남양(南陽) 등 여러 곳에 있는데, 이 작품의 소재가 된 곳은 기주에 있는 사당이다.

1_武侯(무후): 제갈량(諸葛亮)을 말함. 제갈량은 촉(蜀) 후주(後主) 건흥(建興) 원년(223년)에 무향후(武鄕侯)에 봉해졌음. 사후에 충무후(忠武侯)에 봉해졌고, 동진(東晉)에서는 무흥후(武興侯)에 봉해졌음. 이러한 사정 때문에 제갈량을 '무후'로 지칭함.

2_丹青(단청): 일반적으로 건물에 그려진 문양을 말하지만, 여기서는 사당의 벽에 그려진 제갈량의 화상을 지칭하는 것으로 보기도 함.

3_落: '古'로 되어 있는 판본도 있음.

4_後主(후주): 촉(蜀)의 유비(劉備)가 죽은 후 아들 유선(劉禪)이 제위를 이어받았다가 멸망했음. 따라서 유비를 선제(先帝) 혹은 선주(先主), 유선을 후주(後主)라고 지칭함.

5_臥(와): 누워서 쉰다는 뜻으로, 제갈량이 원래 이곳에 은거하면서 와룡(臥龍)이라는 호를 얻었으므로 이렇게 표현한 것임.

6_南陽(남양): 제갈량이 은거했던 곳. 그는 남양의 등현(鄧縣)에 은거하고 있다가 유비의 삼고초려로 세상에 나와 촉을 위해 일했음. 남양은 양양성(襄陽城) 서쪽 20리 지점에 있으며 융중(隆中)이라 불리기도 함.

105_ 두보,
팔진도(八陣圖)[1]

功蓋三分國
名成[2]八陣圖
江流石不轉
遺恨失呑吳

공적은 셋으로 나누어진 나라를 덮었고
명성은 팔진도로 이루어졌다.
강물은 흘러가도 돌은 굴러가지 않았으니
남은 한은 오나라를 삼키려다 실패한 것이어라.

천하를 셋으로 나누는 이른바 '천하삼분지계(天下三分之計)'는 제갈량이 자신의 원대한 꿈을 이루기 위한 밑그림이었다. 거기에 병사를 운용하던 팔진도가 있었다. 오나라와의 전투에서 제갈량은 자신을 믿어주던 유비의 죽음을 맞이했고, 이후 위나라와의 대치 속에서 자신도 죽는다. 강물은 끊임없이 흐르지만 돌로 쌓아 만들어둔 팔진도는 그대로 남아 있다. 오나라 병탄(併吞)에 실패한 뒤, 제갈량에게는 그 일이 평생의 한으로 남았을 것이다.

두보는 안사(安史)의 난으로 가족과 생이별하고 유랑하던 시절을 겪었다. 전쟁의 참화를 겪은 그는 늘 백성과 사직의 안녕을 고민하고 희망했다. 그러한 마음이 작품에 스며 있기 때문에, 조선시대에는 늘 선비들에게 두보의 작품 읽기를 권유했던 것이다. 세월이 흘러도 여전히 남아 있는 팔진도를 보면서, 그는 천하를 위한 꿈을 이루지 못하고 세상을 떠난 유비, 제갈량을 떠올린다. 시대가 어려울수록 역사 속 아픔은 자신의 마음에 깊이 와닿는 법이다.

1_ 『전당시』(권229)에는 다음과 같은 주석이 붙어 있음. "제갈량의 팔진도는 세 곳에 있다. 하나는 기주, 하나는 미모진, 하나는 기반시에 있다. 이 작품에서의 팔진도는 기주 영안궁 앞에 있는 것이다(諸葛亮八陣圖有三. 一在夔, 一在彌牟鎮, 一在棋盤市. 此在夔之永安宮前者)." 유비는 222년 이릉(夷陵) 전투에서 오나라와

대치했는데, 오나라 장수 육손(陸遜)에게 패하여 백제성(白帝城)으로 퇴각함. 그리고 이듬해 223년 중병을 얻어 이곳에 있는 영안궁에서 세상을 떠났음. 한편, '팔진도'는 제갈량이 전쟁을 할 때 군사들을 배치하는 진법(陣法)임. 돌을 쌓아서 여덟 줄을 만들었으며, 각각의 진세(陣勢)는 천(天), 지(地), 풍(風), 운(雲), 비룡(飛龍), 상조(翔鳥), 호익(虎翼), 사반(蛇蟠)이라고 함. 기주(夔州) 어복(魚腹) 모래사장에 있다고 함.

2_成: 『전당시』(권229)에는 '高'로 되어 있음.

106_ 두보,
절구(絶句)**1**

江碧鳥逾白
山靑花欲然**2**
今春看又過
何日是歸年

강이 파라니 새는 더욱 희고
산이 푸르니 꽃은 불붙는 듯.
올봄도 눈앞에서 또 지나가니
돌아갈 날은 그 언제인가.

이토록 아름다운 봄날에 깊은 슬픔을 담을 수 있다니, 역시 두보의 명성이 그냥 생긴 것은 아니다. 절구가 가질 수 있는 모든 규칙들을 엄정하게 지키면서도 봄날의 정경 속에 자신의 마음을 담았다. 선명한 색채 대비 속에 봄날을 대표하는 여러 소재들을 배치하는 솜씨가 놀랍다.

선경후정(先景後情)이라더니, 과연 이 작품은 그 대표라 할 만하다. 파란 강물을 배경으로 날아가는 흰 물새의 모습, 한창 푸르러지는 봄날의 산에 불이 붙는 듯 피어오르는 붉은 꽃으로 봄날의 정경을 노래한다. 그렇지만 이렇게 아름답고 멋진 봄날도 시인에게는 그저 덧없다. 고향을 떠나 유랑하는 나그네에게 봄이 아름다울수록 향수는 짙어지는 법이다. 올해는 고향으로 갈 수 있으리라는 희망을 가지고 살지만, 올봄도 그저 눈으로 보기만 하고 지나갈 뿐이다. 고향으로 돌아갈 날은 보이지 않는다.

전구가 독자의 마음을 울린다. '간(看)'은 본다는 뜻이다. 멀리서 그냥 바라본다는 의미가 들어 있다. 여기서 '눈앞에서'라고 의역한 것은 이 때문이다. 이어서 '우(又)'가 있다. 바라보는 사이에 '또' 한 해의 봄이 지나가고 있다. 고향으로 돌아가고자 하는 희망이 이렇게 눈앞에서 지나가고 있다. 아름다운 봄날 풍경 속에 향수에서 오는 슬픔이 짙게 묻어나는 대목이다.

1_이 작품은 두보의 「절구(絶句) 2수」 중 제2수임. 제1수는 다음과 같음. "遲日 江山麗, 春風花草香. 泥融飛燕子, 沙暖睡鴛鴦."(날은 더딘데 강산은 어여쁘고, 봄 바람 속에 꽃과 풀은 향기롭다. 진흙 풀리자 제비 날고, 모래 따뜻해지자 원앙이 조는 구나.) 「絶句」라는 제목은, 특별한 의미 없이 시의 형식을 가지고 제목으로 삼 은 것임. 『두시상주(杜詩詳註)』(권13)의 주석에 의하면, 이 작품은 광덕(廣德) 2 년(764년) 성도(成都)로 돌아와 지은 작품임.

2_然: 불이 붙는다는 뜻으로, '燃'과 통용되던 글자임.

107_ 두보,
절구(絕句)[1]

江動月移石
溪虛雲傍花
鳥棲知故道
帆過宿誰家

강물 흐르자 달빛은 바위로 옮겨가고
시내 텅 빈 듯 구름은 꽃 옆에 머문다.
새 깃들이니 옛길을 알고 있는 것
지나가는 돛단배 어느 집에 묵을꼬.

이미지의 병치로 이루어진 작품만큼 설명하기 어려운 것도 없으리라. 물론 6수로 이루어진 연작시 중의 마지막 작품이라는 점을 감안해서 해석하는 것이 마땅하겠지만, 그렇다 해도 이 작품에서 두보는 자신이 느끼는 늦봄의 정경을 병치하여 눈앞에 펼쳐진 봄날을 묘사했다. 마지막 구절에서는 정처없이 지나가는 돛단배를 통해서 유랑하는 자신의 삶을 비유한 것으로 보인다. 그만큼 이 작품도 봄날의 아름다운 정경을 포착해 묘사하면서 그 안에 깊은 슬픔 같은 것을 담았다.

사실 이 작품은 구절마다 쉽게 이해할 수 없는 부분을 포함하고 있다. 기구(起句)에서는 쉼 없이 흐르는 강물과 자리를 계속 옮겨가는 달빛을 통해서 시간의 흐름을 보여준다. 승구(承句)에서는 시냇물을 중심으로 여러 사물들을 한곳으로 모으고 있다. 시내가 텅 비었다는 것은 시냇물이 너무 맑아서 마치 텅 비어 있는 듯하다는 의미다. 구름이 꽃 옆에 머문다는 것은 맑은 시냇물에 꽃과 구름이 비쳐서 한데 어우러진 모습을 표현한 것이다. 전구(轉句)에서 새가 저물녘이 되어 둥지로 돌아와 깃들인다는 것은 새가 둥지로 돌아오는 길을 잘 알고 있기 때문이라는 것을 말한다. 봄날을 구성하는 만물이 스스로 알아서 제자리를 찾아가는데, 자신만은 유랑하는 신세를 면치 못한다는 결구(結句)로 앞부분의 시상 전개가 이어진다.

벚꽃이 흐드러지게 피는 걸 보면서 이제 봄이 한창이겠구나 싶었는데, 간밤 폭설로 눈이 쌓이자 꽃샘추위를 새삼 실감한다. 봄볕에 눈이 녹자 벚꽃은 다시 봄을 장식하는데, 이 맘둘 데 없이 서성거리는 걸 보면 역시 봄은 봄이다. 봄이 아름다울수록 인생길을 유랑하는 우리의 시름은 더욱 깊어진다.

1_이 작품은 「절구(絶句) 6수」 중 제6수임. 앞에 나온 작품과 제목은 같지만 다른 작품임. 『두시상주』(권13)에 주석에 의하면 이 작품 역시 광덕 2년(764년) 성도로 돌아와 지은 작품임.

108~109_ 최호(崔顥), 장간행(長干行)[1]

君家住[2]何處[3]
妾住在橫塘[4]
停舟暫借問
或恐是同鄉

家臨九江[5]水
去來[6]九江側
同是長干人
生少[7]不相識

그대 집은 어디신가요?
저는 횡당에 산답니다.
배 멈추고 잠시 여쭙는 것은
혹시 동향이 아닐까 싶어섭니다.

집은 구강 가에 있어서
구강 옆을 오갑니다.
장간 사람인 건 같습니다만
어릴 때라서 알아보질 못하겠습니다.

배를 타고 오가다가 우연히 멈춘 배에서 웬 처자가 묻는다. 혹시 장간 출신이 아니냐고. 배를 멈추고 낯선 남자에게 먼저 말을 건네는 처자의 태도가 참 당당하기도 하고 당돌하기도 하다. 그렇다고 해서 그녀의 말솜씨가 화려하거나 무언가 의도를 담고 있는 것 같지는 않다. 참 담박하다. 그 물음에 남자 역시 담박하게 대답한다. 장간 출신인 건 맞지만, 이곳을 워낙 자주 오가기 때문에 얼굴이 익은 건 아니냐고, 어렸을 때 장간에 살기는 했지만 그대는 아는 분이 아닌 듯하다고.

우연히 물위에서 만나 말을 건네는 남녀의 대화가 솔직담백하다. 일상어를 써서 두 남녀의 만남을 절묘하게 표현했다. 게다가 일상적인 대화 속에 어쩐지 남녀의 만남에 대한 막연한 기대와 설렘을 함축하고 있지 않은가.

모든 만남은 일상적이다. 일상적 계기를 어떻게 비일상적 낭만의 세계로 나아가게 하는가는 그다음 일이다. 이런 작품을 읽노라면, 인간의 모든 신비는 우리의 일상생활 속에 들어 있다는 것을 새삼 느끼곤 한다.

1_이 작품은 『전당시』(권26)에 「長干曲」이라는 제목으로 수록되어 있는 잡곡가사(雜曲歌辭)에 속하는 악부(樂府)임. 4편으로 이루어진 연작시인데, 여기서는 제1수와 제2수를 수록한 것임. 장간(長干)은 옛날 금릉(金陵)의 지명으로, 현재 남경 남쪽의 진회하(秦淮河) 남쪽에 위치함.

2_住: '定'으로 되어 있는 판본도 있음.

3_住何處: '何處住'로 되어 있는 판본도 있음.

4_横塘(횡당): 지금의 남경 서남쪽에 있는 막수호(莫愁湖)를 말함.

5_九江(구강): 원래 장강(長江) 중에서 심양강(潯陽江)의 한 부분을 말하지만, 여기서는 장강을 범칭하는 것임.

6_來去: 『전당시』에는 '去來'로 되어 있음.

7_少: 『전당시』에는 '小'로 되어 있음. '生小'는 '어린 시절, 어릴 때'라는 의미임.

110_ 최호,
강남곡(江南曲)¹

下渚多風浪
蓮舟漸覺稀
那能不相待
獨自逆潮歸

아래쪽 물가로는 풍랑이 거세어
연밥 따는 배가 점점 드물어지는 걸 알겠네.
어떻게 서로 기다리지 않고
홀로 물결 거슬러 돌아갔을까?

앞에서 소개한 최호의 「장간행」 2수에 이은 작품이다. 연밥을 따기 위해 배를 타고 다니는 여인의 노래가 이어진다. 연밥 따는 데 마음을 쏟고 있었는데, 물결이 거세져서 문득 정신을 차려보니 사람들은 대부분 돌아간 뒤다. 자신을 기다리거나 돌아가자는 말도 없이, 그들은 집으로 돌아갔다.

어린 시절, 바닷가에서 친구들과 함께 바위에 붙은 섶을 따러 간 적이 있었다. 섶을 따는 재미에 빠져 시간 가는 줄 몰랐는데, 문득 고개를 들어보니 날은 저물어가고 친구들은 먼저 간 뒤였다. 순간 망연자실해지면서 나를 기다려주지 않은 친구들에 대한 섭섭함과 함께 외로움이 밀려왔다. 이런 작품을 읽다보면 어린 시절이 떠오른다. 이 노래를 부르는 처자의 목소리에서도 그런 감정들이 느껴진다.

1_이 작품은 원래 앞에서 나온 「장간행」 연작시 4수 중 제3수인데, 여기서는 「강남곡」이라는 제목으로 수록된 것임.

111_ 고적(高適),
시골 집에서의 봄 풍경〔田家春望〕

出門無¹所見
春色滿平蕪²
可憐³無知己
高陽一⁴酒徒⁵

문을 나서면 보이는 건 없고
봄빛만 들판에 가득할 뿐.
가련해라, 친한 벗 없는
고양의 한 사람 술꾼인 신세.

가슴에 품은 뜻은 천하를 덮는데, 나를 알아주는 사람은 어디에도 없다. 답답한 마음 금할 길 없다. 봄빛은 들판에 가득하지만 정작 자신은 술로 세월을 보내는 신세다. 특히 마지막 구절은 시인의 심사를 그대로 드러내는 한편, 자신을 알아줄 사람을 절실하게 찾는 느낌이 강하다.

한고조(漢高祖) 유방(劉邦)이 항우와 천하를 다툴 때의 일이다. 유방이 군대를 이끌고 진류(陳留)를 지날 때, 역이기(酈食其)가 유방 군영 앞까지 찾아와 명함을 넣으며 뵙기를 청하였다. 때마침 유방은 발을 씻고 있었는데, 명함이 전달되자 어떤 사람이냐고 물었다. 그러자 명함을 가져온 사람이 글을 하는 선비인 것 같다고 대답했고, 이에 유방은 만날 시간이 없으니 그냥 가라고 전했다. 그러자 역이기는 눈을 부릅뜨고 검을 잡더니 그 말을 전해준 사자에게 이렇게 말한다. "다시 들어가서 패공(沛公, 유방을 지칭함)에게 나는 고양의 술꾼이지 선비가 아니다(吾高陽酒徒也, 非儒人也)라고 말씀드려라." 그러자 유방은 즉시 역이기를 들어오게 하여 천하를 함께 논하게 되었다. 사마천이 쓴 『사기(史記)』「역생육고열전(酈生陸賈列傳)」에 나오는 일화다.

봄이면 무언가 모르게 내 뜻을 펼칠 기회가 오리라는 희망에 부푼다. 긴 겨울 끝에 만난 푸른빛도 반갑다. 시인 역시 이런 희망과 함께 자신의 꿈을 실현할 수 있는 기회를 애타게 기다리고 있다.

1_無:『전당시』(권214)에는 '何'로 되어 있음.

2_平蕪(평무): 풀이 무성한 들판.

3_憐:『전당시』(권214)에는 '歎'으로 되어 있음.

4_一: '憶'으로 되어 있는 판본도 있음.

5_高陽一酒徒: 본문의 해설 참조.

112_ 고적,
장처사의 채마밭에서 여러 사람과
함께 시를 짓다〔同群公題張處士菜園〕

耕地桑柘**1**間
地肥菜常熟
爲問葵藿**2**資
何如廟堂**3**肉

뽕나무 사이로 땅을 가나니
땅이 비옥해 채소는 늘 잘 익지.
묻나니, 푸성귀와 콩잎 맛이
묘당의 고기에 비하면 어떠신가?

수많은 시인들이 자연 속에서 한가하게 지내는 삶의 평화로움과 한적함을 노래한다. 우리가 살아가는 일상을 벗어나 자연 속으로 들어가면 누구든 그런 감정을 느낄 것이다. 그러나 이런 노래가 가진 느낌을 절절하게 느끼는 사람은 아마도 조정에서의 삶을 경험해본 이들일 것이다.

정신없이 바쁘게 서류를 처리하고 회의를 하거나, 혹은 언제 감옥으로 가거나 목숨을 잃을지 모르는 생활을 해보았다면, 자연 속에서의 유유자적이 얼마나 값진 것인지를 뼛속 깊이 느낄 것이다. 높은 관직을 지내며 기름지고 귀한 음식을 먹는 부귀로운 삶보다는 푸성귀와 콩잎 같은 소박한 음식일지라도 자연 속에서 평온한 마음을 가지고 살아가는 삶, 그것이야말로 인간다운 삶이 아니겠는가.

1_桑柘(상자): 뽕나무와 산뽕나무.
2_葵藿(규곽): 해바라기의 뜻으로 사용되어, 늘 해를 향해 꽃을 피우는 해바라기를 통해 임금을 향한 신하의 충성심을 비유하는 단어로 쓰임. 그러나 이 작품에서는 글자의 뜻 그대로 푸성귀와 콩잎의 의미로 사용되어 채소를 지칭함.
3_廟堂(묘당): 임금과 신하들이 국정을 논하는 조정.

113_ 잠삼(岑參),
행군하는 도중 중양절을 맞아
장안 고향집을 생각하다
〔行軍九日[1]思長安故園〕

强欲登高[2]去

無人送酒來

遙憐故園菊

應傍戰場開

일부러라도 등고하러 가고 싶지만

술을 보내주는 이 하나도 없네.

아련히 고향의 국화를 그리워하나니

응당 전쟁터 옆에서 피어 있겠지.

안녹산(安祿山)이 난을 일으키자 당나라는 혼란에 빠졌다. 현종은 장안을 버리고 피난을 갔고, 관리들이 우왕좌왕하는 사이에 백성들의 괴로움은 극에 달했다. 이 작품에 달려 있는 원래 주석에 의하면, 이 시는 안녹산을 물리치고 장안을 수복하기 전인 757년에 지어졌다. 당시 당나라 숙종은 팽원(彭原)을 거쳐 봉상(鳳翔)으로 진군했는데, 잠삼이 수행원으로 참여했던 것이다. 그는 장안에 오래 살았기 때문에 '고향'이라고 표현했다.

태어난 곳에서 평생을 살다가 그곳에 묻히는 것이 옛사람들의 희망이었다면, 이제는 젊어서 고향을 떠나면 다시는 돌아가지 못하는 사람들이 더 많아진 세상이다. 그리워하기만 하고 돌아가지 못하는 고향은 늘 그리움의 정서를 환기시킨다. 그것도 전쟁 때문에 가고 싶어도 가지 못하는 시인의 마음은 더욱 그립고 그립다. 전쟁터에서도 피어 있을 국화를 그리면서, 술을 가지고 오는 사람이 없어 등고를 하고 싶어도 못하는 신세를 한탄한다. 고향은 멀리서 그리워할 때 비로소 고향의 이미지를 가지는 것일지도 모르겠다.

1_九日: 9월 9일 중양절(重陽節)을 말함.
2_登高: 중양절에 높은 곳으로 올라가 술을 마시는 풍습이 있었는데, 그것을 지칭하는 말. 앞의 맹호연, 「尋菊花潭主人」의 주석 참조.

114_ 잠삼,
위수를 보면서 진천을 생각하다
〔見渭水思秦川〕**1**

渭水**2**東流去
何時到雍州**3**
憑**4**添兩行淚
寄向故園流

위수는 동쪽으로 흘러
언제쯤 옹주에 이를까?
두 줄기 눈물 덧보태나니
고향으로 흘러가길 부탁하노라.

앞에서도 언급한 것처럼, 잠삼은 전쟁의 와중에 고향을 그리워하는 시를 여러 편 지었다. 이 작품 역시 멀리서 고향을 그리워하는 마음을 담았다. 물은 흘러 고향으로 가건만, 시인은 그저 그리워만 할 뿐이다. 위수에 흘린 그리움의 눈물을 고향으로 잘 데려가달라고, 그래서 눈물방울만이라도 고향에 다다를 수 있도록 해달라고 부탁하고 있다.

이런 작품을 읽을 때마다 남북 분단으로 고향을 잃은 분들이 떠오른다. 언제든 마음만 먹으면 고향을 가볼 수 있는 나와 같은 사람은 아마도 저 심정을 이해하지 못할 것이다. 그저 짐작만 할 뿐이다. 그러나 눈물방울만이라도 가보게 해달라는 시적 진술은, 어쩌면 간절한 기도에 필적하지 않을까.

1_『전당시』(권201)에는 이 작품의 제목이 「서쪽으로 위주를 지나다가 위수를 보면서 진천을 생각하다(西過渭州見渭水思秦川)」로 되어 있음. 제목에 나오는 진천(秦川)은 지금의 섬서성 중부 지역에 있는데, 장안을 지칭하는 말로 사용된 것임.

2_渭水(위수): 위주(渭州) 조서산(鳥鼠山)에서 발원하여 동쪽으로 흘러 섬서성 경계에서 황하로 들어감.

3_雍州(옹주): 당나라 초기에는 수(隋)나라의 경조군(京兆郡)을 옹주로 개칭했는데, 개원(開元) 무렵에 장안(長安) 경조부(京兆府)로 다시 고쳤음. 이는 장안을 지칭하는 말로 사용된 것으로, 잠삼의 고향이기도 함.

4_憑(빙): 당부하다. 요청하다.

115_ 잠삼,
창힐의 조자대에 쓰다
[題蒼頡[1]造字臺][2]

野寺荒臺晚

寒天古木悲

空階有鳥跡

猶似造書時

들녘 절 황량한 조자대에 날은 저물어

찬 하늘 밑 고목이 슬피 운다.

빈 계단에 남아 있는 새 발자국

글자 만들던 때와 비슷하여라.

쓸쓸하고 고적하다. 들판 한켠에 있는 황량한 절, 겨울 하늘, 오래된 나무에 바람 부는 소리도 슬프다. 인적 없는 절에는 그저 새들만 오간 듯, 발자국이 어지럽게 남아 있다. 글자를 만든 창힐은 아득하지만, 새 발자국을 보니 아마도 저러했을 듯싶다는 것.

창힐의 조자대는 장안 즉 지금의 서안에 그 터가 남아 있다. 수(隋)나라 때 창힐의 공적을 기념하기 위해 창힐조자대를 세웠으나 당나라 중종 이후 조자대는 점차 피폐해져서 사라졌다. 그러니 '창힐조자대'는 '창힐의 조자대'라는 뜻이기도 하고 '창힐조자대' 자체가 하나의 명칭이기도 하다.

1_蒼頡(창힐): 창힐(倉頡)로도 씀. 성은 후강(侯剛), 네 개의 눈(혹은 두 눈에 각각 두 개의 눈동자)을 가지고 태어났다는 전설도 있음. 새 발자국을 보고 문자를 만들었다고 함. 헌원씨(軒轅氏) 아래에서 사관(史官)으로 일했으며, 이 때문에 사황씨(史皇氏)라고 불리기도 함.

2_『전당시』(권201)에는 제목이 「題三會寺蒼頡造字臺」로 되어 있음.

116_ 왕지환(王之渙), 관작루에 올라서〔登鸛雀樓[1]〕[2]

白日依山盡
黃河入海流
欲窮千里目
更上一層樓

해는 산 옆으로 떨어지고
황하는 바다로 흘러간다.
천리 저 끝까지 보고 싶다면
다시 누각 한 층을 더 올라가시길.[3]

높은 곳에 오르면 주변의 경관이 한눈에 들어온다. 마음도 괜히 탁 트이는 듯하다. 사람들의 입에 오르내릴 만한 명승은 어디나 주변 풍광이 한눈에 들어오는 곳에 위치한다. 그래서 좋은 누정은 '인경(引景)' 혹은 '남경(攬景)'이라 해서 경관을 끌어들여 정자가 있는 곳으로 모은다는 의미를 포함한다. 일부러 누정에 오르려는 마음에는 경관 감상과 시원한 기분을 경험하려는 기대가 들어 있을 것이다.

관작루에 오르는 사람들 역시 마찬가지다. 누각 맞은편으로 중조산(中條山)이 높게 솟아 있어서, 해가 서산으로 완전히 지기도 전에 산허리에 막힌다고 한다. 누각 앞으로는 황하가 흘러가고, 산허리에는 매일 하루해가 저물녘의 풍경을 만든다. "산에 의지해서 해가 진다"는 기구와 바다로 흘러가는 황하를 묘사하는 승구는 그런 점을 말하고 있다. 관작루에 오르면 누구나 볼 수 있는 풍경이다.

이 작품의 묘미는 전구와 결구에 있다. 더 멀리, 더 넓게 보려면 당연히 한 층 더 올라가야 한다. 당연한 말, 쉬운 언어로 담담하게 쓴 이 부분은, 처음 읽을 때는 그저 그런 말처럼 들리지만, 시간을 두고 여러 차례 곱씹어보면 인생의 깊은 뜻을 담고 있는 듯하다. 자신의 이상적 삶의 모습을 향해 나아가기 위해서는 늘 지금 이 자리에서 한 걸음 더 나아가려는 자세가 필요하다. 선사(禪師)들이 말하는 '백척간두진일보(百尺竿頭

進一步)'의 경계와 잇닿아 있다.

내 삶도 늘 한 걸음 더, 한 층 더 나아가려는 마음으로 만들어갈 수 있기를 소망해본다.

1_鸛雀樓(관작루): 6세기 중반에 건립되었을 때의 이름은 '鸛鵲樓'였으나 후에 '鸛雀樓'로 바뀌었음. 누각 위에 늘 황새와 까치 등 새들이 살았기 때문에 그런 이름이 붙었음. 영제시(永濟市) 안에 있는 포주성(蒲州城) 밖 황하 옆에 그 터가 남아 있었는데, 2002년 무렵 그 터에 복원하였음.

2_『전당시』(권253)에는 이 작품의 작자를 주무(朱斌)라고도 한다는 주석이 달려 있음.

3_전구와 결구의 번역은 진술이 누구를 대상으로 하는가에 따라 달라질 수 있음. 여기서는 시인이 사람들에게 전하는 담담한 목소리로 번역했음. 그러나 시인이 자신에게 하는 말로 번역을 한다면, "천리 저 끝까지 보고 싶어서, 다시 누각 한 층을 더 올라가본다"로 할 수 있음. 어느 쪽이든 그 나름의 의미가 있을 것임.

117_ 조영(祖詠),
종남산의 잔설을 바라보며
〔終南望餘雪〕[1]

終南[2]陰嶺[3]秀
積雪浮雲端
林表[4]明霽色[5]
城中[6]增暮寒

종남산 북쪽 고개 빼어난데
뜬구름 끝으로는 눈이 쌓여 있다.
숲 밖은 갠 빛으로 밝은데
성 안은 저녁 추위 더해간다.

이 작품은 과거시험에서 제출한 답안이었다고 한다. 원래는 율시(律詩) 혹은 배율(排律)로 써야 하기 때문에 8구(혹은 10구 이상)로 구성해야 한다. 그런데 조영은 절구(絶句)로 써서 즉시 제출했다. 시험관이 보고는 왜 4구만 썼느냐고 꾸짖자, 조영은 "제가 표현하려는 뜻을 다 썼습니다" 하고 말했다는 이야기가 『당시기사(唐詩紀事)』를 비롯한 여러 문헌에 전한다.

겨울과 봄 사이에서 시인의 명징한 정신이 빛나는 듯하다. 겨울은 끝나가지만 산꼭대기에는 여전히 남아 있는 잔설, 맑게 갠 하늘빛이 보이지만 저물녘이 되면 다시 추위가 닥치는 모습에서 시인의 삶과 정신이 현실과의 갈등 속에서도 빛난다는 생각을 한다.

1_『당시별재집(唐詩別裁集)』에는 제목이 「望終南殘雪」로 되어 있고, 『문원영화(文苑英華)』에는 「종남제색설(終南霽色雪)」로 되어 있음.

2_終南(종남): 장안 부근에 있는 산. 진령(秦嶺)을 이루는 주봉 중의 하나. 지금의 섬서성 서안시 남쪽에 있음. 일명 남산(南山)이라고도 하며, 옛날에는 태일산(太一山), 지폐산(地肺山), 중남산(中南山), 주남산(周南山) 등으로 불렸음. 산수가 빼어나고 장안에서 멀지 않기 때문에, 당나라의 명사들이 이곳을 은거지로 선호하였음. 왕유(王維) 작품의 해설 참조.

3_陰嶺(음령): 북쪽 고개. 북쪽 봉우리. '陰'은 북쪽을 의미하는데, 장안에서 보면 종남산의 북쪽만 보인다고 함.

4_林表(임표): 숲의 바깥쪽.

5_霽色(제색): 맑은 하늘빛. 비나 눈이 오다가 갠 하늘빛.

6_城中(성중): 성 안. 장안성 안을 지칭함.

118_ 이적지(李適之),
재상에서 파직되고 짓다〔罷相作〕

避賢¹初罷相
樂聖²且銜杯³
爲⁴問門前客
今朝幾箇來

어진 사람을 위하여 막 재상에서 물러나
술을 즐기며 술잔 머금어본다.
묻노니, 집 앞에 손님이
오늘 아침에는 몇 분이나 오셨더냐?

이적지는 천보(天寶) 원년(742년)에 좌상(左相)에 임명되어 5년 동안 일을 한다. 그동안 사람들에게 훌륭한 재상이라는 평가를 받았지만, 당시의 권간(權奸) 이임보(李林甫)에게 '권력을 다투느라고 협력을 하지 않는다'는 모함을 받아 해직된다. 이임보의 권력을 두려워했던 사람들은 아무도 이적지를 위해 변호하지 않았다.

『전당시』(권109)에는 당나라 맹계(孟棨)가 편찬한 『본사시(本事詩)』를 인용하여 다음과 같은 내용을 실었다. "이적지는 툭 트이고 곧으며 공평한 성품 덕에 재상이 되었는데, 그 당시 명예가 아주 높았다. 이 때문에 이임보에게 모함을 당해 파면되었다. 조정의 관리들은 그가 무죄라는 것을 알고 있었지만 임금에게 아뢰는 사람이 거의 없었다. 이적지는 마음에 분노가 일어 날마다 술을 마시고 마음대로 행동하면서 이 시를 지었다. 임보가 더욱 노하게 되어 마침내 죽음을 면치 못하였다."

세상인심이 원래 이런 것인가 싶다. 자기에게 손해가 될 것처럼 보이면 뻔히 보이는 것에도 입을 다문다. 세상을 위해 열심히 일했지만, 중요한 순간에는 아무도 나를 위해 말을 해주지 않는 것이다. 문전성시를 이루던 손님들도 찾아오지 않는다. 염량세태(炎涼世態)를 보는 듯하다. 겉으로는 온갖 언사로 치장하지만, 정작 자신의 이익을 위해서만 움직이는 것이 세상의 이치인가.

그렇지만 모든 사람이 이익을 위해 움직일 때 올바른 방향을 보고 공부한 것을 올곧게 실천하는 사람이 없는 것은 아니다. 그런 분들이 있어서 그래도 세상이 돌아간다.

1_避賢(피현): 자기 자리를 회피함으로써 그 자리에 어진 사람이 오도록 양보함.

2_樂聖(낙성): 술을 즐김. 『삼국지(三國志)』 「위서(魏書)」(권27)의 〈서호이왕전(徐胡二王傳)〉에 나오는 고사를 활용한 것. 서막(徐邈)은 위나라 건국 초기에 상서령을 지냈음. 당시에 금주 조치가 내려졌는데 서막이 개인적으로 술을 마시고 매우 취했음. 마침 조달(趙達)이 관청의 일을 물었는데 서막이 "성인에 빠져 있다"고 대답함. 이 소식을 들은 위나라 태조가 매우 화를 내자, 선우보(鮮于輔)가 황제에게 "술을 마시는 사람들은 보통 청주를 성인(聖人), 탁주를 현인(賢人)이라 말한다"고 아룀. 이적지의 시에서 '성인'을 즐긴다는 표현은 원래 청주를 즐기는 것을 말하는데, 술을 마시는 것을 통칭해서 이렇게 표현하기도 함.

3_銜杯(함배): 입에 술잔을 머금고 있음. 즉 술을 마시는 것을 뜻함.

4_爲: '借'로 된 판본도 있음.

119_ 이기(李頎),
　　　서울로 들어가는 다섯째 숙부를
　　　삼가 전송하며 기무삼에게 부치는
　　　시〔奉送五叔入京[1]寄綦毋三[2]〕[3]

陰雲[4]帶殘日
悵別此何時
欲望黃山[5]道
無由見所思[6]

어둑한 구름은 석양빛 띠었는데
슬프게 이별하는 이때는 어느 땐가.
황산 길을 바라보려 하나
그리운 사람 볼 길이 없네.

다섯째 숙부가 장안으로 떠나는 길을 전송한다. 저물녘 남은 햇살은 어둑한 구름 한쪽을 비추는데, 이별의 슬픔은 끝이 없다. 전송하며 장안을 생각하니, 문득 그곳의 벗이 생각난다. 황산 쪽 가는 길은 아득한데 그리운 사람은 보이지 않는다는 표현은 깊은 그리움의 정서를 느끼게 한다.

1_京(경): 장안.

2_綦毋三(기무삼): '기무'는 성이고 '삼'은 형제들 중에서 셋째라는 의미. 당나라 문인 기무잠(綦毋潛)을 지칭함.

3_『전당시』(권134)에는 제목이 「奉送五叔入京兼寄綦毋三」으로 되어 있음.

4_陰雲(음운): 『전당시』(권134)에는 '雲陰'으로 되어 있음.

5_黃山(황산): 지금의 섬서성 흥평현(興平縣) 서남쪽에 있던 궁궐의 이름.

6_所思(소사): 생각나는 사람. 그리운 사람. 여기서는 기무삼을 지칭함.

120_ 심여균(沈如筠),
규방의 원망〔閨怨〕[1]

雁盡書難寄
愁多夢不成
願隨孤月影
流照伏波[2]營

기러기 다 날아가 편지 부치기도 어렵고
근심 많아서 꿈 이루지 못합니다.
원컨대 외로운 달그림자 따라서
복파장군 진영에 비추어드렸으면.

계절은 다 가도 그대는 오지 않으니, 그리움 끝없이 깊어진다. 떠나간 임에 대한 그리움과 원망을 읊은 작품이 많은데, 그만큼 사랑하는 사람에 대한 그리움은 누구에게나 보편적 감정으로 깊이 자리하고 있다는 뜻이겠다.

전쟁 때문에 멀리 떠난 남편을 생각하며, 중천에 뜬 달에 무사히 돌아오기를 기원하는 마음과 그를 향한 그리움을 담았다. 문득 백제의 노래 「정읍사(井邑詞)」가 생각난다. 장사를 하러 멀리 떠난 남편을 그리워하며, 험한 일 당하지 않고 무사히 돌아오기를 기원하는 마음을 달에 담아서 노래했다. 그런 마음으로 하루하루를 지내는 아내의 가슴은 온통 해졌으리라.

1_이 작품은 2수로 된 연작시 중에서 제1수임.

2_伏波(복파): 한나라 때 장군의 명호. 서한(西漢)의 노박덕(路博德)이나 동한(東漢)의 마원(馬援) 등이 모두 복파장군에 봉해진 적이 있음. 여기서는 출정한 남편이 난을 서둘러 평정하는 것을 의미함.

121_ 최서(崔曙),
비를 마주하여 그대를 보내다
〔對雨送人〕[1]

別愁復兼[2]雨

別淚還如霰

寄心海上雲

千里長[3]相見

이별 근심에 더하여 비까지 오는데
이별 눈물은 되레 싸라기눈 같아라.
바다 위 구름에 마음을 부친다면
천리 밖에서도 길이 서로 볼 수 있으련만.

어떤 이별이든 헤어짐은 늘 쓸쓸하고 슬프다. 돌아보면 우리 인생에서 마음 붙이고 함께 살아간 사람이 몇이나 되던가. 새삼 내 옆에 있는 사람을 지그시 바라본다.

1_『전당시』(권155)에는 제목이 「對雨送鄭陵」으로 되어 있음.

2_兼: 『전당시』(권155)에는 '經'으로 되어 있음.

3_長: 『전당시』(권155)에는 '常'으로 되어 있음.

122_ 왕진(王縉),[1]
망천 별장을 떠나며〔別輞川別業〕

山月曉仍在
林風涼不絶
殷勤如有情
惆悵令人別

산 달은 새벽인데도 아직 떠 있고
숲 바람은 서늘하게 끊이지 않고 분다.
은근하게 정이 있는 듯하여
슬프게 사람을 헤어지게 하는구나.

왕유의 동생 왕진의 작품이다. 두 형제는 망천에서 함께 지내며 여러 편의 시를 지었다. 우리에게 알려진 작품은 대부분 왕유의 것이고, 왕진의 작품은 알려진 게 몇 편 안 된다. 그들의 별장이 있던 망천을 떠나면서 형제는 모두 시를 지었다. 왕유의 작품 「망천을 떠나며」는 앞에서 소개한 바 있다.

새벽에 망천을 떠나는 듯하다. 새벽달이 아직도 산에 걸려 있고, 서늘한 새벽바람도 불어온다. 망천을 떠나느라 밤잠을 설친 것인지, 사정이 있어서 일찍 떠나야만 했던 것인지 알 수는 없지만, 정을 붙이고 살던 곳을 떠나는 건 언제나 슬픔을 동반한다. 돌아보면 저 산과 개울도 정이 들었다. 새벽이 오도록 달빛과 바람으로 나를 전송해주는 듯하다.

누추한 곳이었더라도 막상 이사를 하면 착잡한 마음이 드는데, 이렇게 아름다운 산천을 떠나는 것은 더 말할 나위도 없으리라.

1_『오언당음』에는 이 작품의 작자가 왕유(王維)로 되어 있지만, 이는 왕진(王縉)의 잘못임. 따라서 작자 표기를 왕진으로 하였음. 왕진(700~781)은 왕유(699~759)의 동생.

123_ 구위(丘爲),
왼쪽 곁문 옆 배꽃〔左掖梨花〕[1]

冷豔全欺雪

餘香乍入衣

春風且莫定

吹向玉階飛

차갑고 고운 빛은 눈을 온전히 속일 만한데

남은 향기 설핏 옷에 스민다.

봄바람이여, 또한 멈추지 말아서

아름다운 섬돌 쪽으로 불어 꽃잎 날리게 해다오.

배꽃은 여러 모습을 지닌다. 하얀 꽃은 눈처럼 차갑게 느껴지는가 하면, 흰 꽃무리가 요염할 정도로 어여쁘기도 하다. 바람결에 스며 있는 향은 또 어떤가. 문 옆에 피어 있으니 문틈으로 설핏 밀려드는 향기는 황홀할 것이다. 거기에 꽃잎이 바람결에 날리면, 화사한 봄날 꽃눈을 보는 듯할 것이다.

　흐드러진 봄날의 정취를 이렇게 포착하기도 쉬운 일이 아니다. 이 작품에는 등장하지 않지만, 보름달이 뜬 날 밤이면 저 흰 배꽃은 사람을 미치게 할 것이다. 고려 말의 문신 이조년(李兆年)도 그렇게 노래하지 않았던가. "이화(梨花)에 월백(月白)하고 은한(銀漢)이 삼경(三更)인제⋯⋯."

1_『전당시』(권129)에는 왕유(王維), 황보염(皇甫冉)과 함께 지었다고 되어 있음.

124_ 심천운(沈千運),
오래된 노래〔古歌〕

北邙不種田
但種松與柏
松柏未生處
留待市朝客[1]

북망산에 다른 것은 심지 말고
소나무와 잣나무만 심어주시게.
솔과 잣 나지 않는 곳에
시정 관료들을 머무르게 하리니.

몇 해 전 북망산을 가본 적이 있다. 당나라 수도 장안이었던 서안에서 고속도로를 타고 가다가 낙양(뤄양)으로 향하는 나들목으로 빠져나갔다. 낙양 시내로 들어서기 전에 북망산을 지났다. 산이라기보다는 마치 작은 언덕 같았다. 송대까지의 고분을 모아놓은 박물관이 지하에 있었고, 위쪽은 공원처럼 꾸며놓았다. 내 머릿속의 북망산은 경기민요 〈성주풀이〉의 가사로 이미지가 만들어져 있었다. "낙양성 십리허(十里許)에, 높고 낮은 저 무덤은"으로 시작되는 이 노래는 북망산이 마치 죽은 자들의 공간이나 되는 것처럼 인식되고 있었다. 그러나 정작 가보니, 북망산은 작은 동산에 아름다운 공원으로 꾸며진 곳이었다.

그렇지만 그곳에 수많은 사람들의 무덤이 조성되어 있었다는 것은 엄연한 사실이다. 낙양은 오랫동안 여러 나라의 수도였고, 고관대작들의 무덤은 대부분 이곳에 위치했다. 가난하고 힘없는 사람들은 여기에 묻힐 수도 없었을 것이다. 이곳에는 곡식이나 다른 작물은 심지 말고 오직 소나무와 잣나무만 심도록 했다. 송백(松柏)은 예로부터 절의의 상징이다. 평생을 이익과 명예만 좇으며 살아온 사람들에게 송백이 호위하고 있는 무덤이 가당키나 한 일인가. 빈터는 명리만을 추구한 사람들을 위한 공간이다.

이 시를 읽다보니, 문득 내가 가본 북망산이 떠올랐다. 그곳에는 소나무와 잣나무가 거의 없었다. 기억이 분명치는 않지만, 적어도 내 머릿속에는 송백이 없었다. 어쩌면 세상에는 절의를 지키고 인간의 도리를 지키며 살아온 사람들이 거의 없다는 방증으로도 여겨졌다. 이런 시를 읽을 때마다 내 삶을 돌아보는 것은, 구차하게 금생을 살아가고 있는 중생의 소심함 탓이리라.

1_市朝客(시조객): 저잣거리와 조정에서 생활하는 사람들. 이익과 명예를 좇는 사람들을 지칭함.

125_ 이백(李白), 시랑을 지내는 아저씨를 모시고 동정호에서 노닐다가 술에 취하여 짓다〔陪侍郎叔¹遊洞庭醉後作〕²

刬却³君山⁴好
平鋪湘水流
巴陵⁵無限酒
醉殺⁶洞庭秋

군산을 깎아버렸더라면 좋았을 것을
평평하게 펼쳐지면 상수는 잘 흘렀으리.
파릉의 끝없는 술로
흠뻑 취하는 동정호의 가을.

악양루(岳陽樓)에 올라보면 드넓은 동정호가 한눈에 들어온다. 왼편으로 상수(湘水)가 호수로 흘러들고 그 옆으로 작은 섬이 하나 보인다. 바로 군산(君山)이다. 그곳에는 요임금의 부인이었다고 하는 아황(娥皇)과 여영(女英)의 무덤이 있다.

이백은 영왕(永王)의 막하에서 일한 것 때문에 유배를 가게 되었는데, 이듬해 759년(당 숙종 건원 2년)에 기주(夔州) 백제성(白帝城)에 이르러 사면을 받았다. 그는 강릉(江陵)을 거쳐서 악양으로 갔는데 거기서 숙부 이화를 만난 것이다. 당시 이화는 형부시랑으로 근무하다가 영남 지역으로 좌천되어 가던 길이었다. 이 작품은 그때 지어졌다.

이백은 숙부 이화를 모시고 동정호 주변을 유람하다가 이제 헤어지게 되었다. 아마 상수와 군산이 내려다보이는 악양루에서 이별의 술잔을 기울이지 않았을까. 군산을 깎아 평평하게 만들었다면 상수는 동정호 안으로 더 잘 흘러들었으리라는 표현에서, 우리는 이백의 마음속에 무언가 맺힌 것이 있다는 느낌을 받는다. 그 맺힌 것을 풀어보기라도 하듯 파릉의 술을 끝없이 마신다. 동정호의 가을은 깊어가고, 이별의 정한은 다함이 없다.

1_侍郎叔(시랑숙): 형부시랑(刑部侍郎)을 지낸 숙부 이화(李曄)를 지칭함.

2_『전당시』(권179)에는 제목이 「陪侍郞叔遊洞庭醉後三首」로 되어 있음. 3수의 연작시 중 제3수임.

3_剗却(잔각): 깎아버림. '剗却'으로도 씀.

4_君山(군산): 동정호에 있는 작은 섬. 상수(湘水)가 동정호로 흘러드는 입구에 이 섬이 있음.

5_巴陵(파릉): 악양(岳陽)의 옛 지명. 동정호의 동북쪽 호남성(湖南省) 악양 지구의 현공서(縣公署)에 있음. 동정호의 물이 양자강으로 흘러가는 출구에 위치하여 호남성의 관문 역할을 하는 곳임.

6_醉殺(취살): 흠뻑 취함. 완전히 취함. '殺'은 '醉(취)'를 강조하는 조자(助字).

126_ 원결(元結),
소를 끌고 어디로 가는가
〔將牛何處去〕¹

將牛何處去

耕彼故城東

相伴有田父

相歡惟牧童

소를 끌고 어디로 가는가?

저 옛 성 동쪽으로 밭 갈러 가오.

서로 짝지은 이는 농부들이고

서로 기뻐하는 이는 목동들이지.

농부와 짝을 지어 밭을 갈러 가고, 목동들과 즐겁게 화답한
다. 농촌의 활기찬 모습을 노래함으로써 '승평기상(昇平氣
象)'을 표현했다는 평을 받는 작품이다. 즐겁게 농사일을 하
는 사람들의 모습에서 행복한 삶을 엿본다.

1_이 작품은 2편의 연작시 중에서 제1수임.

127_ 유장경(劉長卿),
평번곡(平蕃[1]曲)[2]

絶漠[3]大軍還
平沙獨戍閒
空留一片石
萬古在燕山[4]

사막을 가로질러 대군이 돌아오니
광막한 사막에 홀로 남은 수루 한가하다.
부질없이 남겨놓은 한 조각 비석은
만고토록 연산에 남아 있으리.

북방 민족의 침략에 시달리던 한나라는 여러 차례 대군을 파견하여 북방을 안정시키고자 했다. 처참한 실패로 끝나기도 했지만, 실패의 경험을 바탕으로 드디어 사막을 가로질러 흉노를 토벌하는 데에 성공한다. 두헌은 그 공적을 비석에 새겨 연산에 세움으로써 한나라의 위엄을 기록했다. 대군이 돌아오자 사막은 다시 고요해졌다. 그곳을 떠돌며 흉포한 기세를 떨치던 흉노족도 사라졌다. 비석만이 남아서 그 공적을 길이 전하고 있으리라.

큰 공적을 세우고 개선하는 모습을 그리고 있는 작품인데, 나는 여전히 문장 깊은 곳에서 쓸쓸함 같은 것을 느낀다. 왁자하게 개선하는 군사들의 모습 뒤로 홀로 남겨져 수자리하는 군사의 한가로움에는 드넓은 사막에 홀로 남겨진 인간의 외로움 같은 것이 배어 있는 듯하다. 그 '한가로움'은 고요함을 드러내는 방식이고, 그것은 어쩌면 절대고독을 느끼는 시간을 제공하는 것이 아닐까. 비석에 새겨진 내용은 위대하고 영웅적인 것이었겠지만, 아무도 오지 않는 연산의 한 귀퉁이에서 천고의 세월을 견뎌왔을 것이다.

이런 식으로 읽는 사람은 별로 없겠지만, 비 오는 아침 우연히 이 작품을 펴서 읽는 내 마음에는 작자의 깊은 외로움이 느껴졌다. 세월은 가고 사람은 사라지는 것, 저 비석을 세운 사람도 잊힐 것이다. 외롭지 아니한가.

1_平蕃(평번): 번국(蕃國)을 평정함. 원래 '번국'은 중국 이외의 나라나 제후국을 지칭하는 말이지만, 여기서는 중국이 오랑캐로 지목하는 북방 민족을 말함.

2_이 작품은 3편의 연작시 중에서 제3수임.

3_絶漠(절막): '絶幕'으로도 씀. 사막을 횡단함.

4_燕山(연산): 연연산(燕然山)을 말함. 지금의 몽골공화국에 있는 항애산(杭愛山)을 지칭함. 후한(後漢) 영원(永元) 원년(서기 89년)에 거기장군(車騎將軍) 두헌(竇憲)이 군사를 이끌고 북쪽 변방으로 나아가서 북흉노(北匈奴)를 크게 격파했음. 그러고는 연연산에 올라 그 공적을 비석에 새겨놓았음. 이후 '연산', '연연산'은 북쪽 변방을 지칭하는 비유어로 사용되었음.

128_ 유장경,
춘궁에서 옛날을 생각하며
〔春宮¹懷古〕²

君王不可見
芳草舊宮春
猶帶羅裙色
靑靑向楚人³

임금은 볼 수 없는데
방초 우거져 옛 궁엔 봄이로다.
여전히 비단 치마 빛을 띠고
푸르디푸르게 초나라 사람을 향하고 있다.

궁궐이든 절이든, 폐허를 보면 마음이 스산해진다. 화려한 시절은 언젠가는 사라질 운명이기 때문이다. 그래서 불교에서는 아무리 즐겁고 기쁨이 가득한 삶이라도 괴로움이라고 한 모양이다. 좋은 일이라 해도 영원히 지속될 수 없는 법, 그것을 알아차려야 삶의 본질에 한 걸음 다가설 수 있다고 했다.

평소에는 느끼지 못하다가 폐허를 거니노라면 이런 점이 새삼 마음에 와닿는다. 사람의 손길로 빚은 것은 폐허로 변했지만, 자연의 힘으로 소생하는 풀은 하늘거리는 약한 모습일지라도 어김없이 푸른빛으로 계절을 증언한다. 거기서 오는 대비가 인생의 무상함을 느끼게 한다.

1_春宮(춘궁): 춘초궁(春草宮). 수나라 양제(煬帝)가 건립한 이궁(離宮)의 명칭으로, 강소성(江蘇省) 강도현(江都縣)에 있음.

2_『전당시』(권147)에는 제목이 「春草宮懷古」로 되어 있음.

3_楚人(초인): 춘초궁이 있던 강소성이 옛날 초나라 지역이기 때문에 사용한 단어로, 여기서는 서정적 자아를 지칭함.

129_ 유장경,
눈을 만나 부용산에서 묵다
〔逢雪宿芙蓉山〕**1**

日暮蒼山遠

天寒白屋**2**貧

柴門聞犬吠

風雪夜歸人

날은 저물고 푸른 산 먼데

날은 춥고 초가집 가난해라.

사립문에 개 짖는 소리 들리니

눈보라 치는 밤에 돌아가는 사람.

이 작품을 읽을 때마다 내 마음에는 그림이 한 장 떠오른다. 좁고 누추한 방에서 지친 몸을 잠시 쉬는 모습이다. 이 작품의 시의도(詩意圖)가 적잖이 남아 있지만, 이런 내용으로 그리는 경우가 없는 걸 생각하면 내 상상이 조금 뜬금없기도 하다. 대부분의 그림은 눈 내리는 밤에 어떤 처사가 작은 집 사립문 앞에 서 있는 모습을 담는다. 내가 상상하는 것과 사뭇 다른 것은, 어쩌면 작품 속 인물에 깊이 몰입해서 내 삶을 돌아보기 때문일 것이다.

날은 저물고, 갈 길은 멀다. '창산(蒼山)'은 푸른 산이라는 뜻이지만, 눈보라 속에서 희미하게 윤곽만 드러내고 있는 산을 의미한다. 갈 길은 멀고 내 앞에 가로누워 있는 산은 높고 험하다. 하룻밤 몸을 의탁한 집도 그리 넉넉지는 않다. 가난한 초가집 한쪽 방에 몸을 누이고 있다. 밤은 깊어가는데, 밖에서는 눈보라가 거세게 몰아친다. 문득 개 짖는 소리가 들리고, 그 소리에 작자의 상상도 나래를 편다. 이 눈보라 속에서 누군가가 집으로 돌아가는 것이리라.

나는 이 작품의 결구 번역 때문에 이따금씩 다시 살펴보곤 했다. "風雪夜歸人(풍설야귀인)"을 "눈보라 치는 밤에 돌아가는 사람"이라고 번역했지만, "눈보라 치는 밤에 돌아오는 사람"으로 번역해도 되는 구절이다. '귀(歸)'를 '돌아온다'로 번역하면 그 사람은 아마도 이 집의 주인일 것이다. 대부분은 이런 번역을 선택한다. 한밤중에 어딘가 출타했다가 눈보라를 뚫고 돌아오는 주인을 상정하고 번역을 한 것이다.

그렇지만 나는 생각이 좀 달랐다. 돌아가는 사람이 주인이라기보다는 미지의 인물이라고 생각했다. 작중 화자는 지금 날이 저물어 부용산 밑 가난한 집 한쪽에서 하룻밤을 보내게 되었다. 주인은 화자의 사정을 딱하게 여겨, 좁고 누추한 집이지만 그 나그네를 위해 방 한쪽을 제공한 것이다. 그렇게 들어간 방에서 밤은 깊어가고 눈보라가 더욱 거세지는 때, 개 짖는 소리가 들린다. 작중 화자의 상상력이 발동한다. 누군가가 눈보라 속에서 길을 재촉하는 모양이구나, 저 사람도 나와 같이 눈보라 속에 길을 갈 정도로 무언가 사정이 있는 모양이구나. 어디로 가는 길일까 하는 다양한 생각을 떠올리는 것이다. 이런 맥락으로 시를 읽는다면, 나의 감성으로는 '귀인(歸人)'을 돌아오는 사람으로 하기보다는 돌아가는 사람으로 해야 할 것 같은 생각이 들었다.

어떤 번역이 옳을까. 어쩌면 많은 사람들이 동의하는 번역이 사람들의 감성에 더 맞을 수도 있다. 그렇지만 내 감성은 방안에서 눈보라 속의 누군가를 상상하는 쪽이 더 끌린다. 아, 우리 인생은 늘 저렇게 눈보라 속을 헤치면서 평생 걸어가야 하는 것이 아니겠는가.

1_『전당시』(권147)에는 제목이 「逢雪宿芙蓉山主人」으로 되어 있음. 부용산(芙蓉山)이라는 이름은 여러 곳에서 사용되지만, 이 작품에서는 호남성 계양(桂陽)이나 영향(寧鄕)의 부용산을 지칭하는 것으로 보임.

2_白屋(백옥): 어떤 장식도 없는 소박한 초가집. 가난한 사람의 집을 지칭함.

130_ 유장경,
동려로 돌아가는 장십팔을
전송하다〔送張十八歸桐廬¹〕

歸人乘野艇²

帶月過江村

正落寒潮水

相隨夜到門

작은 배를 타고 돌아가는 사람

달빛 띠고 강촌 지난다.

차가운 조수가 막 물러날 때라

서로 따라가 밤에는 문 앞에 이르리.

해가 저물고, 이제 이별이다. 작은 배에 한 생애를 싣고 고향으로 돌아가는 벗을 보내는 심정은 쓸쓸했을 것이다. 그러나 벗이 가는 길에는 아름다운 달빛이 쏟아질 것이고, 조수도 마침 물러날 때라 뱃길도 순조로울 것이다. 이 밤이 새기 전에 벗은 고향집 문 앞에 당도할 것이고, 객지에서의 고단한 삶을 쉴 수 있으리라. 그 마음을 담아 벗을 보낸다.

이별의 아쉬움을 문맥 깊숙이 숨기고, 아름다운 밤을 타고 순조롭게 고향으로 돌아가기를 바라는 마음이 어여쁘다.

1_桐廬(동려): 지금의 절강성 서북부 부춘강(富春江) 연안에 있는 지역.

2_野艇(야정): 시골 마을의 작은 배.

131_ 유장경,
속세 밖 스님을 보내며
〔送方外¹上人〕

孤雲將²野鶴

豈向人間住

莫買沃州³山

時人已知處

외로운 구름에 학을 데리고

어찌 인간 세상에 머물려 하십니까?

옥주산을 사지 마세요

사람들이 이미 알고 있는 곳이랍니다.

외로운 구름[孤雲]과 들의 학[野鶴]은 은자(隱者)의 상징이다. 여기서는 물론 속세 밖으로 떠나는 스님을 지칭한다. 사람들이 모두 알고 있는 곳이라면 그곳은 '방외(方外)'가 아니라 '방내(方內)'다. 동진(東晉) 무렵에 지둔(支遁)이라는 고승이 있었다. 그가 하루는 심공(深公)에게 인산(印山)을 사자고 하자, 심공이 이렇게 말한다. "상고시대의 소유(巢由)가 산을 사서 돌아가 은거했다는 말은 듣지 못했소." 『세설신어(世說新語)』에 나오는 일화다. 이 때문에 산을 매입한다는 '매산(買山)'은 현인들이 돌아가 은거한다는 것을 의미하게 되었다. 유장경의 이 시에 나오는 이미지 역시 이러한 맥락에 기대어 있다.

도시 생활에 치인 사람이라면 누구나 귀거래(歸去來)를 꿈꾼다. 복잡하고 분주한 속세의 삶을 벗어나 한가롭고 느긋한 전원생활을 즐기는 것은 생각만 해도 기분이 좋아진다. 그러나 전원으로 돌아간 사람들이 주변 사람들에게 놀러오라고 종용하고, 사람들을 불러 바비큐를 하고 술을 마시는 생활을 하는 경우가 종종 있다. 그렇게 살려면 뭐하러 전원으로 옮겨 갔을까 하는 생각이 든다. 우리 시대는 '귀거래'조차도 하나의 취향이 되어버린 것일까.

1_方外(방외): 속세의 밖. 속세는 방내(方內)라고 함.

2_將(장): ~을 데리고. ~와 함께.

3_州(주): 『전당시』(권147)에는 '洲'로 되어 있음. 옥주산(玉洲山)은 지금의 절강성 신창현(新昌縣) 동쪽에 있는 곳으로, 위진시대의 고승들이 은거했던 곳으로 이름이 나 있음.

132_ 유장경,
강 위에서 달을 마주하다〔江中對月〕

空洲夕煙歛 [1]
對 [2] 月秋江裡
歷歷 [3] 沙上人
月中孤渡水

텅 빈 모래섬에 저녁 안개 끼는데
가을 강 위에서 달을 마주했다.
또렷한 저 모래 위의 사람
달 속에서 외로이 물을 건넌다.

안개 짙어지는 저녁, 물가 모래섬에는 인적 하나 없다. 환한 달빛 아래 백사장은 빛나는데, 외로운 한 사람이 물을 건너간다. 깊은 외로움이 아름답게 스며 있는 그림 같은 느낌이다.

도시에서 살아가는 처지이면서도 어떤 때는 아무도 없는 강가를 달빛 받으며 걷고 있는 듯한 때가 있다. 주변에 사람이 많다고 외롭지 않은 것은 아니다.

1_歛(감): '斂(렴)'의 오자. 『전당시』(권147)에도 '斂(렴)'으로 되어 있음. 여기서는 '斂'으로 번역했음.

2_對: 『전당시』(권147)에는 '望'으로 되어 있음.

3_歷歷(역력): 분명한 모양. 뚜렷한 모양. 선명한 모양.

133_ 전기(錢起),
협객을 만나다[逢俠者]

燕趙悲歌士
相逢劇孟**1**家
寸心**2**言不盡
前路日將斜

연나라 조나라의 비장한 노래 부르는 협사들
극맹의 집에서 서로 만났다.
속마음을 말로 다 하지 못했는데
앞길에는 해가 뉘엿뉘엿 지려 한다.

협객들은 늘 비분강개함으로 가득하다. 연나라와 조나라는 원래 용맹한 군사들이 많아서 협객을 지칭할 때 자주 연상되는 나라들이다. 극맹 역시 낙양 출신의 협객으로 이름나 있다. 이들이 비장한 노래를 부르는 것은 나라의 어지러움, 인재들이 제대로 대우를 받지 못하는 현실, 불의한 일들이 아무렇지도 않게 자행되는 것 때문이다. 불의한 현실에 과감히 떨쳐 일어나 정의로운 목소리를 호방하게 내는 사람이야말로 협객이라 하겠다.

협객들이 서로 만났으니 세상에 대한 불평을 얼마나 많이 쏟아냈겠는가. 그러나 가슴속의 말을 모두 털어내지도 못했는데, 어느새 해는 서산에 뉘엿뉘엿 떨어지니 이별의 순간이 다가온다. 비분강개로 가득한 협객들의 호방함과 분노가 시속에 도사리고 있다.

1_劇孟(극맹): 한나라 때 유명했던 협객으로 낙양 사람. 여기서는 낙양을 지칭하는 단어로 사용됨.

2_寸心(촌심): 속마음.

134_ 전기,
동구관에서 묵으며〔宿洞口館〕**¹**

野竹通溪冷
秋泉**²·³**入戶鳴
亂**⁴**來人不到
寒**⁵**草上階生

들판의 대숲은 계곡과 통해서 서늘하고
가을 샘물은 문으로 들어와 운다.
난리 이후로는 사람들 오지 않으니
늦가을 풀이 섬돌 위에서 자란다.

과거에는 수많은 사람들이 오갔을 동구관이다. 난리가 일어나자 인적은 끊기고, 이곳에 묵는 사람도 드물다. 늦가을 계곡에 이어진 대숲에서는 서늘한 기운이 일어 한 해가 다 가고 있다는 것을 드러내고, 작중 화자가 묵고 있는 방문으로는 샘물 소리가 들려온다. 바람과 샘물 소리를 통해서 가을의 서늘함과 함께 계절감을 표현한다. 섬돌까지 풀이 올라온 것은 그만큼 사람들의 발길이 끊겼다는 의미다.

떠돌아다니는 처지와 겨울의 초입을 맞이한 작중 화자의 마음이 쓸쓸하다. 난리가 끝나서 다시 사람들의 발길이 이어질 날이 언제일까. 고향으로 돌아갈 날도 아마 그때일 것이다. 어떤 때는 이렇게 살아가는 것이 우리 인생이 아닐까 하는 생각도 든다.

1_제목이 「宿洞口驛」으로 되어 있는 판본도 있음.

2_泉(천): '蟬(선)'으로 되어 있는 판본도 있음.

3_秋泉(추천): 泉聲(천성) 혹은 蟬聲(선성)으로 되어 있는 판본도 있음.

4_亂(란): '往(왕)'으로 되어 있는 판본도 있음.

5_寒(한): '芳(방)'으로 되어 있는 판본도 있음.

135_ 전기,
돌우물〔石井〕[1]

片霞照仙井
泉底桃花紅
那知幽石下
不與武陵通

한 조각 노을이 선계 우물에 비치니
샘물 밑으로 복숭아꽃 붉어라.
어찌 알겠는가, 그윽한 바위 아래
무릉도원과 통하지 않으리라는 것을.

'석정(石井)'은 원래 바위를 뚫어서 판 우물을 말한다. 붉은 노을이 우물에 비치면 물 아래로 복숭아꽃 같은 붉은빛이 돈다. 어쩌면 저곳이 무릉도원으로 가는 길일지도 모르겠다.

매일 접하는 자연도 어느 날 신비함으로 가득한 것을 느낄 때가 있다. 노을 속에서 혹은 발밑에 떨어지는 꽃잎 하나에도 우주의 신비를 느끼게 하는 힘이 있다. 사람의 욕망은 그 힘을 잃게 만든다. 자연의 신비로움을 느낄 수 있는 힘이 나날이 커지면 좋겠다.

1_이 작품은 전기가 지은 「藍田溪雜詠二十二首」 연작 중의 한 편임.

136~137_ 전기,
배를 타고 강 위를 가며
〔江行 第五, 其九〕**1**

翳日多喬木
維舟取束薪**2**
靜聽江叟**3**語
俱**4**是厭兵**5**人

斗**6**轉月未落
舟行夜已深
有村知不遠
風便數聲砧

해를 가릴 만큼 큰 나무 많기에
배를 매고 땔감을 한다.
고기 잡는 노인의 이야기 조용히 듣노라니
모두 전쟁 싫어하는 사람이로세.

북두성 돌고 달은 아직 떨어지지 않았는데
배는 흘러가고 밤은 이미 깊었다.
마을이 멀지 않음을 알겠나니
바람결에 들려오는 다듬이 소리.

배를 타고 양자강을 흘러가며 지은 100수의 연작시는 전기를 대표하는 작품이다. 9년에 걸친 안사의 난을 겪으면서 전기는 백성들의 삶이 피폐해진 모습을 여실히 목격한다. 배를 타고 가다가 날이 저물면 배를 정박시키고 뭍으로 나가 땔감도 한다. 어쩌다 고기 잡는 어옹(漁翁)이라도 만나면 그저 그들의 이야기를 들을 뿐이다. 힘없는 백성들의 한탄, 곡절 가득한 사연, 이런저런 인생살이를 조용히 듣노라면 그들과 자신의 공통점이 보인다. 전쟁을 싫어한다는 것. 전쟁을 겪어본 사람만이 전쟁의 괴로움을 알고, 전쟁을 피하려는 마음을 가진다.

밤이면 온갖 사물이 자신만의 내밀한 속살을 드러낸다. 낮에는 보이지 않던 모습이 새롭게 보이고, 들리지 않던 소리가 귓가에 들려온다. 멀리서 들리는 다듬이 소리를 들으면서 마을이 가깝다는 생각을 한다. 북두성은 하늘길을 따라 돌고 있지만 달은 아직 지지 않은 시간, 새벽이 올 때까지 시인은 잠을 이루지 못한다. 전쟁으로 어지러운 세상이 만들어내는 근심 때문일까, 아니면 바람결에 들리는 다듬이 소리에 고향 생각이 난 탓일까. 시인의 상념은 깊어만 가고 물과 함께 배는 흘러간다.

이 작품을 읽노라면 문득 고등학교 시절 국어 시간에 배운 이호우의 시조 「달밤」이 떠오른다. 3수로 된 연시조였다. 전기와 이호우 시조의 공통점이라고는 달밤에 배를 타고 강 위에서 바라보는 마을을 소재로 했다는 점뿐이다. 그렇지만 전기와 마찬가지로 이호우 역시 일제강점기라는 시대적 상황 때문에 울울한 마음이었을 것이고, 배 위에서 수많은 생각들이 명멸했을 것이다. 시대가 어려울수록, 그리하여 나의 삶이 팍팍할수록 아름다운 고향은 마음속에서 더욱 또렷해지는 법이다.

작자를 전후(錢珝)로 보는 경우에는, 이 작품의 창작 배경을 다르게 말한다. 전후가 좌천되어 무주사마(撫州司馬)로 부임하면서 배를 타고 가던 도중에 지은 작품이라는 것이다.

1_이 작품은 전기의 「江行無題一百首」 연작 중의 한 편임. 100수 중 제5수, 제9수로 되어 있지만, 『전당시』(권239)에 의하면 각각 제12수, 제28수임. 이 작품의 작자를 전후(錢珝)로 표기한 판본도 있음.

2_東薪(속신): 땔나무를 묶음.

3_江叟(강수): 강에서 물고기를 잡는 노인. 어부.

4_俱(구): '盡(진)'으로 되어 있는 판본도 있음.

5_厭兵(염병): 전쟁을 싫어함.

6_斗(두): 두성(斗星). 북두성.

138_ 위응물(韋應物),
가을밤 구십이 원외랑에게
보내는 시〔秋夜寄丘十二¹員外²〕

懷君屬³秋夜

散步詠涼天

山空松子落

幽人⁴應未眠

그대 생각하는 가을밤

산보하며 서늘한 계절 읊조린다.

텅 빈 산에 솔방울 떨어지니

유인은 필시 잠 못 이루리.

내가 마주한 가을밤과 멀리 은거한 구십이가 마주한 가을이 서로 대치되어 표현되었다. 두 사람의 가을이 이어지면서 그리움을 자아낸다. 가을밤 서늘한 기운을 느끼면서 서성거리는 작중 화자, 잠 못 이루고 있을 구십이, 이들은 서로를 향한 그리움으로 이 밤을 지새우고 있다.

텅 빈 산에 솔방울 떨어진다는 표현은 참 절묘하다. 인적 없는 가을밤, 깊은 산속이다. 솔방울 떨어지는 소리가 들릴 정도면 그곳이 얼마나 고요한 곳인지 짐작이 된다. 또한 솔방울 떨어지는 소리는 어쩌면 그곳에 은거해서 살아가는 사람의 공부가 한층 익어가는 순간과 묘합(妙合)하는 듯하다. 우주의 운행이 마음속으로 밀려오는 밤, 어찌 잠을 이룰 수 있겠는가.

온갖 소음으로 가득한 세상을 살아가는 내가 저 경계를 어찌 짐작이라도 할까마는, 우리 사는 사바세계에서도 마음이 청정하면 고요한 우주를 경험할 수 있으리라. 내 공부의 한쪽이 저곳에 이어지기를 기원해본다.

1_丘十二(구십이): 이름은 단(丹)으로 소주(蘇州) 사람. 상서랑(尚書郞)을 역임하고 후에 임평산(臨平山)에 은거하였음. 구씨 집안의 열두째 항렬이므로 '십이'를 붙인 것임. 丘를 '邱'로 표기한 곳도 있음.
2_員外(원외): 원외랑(員外郞)이라고도 함. 부서의 정원 외에 임명된 관원을 지

칭하는 말. 구십이가 창부원외랑(倉府員外郎), 사부원외랑(祠部員外郎) 등을 지냈기 때문에 이렇게 지칭한 것임.

3_屬(속, 촉): 때마침. 이 글자에 관한 해설은 앞서 소개한 제1번 시의 주석 참조.

4_幽人(유인): 깊은 산에 은거하여 살아가는 사람. 은자(隱者).

139_ 위응물,
서쪽 교외에서 척, 무와 약속했는데
오지 않아 이 시를 써서 보여주다
〔西郊期滌武¹不至書示〕

山高鳴過雨

澗樹²落殘花

非關春不待

當田³期自賒

산이 높아 지나가는 비 울리고
시냇가 나무에선 남은 꽃 떨어진다.
봄이 기다려주지 않는 것은 상관없지만
이 때문에 우리 기약 절로 멀어지겠네.

높은 산에 지나가는 빗소리 들리고, 시냇가 나무에선 봄의 끝을 알리기라도 하듯 몇 송이 남아 있던 꽃이 떨어진다. 누군가를 기다리면서 문득 봄이 가는 풍경을 본다. 세월은 무심히 흐르고 봄은 누구도 기다려주지 않는다. 나는 위응물의 이런 표현이 참 좋다. 그의 시가 모두 그런 것은 아니지만, 계절의 변화를 한 폭의 풍경화처럼 포착하는 솜씨는 발군이다. 그 안에 무언가 모를 인생의 쓸쓸함을 슬쩍 집어넣는 것도 역시 그의 장기다. 어릴 때 그의 작품을 읽으면서 각인되었던 이미지도 그런 쪽이다.

원문에서의 '田'은 '由(유)'의 오자로 생각된다. 『위응물집』(권2), 『전당시』(권187) 등에도 이 글자는 '由'로 표기되어 있다. 우리나라에서는 『당음(唐音)』에 '田'으로 표기되는 바람에 결구의 번역을 "밭갈이를 해야 하니 기약은 절로 멀어지겠네"로 하는 경우가 많다. 그렇게 해도 의미가 통하지 않는 것은 아니다. 봄이 흘러가는 것이야 어쩔 수 없다 쳐도, 기약했던 사람이 오지 않으니 아쉽기 그지없다는 뜻으로 읽힐 수 있고, 이제 농사일을 시작하면 또 언제 만날지 기약할 수 없다는 뜻이 된다. 맥락은 만들 수 있지만, 위응물의 시격(詩格)으로 보면 좀 옹색하다.

1_滌武(척무): 위척(韋滌)과 위무(韋武)를 지칭하는 것으로, 두 사람 모두 위응물의 종제(從弟).

2_澗樹: '林澗'으로 되어 있는 판본도 있음.

3_田: '由'의 오자. 『위응물집(韋應物集)』(권2), 『전당시』(권187)에는 '由'로 되어 있음. 그러나 『오언당음』에 '田'으로 되어 있는 원문이 널리 알려져서 우리나라에서는 '田'으로 표기한 곳이 많음.

140_ 왕애(王涯),[1]
봄을 보내는 노래〔送春詞〕

日日人空老
年年春更歸
相歡在樽[2]酒
不用惜花飛

날마다 사람은 부질없이 늙어가지만
해마다 봄은 다시 돌아오누나.
서로 기뻐함은 술동이에 있나니
꽃잎 날리는 걸 안타까워할 것은 없지.

내 생애를 자연과 비교하는 순간 우리는 아득한 슬픔에 젖어든다. 무한한 우주의 운행에 비하면 우리의 생애는 얼마나 덧없는 것인가. '空'(공, 부질없이)과 '更'(갱, 다시)은 절묘하게 대구를 맞춘 글자다. 그렇기 때문에 '歡'(환, 기쁘다)으로 나아가는 명분이 생긴다. 이태백도 자신의 글 「춘야연도리원서(春夜宴桃李園序)」에서 "浮生若夢, 爲歡幾何?"라고 했다. 뜬구름 같은 인생은 꿈과 같으니 우리 생에서 기뻐할 것이 얼마나 되겠는가. 그러니 좋은 벗이 있고 좋은 술이 있는 좋은 봄날 밤이면 당연히 즐겁고 기쁘게 놀아야 한다는 것이다.

꽃잎 날리는 봄. 우리의 생애는 나날이 늙어가지만 술동이를 기울이면서 기쁜 밤을 만들어 봄날의 마지막을 즐기자는 것이다. 내년 봄을 기약하면서 이 봄을 전송한다.

1_『당음』에는 이 작품의 작자를 왕유(王維)로 표기했지만, 왕애(王涯)를 잘못 표기한 것임. 『전당시』(권346)에도 작자를 왕애로 표기했음. 이에 따라 번역문에서 바로잡아 표기했음. 왕애(?~835)는 당나라 태원(太原) 사람으로 벼슬이 재상에 이르렀음. 차(茶)를 전매(專賣)하는 문제와 관련하여 백성들의 원한을 샀으며, 이 문제 때문에 사건에 연루되어 사형당함.

2_樽(준): 『전당시』(권346)에는 '尊'으로 되어 있음. '尊'은 '樽'과 통용되는 글자로, 이 경우 발음도 '준'으로 읽음.

柳葉遍寒塘

曉霜凝高閣

累日此留²連³

別來成寂寞

버들잎은 찬 연못에 두루 퍼지고

새벽 서리는 높은 누각에 내려앉았다.

여러 날 이곳에서 머무르다가

헤어지자 적막한 곳이 되었네.

버들잎이 떨어져 연못을 뒤덮고, 건물 위로는 새벽 서리가 내려앉는다. 벌써 가을이다. 함께 지내다가 헤어지면 더욱 고요한 법, 친밀한 사이라면 그 고요는 더욱 깊어진다. 즐거움은 잠깐이고 이별의 외로움은 오래도록 이어지는 것이 인간의 삶인가.

1_盧陟(노척): 위응물의 생질.

2_留(류):『위응물집』(권3)에는 '留',『전당시』(권188)에서는 '流'로 되어 있음.

3_유련(留連): 머물다. 체류하다.

142_ 위응물,
찬 율사에게 부치다〔寄璨律師〕[1·2]

遙知[3]郡齋[4]夜
凍雪封松竹
時有山僧來
懸燈獨自宿

군재의 밤을 아련히 알겠나니
얼어붙은 눈이 송죽을 덮었으리.
때때로 산승이 찾아와서
등불을 걸고 홀로 묵으시겠지.

위응물은 한때 저주자사(滁州刺史)를 지낸 적이 있다. 이곳을 떠난 뒤 자신이 지내던 곳을 그리워하며 지은 작품으로 보인다. '아련히 알겠다〔遙知〕'고 한 것은 자신이 이곳에 기거하지 않고 지금은 멀리 떨어져 있음을 드러낸다. 항찬 스님도 필시 위응물 자신을 그리워하여, 소나무와 대나무가 눈에 묻힌 겨울밤이면 이곳을 찾아와 등불을 걸고 홀로 하룻밤을 지새우고 가리라 상상한다. 여기서 소나무와 대나무는 항찬 스님의 고결한 성품을 은근히 드러내는 것으로 해석되기도 한다. 어떻게 해석하든, 우리는 이 작품에서 아름다운 교유를 하던 항찬 스님을 그리워하는 마음을 읽어낸다.

흘러간 시절은 대체로 낭만적 분위기로 채색되기 마련이어서, 어려웠던 시절도 때로는 아름답게 추억되곤 한다. 거기에 아름다운 사람이 있었다면 그 낭만성은 더욱 강화될 것이다. 춥고 눈 내리는 밤이면 떠오르는 사람이 있는지 가만히 되돌아본다.

1_『전당시』(권188), 『위응물집』(권3)에는 제목이 「영양에서 묵으며 찬 율사에게 보내는 시〔宿永陽寄璨律師〕」로 되어 있음. 영양(永陽)은 저주(滁州)에 속한 현 이름.

2_璨律師(찬율사): 저주 지역에서 활동했던 사람으로 추정되는 항찬(恒璨) 스님을 지칭함. 위응물의 시에 여러 차례 등장하지만 자세한 이력은 미상. 율사(律師)는 계율을 공부하고 가르치는 스님을 지칭함.

3_遙知(요지): 멀리서 알다. 아련히 알다.

4_郡齋(군재): 군수(郡守)가 기거하는 방.

143_ 위응물,
포자와 함께 추재에서 홀로 묵다
〔同褒子¹秋齋獨宿〕

山月皎如燭
霜風²時動竹
夜半鳥驚栖
窗間人獨宿

산 위의 달은 촛불처럼 밝고
서릿바람은 때때로 대나무를 흔든다.
한밤중 새들은 둥지에서 놀라는데
창문 사이 사람은 홀로 잠잔다.

이 작품은 우선 제목부터 이상하다. 포자와 함께 추재에서 묵었는데 어째서 '홀로 묵었다〔獨宿〕'고 한 것일까. 포자는 위응물의 외조카로, 이름은 심전진(沈全眞)이다. 당나라 덕종 때인 784년, 위응물은 심전진과 함께 저주(滁州)에서 지냈는데, 그 지역을 유람하다가 심전진이 병으로 누워 있을 때 지어준 작품이다. 억지로 맥락을 붙이자면, 추재에서 두 사람이 묵었지만 포자의 병 때문에 서로 다른 방에서 묵었을 것이다. 그러므로 홀로 묵었다는 표현을 쓴 것으로 추정된다. 어쨌든 제목에 언뜻 이해되지 않는 부분이 있다. 그래서 어떤 이들은 '동포자'를 고유명사로 보아서 「동포자의 추재에서 홀로 묵다」로 번역하기도 한다. 그러나 포자라는 인물은 위응물의 시에 몇 차례 등장하고, 또한 늘 '동포자'가 아니라 '포자'라고 표기되었다. 그러므로 '동포자'를 고유명사로 보는 것은 더욱 문제가 있다.

앞서 말한 것처럼, 섬세한 이미지를 통해서 자신의 감정을 드러내는 솜씨가 과연 위응물답다. 촛불 밝힌 것처럼 하얗게 빛나는 달, 이따금 서리 머금은 바람이 지나가며 내는 대숲의 서걱이는 소리, 이 때문에 둥지에서 화들짝 놀라는 산새들, 그리고 한밤의 수런거림 속에서 작중 화자는 혼자 잠을 잔다고 했다. 그렇지만 과연 그가 잠을 이루었을까. 그는 이런 움직임을 온몸으로 느끼면서 추재 주변의 우주를 자기 안으로

받아들인다. 그 순간 그는 우주에 오롯이 홀로 서 있는, 절대
고독의 체현자일 것이다.

1_褒子(포자): 위응물의 외조카로, 이름은 심전진(沈全眞).
2_霜風(상풍): 『위응물집』(권8), 『전당시』(권193)에는 '風霜'으로 되어 있음.

144_ 위응물,
기러기 소리를 듣고〔聞雁〕

故園¹渺²何處
歸思方³悠哉
淮南⁴秋雨夜
高齋⁵聞雁來

고향은 아득히 어느 곳인가
돌아가고픈 생각 바야흐로 유유하구나.
회남 가을비 내리는 밤
방에서 기러기 날아오는 소리 듣는다.

위응물이 저주자사로 근무하던 당나라 덕종 4년(783년)에 지은 작품이다. 가을이 오는 길목에서 고향 생각은 간절하다. 돌아가고 싶은 마음은 더해지는데 돌아갈 기약은 없다. 기러기 날아오는 소리가 들린다는 표현에서 고향 소식을 기다리는 작자의 마음이 느껴진다. 기러기는 대체로 편지를 의미하기 때문에, 그의 고향 생각과 어울리면서 가족들의 안부를 궁금해하는 마음이 자연스럽게 담겼다.

문득 예나 지금이나 살아가는 모습은 비슷하다는 생각이 든다. 직장 때문에 가족과 떨어져서 생활하는 사람들이 많아졌다. 퇴근하면 아무도 반겨주는 이 없는 방으로 돌아와 쓸쓸한 밤을 지낸다. 다행히 통신의 발달로 소식은 자주 전한다고 하지만, 함께 부대끼며 살아가는 가족의 모습은 아니다. 위응물이 가족과 떨어져 관직 생활을 하면서 느끼는 감흥이 우리 시대에도 새삼스럽게 마음에 와닿는다.

1_故園(고원): 고향. 여기서는 위응물의 고향인 장안을 말함.

2_渺(묘):『위응물집』(권8),『전당시』(권193)에는 '眇'로 되어 있음. 아득하다는 뜻으로 '淼'와 혼용되기도 함.

3_方(방): 바야흐로.

4_淮南(회남): 회수(淮水)의 남쪽. 위응물이 지내고 있던 저주(滁州)를 지칭함.

5_高齋(고재): 누각 위에 있는 방 또는 서재.

145_ 위응물,
소리를 읊다[咏聲]

萬物自生聲[1]
太空恆寂寥
還從[2]靜中起
却向靜中消

만물은 제 스스로 소리를 만들지만
무한한 저 하늘은 항상 고요하여라.
도리어 고요한 가운데 일어났다가
문득 고요한 가운데 사라지도다.

경계(境界)의 힘은 신비롭고 무한하다. 세계의 기원에 대해서는 위대한 철학자들이 탐구했지만 여전히 알 수 없다. 기원의 출발점을 신(神)이라고 하든, 일자(一者)라고 하든, 이(理)라고 하든 그 개념은 알 수 없다. 정(靜)이 극에 달하면 동(動)이 되고, 동이 극에 달하면 정이 된다고 하는데, 나는 아직도 그 경지를 엿보지 못했다.

선리(禪理) 혹은 이취(理趣) 가득한 위응물의 이 작품은 우주의 비밀을 엿본 그 미묘한 순간을 노래한다. 그렇지만 나는 여전히 궁금하다. 도대체 그 소리는 어떤 소리였을까.

1_聲(성): 『위응물집』(권8), 『전당시』(권193)에는 '聽(청)'으로 되어 있음. 이 경우 '聽(청)' 역시 '소리'라는 뜻으로 사용된 것임. 판본에 따라 '此'로 되어 있는 곳도 있음.

2_從(종): '應(응)'으로 되어 있는 판본도 있음.

146_ 황보염(皇甫冉),
반첩여의 원망[婕妤[1]怨][2]

花枝[3]出建章[4]
鳳管[5]發昭陽[6]
借問承恩[7]者
雙蛾[8]幾許[9]長

꽃 같은 여인 건장궁에서 나오고
아름다운 음악 소양궁에서 연주된다.
묻노니 총애를 얻은 사람은
어여쁜 두 눈썹이 얼마나 길더냐.

총애는 언제든 옮겨갈 수 있다. 세상에 영원한 것이 어디 있던가. 더욱이 권력의 정점에 있는 황제의 총애는 늘 움직이는 법, 그 총애를 붙들어놓기 위해 얼마나 많은 음모와 애원이 있었던가.

반첩여는 용모로 보나 문화적 품격으로 보나 아름다운 기품을 지닌 여인이었다. 그러나 조비연이라는 새로운 여인의 등장으로 그녀를 향하던 총애는 사라졌다. 건장궁에서 나오는 꽃 같은 여인, 그리고 거기에서 연주되던 아름다운 음악들, 모두 반첩여가 누리던 것이었다. 스스로 물러나 시어머니인 황태후를 모시고 장신궁에 거처한다고 한들 착잡한 마음이 없었을 리 없다.

어여쁜 눈썹이 얼마나 길더냐고 묻는 것은 여전히 자신의 아름다움이 조비연에게 절대 뒤지지 않는다는 걸 마음에 품고 있다는 증거다. 한편으로는 반첩여 자신이 오늘 당한 일은 조비연이 조만간 당면할 현실이라는 것을 넌지시 말해주는 듯하다.

1_첩여(婕妤): 한나라 성제(成帝) 때의 후궁인 반첩여(班婕妤)를 지칭함. 한나라의 역사가 반고(班固)의 고모로도 알려져 있음. '첩여'는 원래 궁중 여관(女官)의 이름. 성제의 총애를 받았지만 후에 노래와 춤에 능했던 조비연(趙飛燕)에게 황제의 총애가 옮겨가자 스스로 장신궁(長信宮)으로 물러나 황태후(皇太

后)를 모시고 살았음. 부(賦)를 잘 지었음. 반첩여와 관련해서는 앞에서 소개한 왕유, 최국보 등의 작품 참조.

2_『전당시』(권249)에는 제목이 「婕妤春怨」으로 되어 있으며, 「婕妤怨」과 통용된다고 기록되어 있음. '첩여원'은 악부의 제목이기도 함.

3_花枝(화지): 꽃가지. 여기서는 황제의 아름다운 비빈(妃嬪)을 비유함.

4_建章(건장): 한나라 무제 때 건립한 궁전의 이름. 미앙궁(未央宮)의 서쪽, 장안성 밖에 위치했다고 함.

5_鳳管(봉관): 궁중에서 연주하는 아름다운 악기 또는 그 악기로 연주하는 곡.

6_昭陽(소양): 한나라 때 궁전의 이름.

7_承恩(승은): 황제의 총애를 받음.

8_雙蛾(쌍아): 한 쌍의 아미(蛾眉), 즉 여자의 아름다운 눈썹. 일반적으로 미인을 지칭하는 말임.

9_幾許(기허): 얼마나.

147_ 황보염,
가을의 원망〔秋怨〕

長信¹多秋色²
昭陽借³月華
那堪聞鳳吹⁴
聞道選良家

장신궁에 가을빛 넘치고
소양궁에 달빛 비친다.
어찌 음악 소리 들을 수 있으랴
듣자 하니 양갓집에서 뽑힌 여인이라네.

반첩여 자신이 있는 장신궁의 쓸쓸함과 조비연이 있는 소양궁의 화사함을 대비하여 표현한 작품이다. 총애를 잃고 뒷전으로 밀려난 여인의 마음을 잘 그렸다.

반첩여의 원망이나 슬픔은 예부터 시인들이 즐겨 노래하던 소재였다. 어찌 보면 곡절 많은 인생살이를 한눈에 보여주는 것 같아서 그랬을지 모르겠다. 지금 이 시대를 살아가는 우리라고 왜 그런 일이 없겠는가. 우리의 삶도 언제 주위의 사랑과 신뢰를 잃을지 모른다. 늘 겸손한 태도로 조심할 따름이다.

1_長信(장신): 궁전의 이름. 최국보의 시 「장신궁(長信宮)」 참조.

2_色: 『전당시』(권249)에는 '氣'로 되어 있음. '草'로 되어 있는 판본도 있음.

3_借: '惜'으로 되어 있는 판본도 있음.

4_聞鳳吹: 『전당시』(권249)에는 '閉永巷'으로 되어 있음. '那堪閉永巷'으로 원문을 삼을 경우, "어찌 궁중 깊은 곳을 닫을 수 있으랴"의 뜻. 이 작품의 원문은 『전당시』의 표기가 맞을 것으로 생각됨. 『오언당음』의 표기대로 '那堪聞鳳吹'라면, 다음 구절 '聞道選良家'의 '聞'과 글자가 겹치는 문제가 발생함. 따라서 '那堪閉永巷'이 더 적절해 보임. 그러나 여기서는 『오언당음』의 원문을 따라 번역했음.

148_ 황보염,
여러 공자와 회포를 노래하다
〔同諸公子有懷〕¹

舊國²迷江樹

他鄉近海門³

移家南渡久

童稚解方言

고향은 강가 나무에 희미하고

타향은 바닷가에 가깝다.

집을 옮겨 남쪽으로 간 지 오래이니

아이들이 이곳 사투리를 아는구나.

내가 지금 하고 있는 타향살이가 길어지면 길어질수록 고향은 희미해진다. 바다 가까운 곳으로 이사를 해서 산 지가 꽤 되었지만 작자에게는 여전히 낯설 때가 있다. 그런데 문득 아이들의 말소리에서 이 지역 사투리가 자연스럽게 튀어나오는 걸 들으면 오랜 타향살이가 새삼 느껴진다.

누구에게나 그런 경험이 있을 것이다. 나 역시 고향을 떠나 산 지가 오래되었다. 늘 내 어린 시절 고향을 바라보며 고향 생각을 했는데, 타향살이를 하는 곳에서 아이가 태어나 자라고 학교를 졸업하게 되니 문득 타향이 이제는 고향이 되었구나 하는 생각이 들었다. 세월이 흐르면 고향도 바뀌는 모양이다. 황보염의 심정이 십분 이해가 간다.

1_『전당시』(권249)에는 제목이 「同諸公有懷絶句」로 되어 있음.

2_舊國(구국): 고향. 오래된 나라. 여기서는 '타향(他鄕)'의 대구로 사용되어 고향이라는 뜻으로 쓰임.

3_海門(해문): 내륙의 물이 바다로 흘러들어가는 어귀. 바닷가.

149_ 황보염,
섬중에 있는 옛집으로 돌아가는 왕옹신을 전송하며
〔送王翁信還剡中舊居〕

海岸耕殘雪
溪沙釣夕陽
家[1]中何所有
春草漸看長

잔설 희끗한 바닷가에서 밭을 갈고
석양 비치는 시내 모래밭에서 낚시질한다.
집에 무엇이 있는가
봄풀이 점점 자라는 것을 본다.

이 작품이 처음 내 눈에 각인된 것은 신사임당(申師任堂)의 초서 병풍을 보고 나서였다. 강릉 오죽헌의 박물관에 소장되어 있는 이 병풍 중의 한 폭이 바로 이 작품을 쓴 것이었다. 한참 초서 익히기에 재미가 들린 상태였는데, 안(岸)을 학(學)으로 여러 차례 잘못 읽었던 터라 기억에 오래 남았다. 또한 신사임당의 병풍에는 전구의 '가중(家中)'이 '가빈(家貧)'으로 되어 있다. 그렇게 쓰면 뜻은 더욱 분명해지긴 한다. "가빈하소유(家貧何所有)"는 "집안이 가난하니 무엇이 있겠는가"로 번역된다.

가난한 살림살이라 봄기운이 비치기만 하면 빨리 밭을 갈아야 한다. 잔설이 아직 녹지 않은 늦겨울, 아직은 이른봄이라 하기도 민망한 시절, 작중 화자는 밭을 간다. 먹을 것 없는 살림살이에 마음이 얼마나 다급했을까. 석양빛 받으며 낚시질하는 것 역시 은자(隱者)로서의 품위를 드러내는 것이 아니다. 집에 먹을 것이 없으니 물고기라도 낚아야 한다. 밭 갈고 낚시질하는 행위가 표면적으로는 절의 가득한 은거자의 삶을 표현하는 것이지만, 그 이면에는 가난한 생활을 이어가야 하는 한 지식인의 몸부림이 스며 있다. 게다가 봄풀이 조금씩 자라는 모습을 지켜보는 그의 눈길에도 모진 겨울을 견딘 가난한 사람의 시선이 들어 있다. 저 풀로라도 연명을 해야 하는 처지가 읽힌다.

물론 이 작품을 안빈낙도(安貧樂道)의 시각으로 읽어내는 사람도 많다. 그렇게 읽는 것이 잘못되었다는 것은 아니다. 그렇지만 나는 이 작품에서 집안을 이끌어가야 하는 가난한 지식인의 초상을 느낀다.

1_家(가): '客(객)'으로 되어 있는 판본도 있음.

150_ 황보염,
왕급사의 배꽃 시에 화답하다
〔和王給事[1]梨花詠〕[2]

巧解迎[3]人笑
偏[4]能亂蝶飛
春風時[5]入戶
幾片落朝衣[6]

사람들에게 웃는 것을 잘할 줄 알고
나비 날 듯 어지러이 흩날릴 줄 안다.
봄바람 때때로 문으로 들어오니
몇 조각 꽃잎이 관복에 떨어진다.

이 작품은 왕급사가 지어서 보내온 배꽃 시에 화답한 작품이다. 그러므로 앞의 두 구절에 나오는 표현, 즉 사람에게 웃음을 잘 짓는다든지 어지러이 나비처럼 흩날릴 줄 안다든지 하는 것은 배꽃을 염두에 둔 것이다. 활짝 피었을 때는 사람을 향해 웃음 짓는 듯하고, 꽃이 떨어질 때는 마치 나비가 분분히 날아다니는 듯하다.

　문으로 슬며시 불어오는 바람결에 배꽃잎 몇 개가 날아서 관복 위에 떨어진다. 관복이 주는 엄숙함이 꽃잎 몇 개로 부드러워진다. 봄의 아름다움 혹은 나른함이 느껴진다.

1_給事(급사): 관직 이름. 給事中(급사중).

2_『전당시』(권250)에는 제목이 「和王給事禁省梨花詠」으로 되어 있음. 「和王給事維禁省梨花詠」로 되어 있는 판본도 있음.

3_迎(영): 『전당시』(권250)에는 '逢(봉)'으로 되어 있음.

4_偏(편): 『전당시』(권250)에는 '還(환)'으로 되어 있음.

5_風時(풍시): 『전당시』(권250)에는 '時風(시풍)'으로 되어 있음.

6_朝衣(조의): 조정 관원이 입는 옷. 관복(官服).

151_ 황보염,
왕사직을 전송하며〔送王司直[1]〕

西塞[2]雲山遠
東風[3]道路長
人心勝潮水[4]
相送過潯陽[5·6]

서쪽 변방은 구름 낀 산으로 멀고
동풍 부는 길은 길기도 하다.
사람 마음은 조수보다 더 나아서
서로 전송하며 심양을 지난다.

구름 끼어 아득한 산을 보면 왕사직이 가야 할 길이 멀다는 걸 느끼고, 봄바람 부는 길은 끝날 줄을 모른다. 그렇지만 헤어지기 아쉬운 마음에 심양강을 지나서도 발길을 돌리지 못한다.

가슴 아픈 이별을 경험해보지 않은 사람은 행복한 사람이겠다. 그렇지만 인생의 깊은 곡절 하나는 건너뛰어 살았다는 건 분명해 보인다. 가슴 깊이 남긴 이별의 흔적은 우리의 삶을 풍부하게 한다.

1_유장경(劉長卿)의 작품이라고 되어 있는 판본도 있음.

2_司直(사직): 당나라 때 동궁(東宮)에 소속된 관원으로, 당시 조정에서 시어사(侍御史)에 해당하는 벼슬이었음.

3_西塞(서새): 산 이름. 여기서는 호북성(湖北省) 대야현(大冶縣)에 있는 산을 지칭함. 이 단어를 산 이름으로 해석하면 기구의 번역은 "서새산은 구름 끼어 아득하고"로 해야 함. 그러나 대구로 제시된 승구의 '동풍(東風)'을 고려하면 산 이름으로 번역하지 않고 '서쪽 변방'으로 하는 것이 시의 맛을 더 살릴 수 있으므로 그렇게 번역했음.

4_風(풍): '南(남)'으로 되어 있는 판본도 있음.

5_『오언당음』의 주석에 따르면, 조수(潮水)는 심양강까지 올라왔다가 바다로 다시 돌아가지만 황보염은 심양강을 지나서 왕사직을 전송하기 때문에 사람 마음이 조수보다 낫다고 한 것임.

6_潯陽(심양): 강 이름. 강서성 구강시(九江市) 일대의 양자강을 지칭함.

152_ 유방평(劉方平),
연밥 따는 노래〔採蓮曲〕

落日晴江裏
荊歌¹豔 楚腰²
採蓮從少³慣
十五卽乘潮

맑은 강으로 해 떨어지자
초나라 노래 부르는 미인들 어여뻐라.
연밥 따는 건 어릴 때부터 익숙하나니
열다섯 살이면 물결을 탄다오.

「채련곡」은 악부의 이름으로 널리 알려져 있어서 역대 많은 문인들이 같은 제목으로 시를 지었다. 대체로 초나라 지역의 여성들이 연밥을 따면서 부르는 사랑 혹은 그리움의 노래가 대종을 이룬다. 이 작품 역시 그런 맥락에서 지어졌다.

흔들리는 물결 속에서 해가 지는 맑은 강, 아련히 들려오는 미인들의 어여쁜 노랫가락 등이 낭만적 분위기를 한껏 고조시킨다.

1_荊歌(형가): 초나라의 노래. 원래는 초나라의 미치광이 접여(接輿)가 부른 노래를 뜻하는 것이었으나(『논어』「미자微子」), 여기서는 초나라의 노래를 지칭하는 것으로 사용되었음.

2_楚腰(초요): 초나라 영왕(靈王)이 허리 가는 여자를 좋아하자 온 나라 여자들이 굶었다는 이야기에서 유래하여 초나라의 미인을 지칭했지만(『한비자』「이병二柄」), 후에 미인의 범칭으로 사용되었음.

3_少(소): 『전당시』(권251)에는 '小(소)'로 되어 있음.

153_ 유방평, 장신궁(長信宮)[1]

夢裏君王近
宮中河漢[2]高
秋風能再熱
團扇[3]不辭勞

꿈속에선 임금을 가까이해도
궁중에선 은하수 높기만 하다.
가을바람 다시 뜨거워질 수 있나니
둥근 부채 수고로움 사양하지 않으리.

버림받은 여인의 노래는 늘 안타깝고 구슬프다. 어떤 연유에서든 그 이면에는 늘 사랑을 갈구하는 마음이 깊이 깔려 있기 때문이다. 여름에는 늘 손에서 놓지 않던 부채도 가을이 되면 자연히 손에서 멀어진다. 군왕의 총애는 그와 같아서, 영원히 내게 있는 것이 아니다. 그걸 알면서도 총애가 떠나면 마음 아프다. 가을의 늦더위를 거론하는 것에서 그녀의 실낱같은 희망이라도 걸고 싶은 마음이 읽히지만, 그것이 오히려 안타깝다.

꿈에서나 만날 수 있는 군왕이 현실에서는 은하수처럼 높은 존재라는 것, 그 현실을 넘어서고 싶은 한 여인의 소망이 잘 그려져 있다.

반첩여를 소재로 쓴 작품들이 많지만, 실낱같은 희망이라도 표현하는 경우가 흔치는 않다. 대부분 원망하는 마음을 읊는데, 이 작품은 가을의 더위 같은 작은 계기로라도 다시 한 번 왕의 총애를 받아보고 싶은 희망을 노래했다는 점이 특이하다. 읽는 사람에게는 더 큰 안타까움을 자아내는 희망이라서 더욱 인상적이다.

1_長信宮(장신궁): 궁전의 이름. 반첩여가 총애를 잃고 물러나 시어머니인 태후를 모시고 살았던 곳. 앞에서 소개한 왕유, 최국보, 황보염의 작품 주석 참조.

2_河漢(하한): 은하수.

3_團扇(단선): 둥근 부채.

154_ 주방(朱放),
동작대의 기생[銅雀¹妓]

恨唱歌聲咽

愁翻²舞袖遲

西陵³日欲暮

是妾斷腸時

한스럽게 노래하니 노랫소리 흐느끼고

근심스레 뒤집히니 춤옷 소매 더딥니다.

서릉으로 해는 지려 하니

바로 첩의 애끊어지는 듯할 때입니다.

동작대의 기생을 노래하는 악부는 대체로 조조의 총애를 받는 여성이나 총애를 잃은 여성의 심정을 노래하는 계열이 있는가 하면, 그가 죽은 뒤 조조의 시절을 회고하는 내용으로 된 계열이 있다. 이 작품은 조조가 죽은 뒤의 심정을 읊었다. 조조가 죽자 서릉 앞에 휘장을 치고 술과 음식을 차려놓고는 수많은 궁인(宮人)들에게 노래하고 연주하면서 그곳을 바라보도록 했다고 한다.

주방의 이 작품은 서릉을 바라보며 춤과 노래를 하던 동작기녀를 노래했다. 조조에게 총애를 받았던 기녀들이 이제는 서릉을 바라보며 그를 그리워할 뿐이다. 한이 서린 노래를 하면 목이 메는 듯하고 춤을 추어도 흥이 나지 않으니 소맷자락이 더디게 움직일 수밖에 없다. 서릉에 저녁 해가 걸리면 인생의 무상함에 더욱 비통해졌으리라.

인생의 덧없음을 느낄 때면 늘 화려했던 옛날이 더욱 도드라지게 생각난다. 서릉으로 지는 해에 깊은 슬픔이 배어 있는 걸 새삼 발견한다.

1_銅雀(동작): 위왕(魏王) 조조(曹操)가 만든 누대. 앞에서 소개한 최국보 시의 주석 참조.

2_翻(번): 나부낀다는 뜻. 이 글자를 '번복(翻覆)'의 의미로 보아 근심스러운 마음 때문에 마음이 변화무쌍하여 일정하지 않은 모양으로 해석하는 경우도 있

음. 그러나 기구에서 '恨唱'(근심스럽게 노래하다)의 대구로 사용된 것이므로 여기서 '翻'은 춤을 추느라 나부끼는 모습을 형용하는 의미로 보아서 그렇게 해석했음.

3_西陵(서릉): 위(魏) 무제(武帝) 조조(曹操)의 능. 하남성 임장현(臨漳縣) 서쪽에 있음.

155_ 주방,
죽림사에 쓰다〔題竹林寺〕**1**

歲月人間促
煙霞此地多
殷勤竹林寺**2**
更**3**得幾回**4**過

세월은 사람을 재촉하지만
이 땅엔 안개 노을 자욱하구나.
은근한 죽림사를
다시 몇 번이나 지날 수 있을까?

공항에만 가면 문득 마음이 차분해지는 걸 느낀다. 농담삼아 이렇게 말하기도 한다. 비행기를 타는 순간 국내의 모든 일들은 잊어버린다고. 공간이 달라지면 생각도 달라지는 법, 아무리 조바심을 내도 해결될 수 없는 것들이 대부분이다. 그러니 차라리 잊고 지내는 것이 상책이다. 내가 선 자리를 벗어나보면 내 삶이 얼마나 난분분(亂紛紛)했는지 깨닫게 된다. 주방의 이 작품을 대하면 천 년이 훨씬 넘는 과거에도 나와 같은 생각을 하는 분들이 많았구나 하는 기분이 든다.

고요한 죽림사를 거닐다보면 자신이 평소에 살아가는 속세가 얼마나 분주한지, 얼마나 내 몸과 마음을 긴장하게 만드는지 알 수 있다. 안개 노을 가득한 이런 곳에서 살아가면 좋을 텐데, 무엇 때문에 세월의 재촉을 받으며 분주하게 살아가는지 모르겠다. 그러나 한편으로 보면 그러한 것이 중생의 숙명일진대, 무작정 거부할 수만은 없는 노릇, 그저 틈날 때마다 와서 마음을 쉴 수 있도록 하는 것이 최선이다. 그것도 금생에 내가 몇 번이나 해볼 수 있을지 모를 일, 몇 번이나 다시 찾아올 수 있을까 하는 말 속에 주방의 아쉬운 마음이 담겨 있다.

1_제목이 「題鶴林寺(제학림사)」로 되어 있는 판본도 있음.

2_竹林寺(죽림사): 호북성 강릉과 강서성 여산에 죽림사가 있지만, 주방이 강서절도참모를 지낸 적이 있으므로 여산에 있는 죽림사로 추정됨.

3_更(갱): '能(능)'으로 되어 있는 판본도 있음.

4_回(회): 『전당시』(권315)에는 '廻(회)'로 되어 있음.

156_ 이가우(李嘉祐),
봄날 집으로 돌아오다〔春日歸家〕[1]

自覺勞鄕夢

無人見客心

空餘庭草色

日日伴愁襟

고향 꿈 수고로운 걸 스스로 깨닫지만

나그네 마음 알아줄 사람 아무도 없네.

부질없이 뜰에는 풀빛만 남아

날마다 근심스런 마음과 짝하고 있네.

집에 돌아왔지만 어딘지 모르게 슬픔이 깔려 있는 저 문맥은 독자들을 당혹스럽게 한다. 여행 끝에 집으로 돌아온 것을 기뻐해야만 한다면, 그 또한 우리의 편견일지 모른다. 나도 그런 경험을 한 적이 있기 때문이다.

긴 여행에서 돌아온 다음날은 어쩐지 멍하다. 부스스 일어나 마주한 아침햇살도 낯설고, 늘 보던 책꽂이의 책들도 낯설다. 새벽녘의 어지러운 꿈에 머리가 무겁기도 하다. 여전히 고향으로 돌아가는 꿈을 꾸지만 내용이 정확히 떠오르지는 않는다. 나그네로 떠돌던 시절의 그 마음을 누구도 알지 못한다. 마당의 풀빛은 부질없이 푸르고, 수심 가득한 내 마음은 쉽게 가실 줄을 모른다.

1_『전당시』(권207)에는 이 작품의 제목이 「봄날 집을 생각하며〔春日憶家〕」로 되어 있음. 「봄날 산으로 돌아가다〔春日歸山〕」로 되어 있는 판본도 있음.

157_ 이가우,
백로(白鷺)

江南綠[1]水多
顧影逗輕波
終日[2]秦雲[3]裏
山高奈若何

강남엔 푸른 물 많아서
그림자 돌아보며 가벼운 물결에 머무른다.
종일토록 산은 구름에 덮였는데
산도 높으니 어찌할거나.

물위에 우두커니 서서 자신의 그림자를 들여다보는 백로는 늘 고결함의 상징이었다. 물론 후대로 오면서 백로가 서 있는 것이 물고기를 노리기 위함이라는 것 때문에 삶의 투쟁으로 보는 작품도 있기는 했지만, 여전히 백로는 고결함의 상징이었다. 맑은 물 위에 외롭게 서 있지만, 날아가야 할 저 산은 종일 구름으로 자욱한데다 높기까지 하다. 어쩌면 주방이 처한 현실을 우의한 것이 아닐까.

1_綠(록): 『전당시』(권207)에는 '淥(록, 맑다)'으로 되어 있음.

2_落日(낙일): 『전당시』(권207)에는 '終日(종일)'로 되어 있음.

3_진운(秦雲): 진(秦)나라 지역의 산이 구름에 싸여 있다는 뜻. '楚岫秦雲(초수진운)'이라는 표현을 통해서 남방 지역의 구름 덮인 산을 의미하기도 함.

158_ 장기(張起),
봄날의 정회〔春情〕

畫閣[1]餘寒在
新年舊燕歸
梅花猶帶雪
未得試春衣

아름다운 집에 겨울 끝 추위 남아 있는데
새해 되자 작년 제비 돌아왔다.
매화는 여전히 눈을 쓰고 있어서
봄옷 입어볼 엄두도 못 낸다.

겨울 끝자락이면 봄을 기다리는 마음이 더욱 간절해진다. 내일이면 봄이 올 것 같은데, 제비가 돌아와 이미 봄이 온 것 같은데, 매화에는 여전히 눈이 남아 있어서 봄옷을 꺼내 입어볼 시도조차 하지 못한다. 겨울이 가는 것을 막아보기라도 하는 듯 늦겨울 추위가 매섭다.

근래 들어 추위를 부쩍 타게 된 나는 봄옷으로 갈아입기까지 상당한 결심을 해야 한다. 몸이 춥다기보다는 마음에 봄볕이 들어야 봄옷으로 갈아입게 되는 모양이다.

1_畫閣(화각): 아름다운 단청으로 장식된 집.

159_ 낭사원(郎士元),[1]
산속에서[山中卽事]

入谷多春興
乘舟掉[2]碧潯
山雲昨夜雨
溪水曉來深

골짜기에 들자 춘흥이 도도해져
배에 올라 푸른 물 헤쳐 간다.
어젯밤 비에 산 구름 피어나고
계곡물은 새벽 되자 깊어진다.

밤비 내린 봄날 아침, 계곡을 걷노라면 싱그러운 기운과 활발발(活潑潑)한 물소리가 사람 마음을 일으켜세운다. 그 기운으로 내 삶을 다시 추스른다. 세사(世事)에 시달리던 몸과 마음이 완전히 새로워지는 느낌이다. 산 구름 피어나듯 내 마음도 피어나고, 계곡물 깊어지듯 내 눈빛도 깊어진다.

1_『오칠당음』에는 작자가 '즉상원(卽上元)'으로 표기되어 있지만, 이는 '낭사원(郎士元)'의 오기이므로 바로잡았음.

2_掉(도): 『전당시』(권248)에는 '棹'로 되어 있음.

160_ 한굉(韓翃),
한궁곡(漢宮曲)[1]

繡幕珊瑚鉤[2]

春關[3]翡翠樓

深情不肯道

嬌倚鈿箜篌[4]

수놓은 장막, 산호로 만든 고리

봄이 온 관문, 비취 누각.

깊은 정은 기꺼이 말하지 않고

아름다운 공후에 어여삐 기대노라.

깊은 궁중은 화려한 장식과 함께 여러 기물이 있지만 자신의 깊은 정을 말할 수는 없다. 봄이 와도 기다리는 임은 오지 않고, 그저 공후에 자신의 마음을 의탁할 뿐이다. 화려한 궁중의 모습과 쓸쓸한 작중 화자의 심중을 대비하고 있다.

이 작품의 제1수는 다음과 같다.

駿馬繡⁵障泥⁶	준마에는 수놓은 장니 얹고
紅塵撲四蹄	붉은 먼지 속을 네 발굽이 박찬다.
歸時何太晩	돌아오는 시간 어찌 그리도 늦으신가
日照杏花西	살구꽃 서쪽으로 해는 비치는데.

1_이 작품은 2수의 연작시로, 여기에 수록된 것은 제2수임.

2_珊瑚鉤(산호구): 장막을 거는 산호로 만든 고리.

3_關(관): 『전당시』(권245)에 '開(개)'로 되어 있음. '春關(춘관)', '香閨'(향규, 향기로운 규방)로 되어 있는 판본도 있음.

4_鈿箜篌(전공후): 황금 등으로 장식한 공후. 공후는 중국 고대의 현악기.

5_繡(수): '錦(금)'으로 되어 있는 판본도 있음.

6_障泥(장니): 말의 배 쪽에 양쪽으로 드리워서 진흙이 튀는 것을 막는 마구(馬具).

161_ 경위(耿湋),
가을밤[秋夜]

高秋[1]夜分[2]後

遠客雁來時

寂寞重門[3]掩

無人問所思

늦가을 밤이 깊어진 뒤

먼 손님 기러기 날아올 때.

사방은 고요한데 중문 닫으니

생각을 묻는 사람 아무도 없다.

고적한 밤을 맞은 적이 언제던가. 도시의 소음과 가로등 불빛이 밤의 일상을 만드는 요즈음, 나도 모르는 사이에 밤은 소음과 불필요한 불빛으로 방해를 받는다. 문을 닫고 앉으니 사방은 온통 고요함으로 가득하다. 텅 빈 가득함, 그것을 우리는 고요함이라고 부른다. 인적 없는 밤, 생각이 끊긴 자리, 그 경계에서라야 우주 사이에 오롯이 앉아 있는 나를 볼 수 있지 않을까.

1_高秋(고추): 맑은 가을. 깊은 가을.

2_夜分(야분): 깊은 밤.

3_重門(중문): 여러 겹으로 설치되어 있는 문. 출입구에 해당하는 정문을 지나서 집안의 중심으로 들어서는 지점에 설치된 문을 지칭하기도 함.

162_ 노륜(盧綸),
새하곡(塞下曲)¹

月黑雁飛高

單于²夜遁逃

欲將³輕騎⁴逐

大雪滿弓刀

달 캄캄하고 기러기 높이 나는데

선우가 밤을 틈타 도망친다.

기병을 데리고 쫓아가려니

큰 눈이 활과 칼에 가득하다.

흉노와 전쟁을 벌이는 중, 형세가 불리해진 흉노의 우두머리가 야음(夜陰)을 틈타 도망친다. 그것을 알아차리고 가볍게 무장한 말을 타고 그들을 추격한다. 드넓은 북방 들판으로 눈이 쌓였다. 들고 가는 활과 칼에 비치는 흰 눈의 빛이 말의 움직임을 따라 번쩍인다.

새하곡은 변방의 삶을 소재로 창작되는 계열의 악부다. 백성들의 괴로움과 한탄, 멀리 떠나온 군사들의 고향 생각, 전쟁의 괴로움 등이 주조를 이루지만, 역시 노륜의 작품처럼 전쟁을 통해서 드러내는 기개와 대장부로서의 장쾌함 등이 중요한 소재다. 거친 자연환경을 넘어서 적병을 추격하는 사람들의 눈매가 서늘하다.

1_『전당시』(권278)에는 제목이 「장복야의 새하곡에 화답하다[和張僕射塞下曲]」로 되어 있음. 원래는 6수로 된 연작시로, 여기에 수록된 것은 제3수임. '새하곡'은 악부의 제목.

2_單于(선우): 흉노족이 왕을 지칭하는 말.

3_將(장): ~을 데리고. ~와 함께.

4_輕騎(경기): 간단한 무기로 무장을 하고 말을 타는 것 혹은 그 병사.

163_ 이단(李端),
새로 뜬 달에 절하며[拜新月]¹

開簾見新月²
便卽下階拜
細語³人不聞
北風吹裙帶⁴

주렴을 걷으니 새로 뜬 달이 보여
얼른 계단 내려가 절을 한다.
작은 소리라 다른 사람 듣지 못하고
북풍이 치마끈에 불어온다.

달을 보며 소원을 비는 풍습은 어느 지역이나 있었을 것이다. 밤의 어둠을 물리치는 존재가 달이기 때문에, 사람들은 달을 향해 자신의 소원을 빌었다. 특히 먼길을 떠난 남편을 위해서 하는 아내의 간절한 기도는 대체로 달을 향했다. 백제의 노래라고 알려진 「정읍사」만 해도 먼 지방을 돌아다닐 남편의 무사안녕을 달에 빌었다.

이 작품의 화자는 무슨 소원을 빌었을까. 작중 화자가 미혼 여성이었다면, 좋은 인연을 맺게 해달라고 빌지 않았을까. 달은 월하노인(月下老人)을 떠올리게 하고, 그 노인은 남녀 간의 좋은 인연이 혼인으로 이어지도록 하는 존재이기 때문이다.

문득 어젯밤에 본 달이 생각났다. 옥상에 올라가 환히 떠 있는 달을 보며, 인생이 얼마나 서러운 것인지를 생각했었다. 이렇게 한 세월이 가는구나 하는 생각이 들었다.

1_拜新月(배신월): 당나라 때 교방곡(教坊曲)의 명칭. 새로 뜬 달을 숭배하는 것은 당나라 때 형성된 풍습. 일반적으로 칠월 칠석이나 추석날 밤에 행하며, 이를 통해서 부부의 금슬 좋음이나 행복과 장수를 빌었음.

2_新月(신월): 초승달이라는 뜻도 있고 새롭게 보름달이 뜬 것을 지칭하기도 함. '신월(新月)'에 절을 하는 풍습을 읊었으므로 후자를 지칭하는 것으로 보아야 함. 칠석이나 추석날 밤 보름달이 막 떠올랐을 때 자신의 소원을 빌면서 달에 기원하는 것이기 때문임.

3_細語(세어): 낮은 소리로 작게 말을 함.

4_裙帶(군대): 치마를 묶는 끈.

164_ 이단,
무성에서 옛일을 생각하다
〔蕪城¹懷古〕²

風吹城上樹
草沒城邊³路
城裏月明時
精靈自來去

성 위 나무에는 바람이 불고
성 주변 길은 풀에 덮였다.
성 안에 달이 밝을 때
정령이 제 스스로 오고가리라.

무성, 즉 광릉성은 서한(西漢) 때 오왕(吳王) 유비(劉濞)가 이곳에 도읍을 정하고 지은 성이다. 남조(南朝)의 송나라 유탄(劉誕)이 이곳을 근거지로 해서 반란을 일으켰다가 패하여 병사들과 함께 모두 죽었다. 이후 이 성은 폐허로 변해서 터만 남았다. 육조시대의 뛰어난 문인 포조(鮑照)가 「무성부(蕪城賦)」를 지어서 이곳이 유명해졌다.

바람이 불고 풀에 덮인 성의 모습은 쓸쓸함 그 자체다. 달이 환하게 뜨면 황폐한 터에는 그저 혼백들만 오갈 것이다. 사람들의 발걸음은 닿지 않고 정령들만 오가는 곳, 무성의 황폐한 풍경을 쉬운 글자 몇 개로 잘 드러냈다.

이 작품은 원래 「무성(蕪城)」이라는 제목의 율시였는데, 남송 때의 문인 홍매(洪邁)가 뒤의 네 구절을 잘라내어 절구로 만들었다고 한다. 율시의 전편은 『전당시』(권284)에 수록되어 있는데, 앞부분 네 구절을 보면 다음과 같다.

昔人登此地　　옛사람 이곳에 올라보니
丘隴已前悲　　언덕은 이전처럼 슬프다.
今日又非昔　　오늘은 또한 옛날이 아니니
春風能幾時　　봄바람 얼마나 갈 수 있으리.

1_蕪城(무성): 옛 성의 이름으로, 광릉성(廣陵城)을 지칭함. 현재 강소성 강도현 (江都縣)에 터가 남아 있음.

2_『전당시』(권286)에는 제목이 「蕪城(무성)」으로 되어 있음. 『전당시』의 주석에 의하면, 이 작품은 원래 8구로 된 율시였는데 홍매(洪邁)가 뒷부분 4구를 잘라 내어 절구로 만들었다고 함.

3_邊(변): '下(하)'로 되어 있는 판본도 있음.

165_ 이단,
과거시험에 떨어진 사람을
전송하며〔送人下第〕[1]

獻策不得意

馳車東出秦

暮年千里客

落日萬家春

올린 계책으로 뜻을 못 얻어

수레를 달려 동으로 진을 향해 나간다.

늘그막에 천리 밖으로 가는 나그네

해가 지는 집집마다 봄이로구나.

해마다 시험에 떨어진 제자들을 만나는 일은 곤혹스럽다. 뭐라고 말을 건네야 할지 모를 정도로 그들의 참담한 표정이 나를 머뭇거리게 한다. 한 번 떨어지면 그들에게는 다시 1년의 시간을 보내야 기회를 얻는다. 그 기회조차 합격을 보장하지 못할 때, 위로의 말은 그저 입안을 떠돌다가 끝내 밖으로 표출되지 못한다. 서로 민망한 표정으로 형식적인 말 몇 마디만 하고 헤어진다.

근대 이전 문인들의 문집을 보면 과거에 낙방한 문사를 위로하는 시가 제법 많이 남아 있다. 딱히 무슨 말을 하겠는가. 깊은 위로의 말과 함께 다음번 기회를 노리라는 희망의 언사를 슬며시 섞어놓는 것 외에.

이단의 작품은 조금 다르다. 천리 밖으로 떠나는 나그네의 심정과 저물녘 집집마다 봄을 맞이한 것을 병치시켜, 낙방한 사람의 심사가 얼마나 쓸쓸한지를 드러낸다. 시험에 떨어져본 사람이라면 이 순간 어떤 말로도 위로가 되지 않으리라는 것을 알 것이다. 다시 또 과거시험에 응시할 기회가 있을지 어떨지도 모르는 인생의 황혼에서, 낙방생은 쓸쓸히 천리 먼 길을 걸어서 고향으로 돌아간다. 면목 없는 귀향길, 내 인생처럼 봄날 하루가 저물어간다.

1_『전당시』(권286)에는 제목이 「과거시험에 떨어지고 동쪽으로 돌아가는 곽량보를 전송하다(送郭良輔下第東歸)」로 되어 있음.

166_ 이단,
쟁을 연주하며〔鳴箏〕[1]

鳴箏金粟柱[2]
素手[3]玉房[4]前
欲得周郎顧[5]
時時誤拂弦

계수나무 발의 쟁을 울리나니
아름다운 방 앞에서 흰 손을 움직인다.
주랑의 돌아봄을 얻고자
때때로 현을 잘못 튕긴다.

쟁(箏)을 연주하면서 한 번이라도 좋아하는 분의 눈길을 받고 싶어서 일부러 현을 잘못 튕기는 심정을 짐작할 것이다. 한순간의 잘못된 연주, 그걸 알아차리기를 바라는 마음이 참으로 애처롭다.

누구나 이렇게 애절하고 간절한 순간이 인생에서 한두 번쯤은 있었을 것이다. 그 마음을 잃지 말고 살아가자는 다짐은 언제나 번잡한 세사 속에서 쉽게 잊힌다. 그 역시 안타까운 일이다.

1_『전당시』(권286)에는 제목이 「쟁 소리를 들으며〔聽箏〕」으로 되어 있음. 쟁(箏)은 거문고와 비슷하게 생긴 현악기. 당나라 시인들의 시에 나오는 쟁은 13현으로 된 악기임. 『오칠당음』의 주석에 의하면 진(秦)나라 여인들이 많이 익혔는데, 몸체는 축(筑)과 같고 형상은 슬(瑟)과 비슷하다고 함.

2_金粟柱(금속주): 금속은 계수나무를 지칭하는 것. 금속주는 계수나무로 만든 쟁 현(絃)의 받침을 말함. 거문고에서 말하는 안족(雁足)과 같은 위치에 있는 것. 여기서 '금속'을 계수나무 꽃으로 보아서, 계수나무 꽃 문양으로 장식한 현의 받침을 지칭하는 것으로 보는 견해도 있음. 후자로 볼 경우, 아름다운 방 앞에서 연주하는 행위는 여인의 흰 손이 쟁 위에서 움직이는 것을 의미함.

3_素手(소수): 여성의 희고 아름다운 손.

4_玉房(옥방): 아름다운 방. 일반적으로 쟁을 연주하는 여인이 지내는 방으로 해석하지만, 쟁을 얹어놓는 쟁침(箏枕)을 지칭하는 것으로 보는 견해도 있음.

5_周郎顧(주랑고): 주랑이 돌아본다는 뜻으로, 여기서 '주랑'은 오나라 주유(周瑜)를 지칭함. '주랑고'는 『삼국지(三國志)』〈오지(吳志)〉「주유전(周瑜傳)」에 나오는 말. 주유는 어려서부터 음악에 밝았는데, 술이 세 순배가 돌아 얼근해진 상태에서도 음악이 잘못 연주되면 그 부분을 정확하게 알아차리고 돌아보았

다고 함. 그래서 당시 사람들의 노래에 "곡조에 잘못이 있으면 주랑이 돌아본
다오"(曲有誤, 周郞顧)라고 했음.

167_ 사공서(司空曙),
금릉에서 옛일을 생각하다
〔金陵懷古〕

輦路[1]江楓暗
宮庭野草春
傷心庾開府[2]
老作北朝臣

임금 다니던 길에는 강가 단풍 어둑하고
궁정에는 들풀이 봄이로구나.
마음 아프구나, 유개부여
늙어서 북조의 신하가 되다니.

서릉(徐陵)과 함께 서유체(徐庾體)로 병칭되었던 유신의 문학은 이미 그가 살아 있던 시절부터 이름이 높았다. 그는 남북조시대 양(梁)나라에서 벼슬을 하던 중, 원제(元帝)의 명을 받아 서위(西魏)로 사신을 가게 되었다. 유신의 시문을 좋아했던 서위의 황제는 유신을 억류하였고, 어쩔 수 없이 그는 북위에서 표기대장군과 의동삼사(儀同三司)를 지냈다. 이후 북주(北周)에서 임청현자(臨淸縣子)에 봉해졌다. 다재다능한 사람이었지만 자신의 재주 때문에 고향으로 돌아가지 못하고 이역 땅을 떠도는 신세가 되었으니, 가슴 아픈 일이다.

황제가 지내던 곳에는 풀과 나무가 무성하다. 세월을 피할 수 없다. 그렇지만 유신의 신세는 역사에 남아 후세 사람의 마음을 아프게 한다.

1_輦路(연로): 천자의 수레가 다니던 길.

2_庾開府(유개부): 북주(北周)의 문인 유신(庾信)을 지칭함. 관직이 표기대장군(驃騎大將軍)에 이르러 개부의동삼사(開府儀同三司)를 지냈으므로 이렇게 불림.

168_ 사공서, 위중과 꽃놀이를 하며 함께 취하다〔玩花與衛衆同醉〕[1]

衰鬢[1]千莖[2]雪[3]
他鄉一樹花
今朝與君醉
忘卻在長沙

노쇠한 귀밑머리는 온통 눈에 덮였고
타향의 한 그루 나무에는 꽃이 피었다.
오늘 아침 그대와 술에 취하니
장사에 있다는 걸 문득 잊었네.

눈처럼 흰 머리를 보면 자신의 노쇠함이 새삼 돋보인다. 게다가 늘그막에 머나먼 타향 장사(長沙)에서 살아가는 신세다. '대력십재자(大曆十才子)'의 한 사람으로 꼽힐 만큼 그의 시문은 대단한 수준이었다. 성품이 깐깐해서 권력자들에게 아부하지 않았던 사람이다. 벼슬길에서는 자칫 방심했다가는 순식간에 좌천이다. 장사로 유배를 온 처지가 되니, 타향에서의 시간이 얼마나 답답하고 허망했겠는가.

그런 처지에서 힘든 삶을 살아가던 중, 우연히 만난 꽃나무 한 그루. 백설처럼 흰 머리카락에 귀양바치로 살아가는 자신의 처지와는 달리 저 나무에는 꽃이 피었다. 타향에서 만나는 꽃나무 한 그루는 자신의 처지를 새삼 환기시킨다. 다행히 벗이 있어 즐겁게 술 한잔을 하는 동안, 그리고 술기운이 남아 있는 동안 문득 그곳이 장사 땅이라는 걸 잊는다.

'잊는다'고는 하지만 과연 그게 정말 잊는 것일까. 늘 고향을 그리워하기 때문에 술로 잊어야 한다. 그가 잊는다고 하는 말은 늘 고향을 생각한다는 뜻의 다른 표현일 것이다.

1_『전당시』(권293)에는 제목이 「위상과 꽃구경을 하며 함께 술에 취하다〔翫花與衛象同醉〕」로 되어 있음. '衛象'이 '衛長林(위장림)'으로 되어 있는 판본도 있음.

2_衰鬢(쇠빈): 노쇠해진 귀밑머리.

3_千莖(천경): 천 가닥. '경'은 머리카락을 지칭함.

4_雪(설): '白(백)'으로 되어 있는 판본도 있음.

169_ 사공서,
노진경과 헤어지며〔別盧秦卿〕[1]

知有前期在

難分[2]此夜中

無將故人酒

不及石尤風[3]

앞으로 만날 기약 있다는 걸 알지만

이 밤 헤어지는 건 어렵구려.

고인의 술을 가져오지 마시게

석우풍에는 못 미칠지니.

'전기(前期)'는 참 신기한 단어다. 상반된 뜻을 동시에 가지고 있기 때문이다. 옛날에 했던 약속도 '전기'고 미래에 이행해야 할 약속도 '전기'다. 맥락을 보고 번역해야 한다. 어느 쪽이 좋을지 고민하다가 나는 여기서 '앞으로의 약속'으로 번역한다. 말하자면 앞으로 만날 기약으로 읽는 것이다.

고인의 술이란 무엇일까. 아마도 왕유(王維)의 시 「송원이사안서(送元二使安西)」에 나오는 구절인 "勸君更進一杯酒, 西出陽關無故人"에서 온 것으로 짐작된다. 사공서가 왕유보다 후대 사람이니 딱히 개연성이 없는 것도 아니고, 왕유의 시는 바로 이 구절 때문에 '양관삼첩(陽關三疊)'으로 불리면서 이별의 노래로 인구에 회자되지 않았던가. 고인의 술을 가져오지 말라는 건 이별의 술잔을 나누기 싫다는 의미일 것이다.

게다가 석우풍(石尤風)이라는 것은 앞길을 방해하는 바람을 의미한다. 옛날에 우(尤)씨 성을 가진 상인이 있었는데, 석(石)씨 성을 가진 여인과 혼인하게 되었다. 두 사람은 깊은 사랑을 나누었는데, 어느 날 우씨가 먼길을 떠났다가 돌아오지 않았다. 석씨녀는 기다리다가 마음의 병을 얻어서 죽게 되었는데, 죽기 전에 이렇게 말했다. "내가 남편이 먼길 떠나는 것을 막지 못해서 이 지경에 이르렀다. 이제 장사나 여행으로 먼길을 떠나는 사람이 있으면 내가 큰바람을 불게 해서 세상의 부녀들을 위하여 저지하겠노라." 이 때문에 역풍이 부는 것을 '석우풍'이라고 부르게 되었다.

사공서는 석우풍이라도 불게 해서 떠나는 사람을 잡고 싶
은 마음을 강렬하게 표현했던 것이다. 만남은 즐거워도 헤어
짐은 늘 섭섭한 법이다.

1_ 『전당시』(권292)에는 제목이 「노진경을 만류하며〔留盧秦卿〕」로 되어 있음.
'노진경'이 '郞士元詩(낭사원시)'로 되어 있는 판본도 있음.

2_ 難分(난분): '歡如(환여)'로 되어 있는 판본도 있음.

3_ 石尤風(석우풍): '古淳風(고순풍)'으로 되어 있는 판본도 있음. '석우풍'은 앞
쪽에서 거세게 불어와 앞으로 나아가는 것을 방해하는 바람을 말함. 그 내력에
관해서는 본문 해설 참조.

170_ 고황(顧況),
파양에서의 옛 유람을 추억하며
〔憶番¹陽舊遊〕

悠悠南國思
夜向江南泊
楚客²斷腸³時
月明楓子⁴落

아련하여라, 남쪽 지방의 생각이여
밤에 강남을 향해 가다가 배를 멈춘다.
초나라 나그네 애끊어질 때
달 밝은데 단풍 열매 떨어진다.

남쪽 지방에서 놀던 때를 그리워하는 심정이 담겨 있다. 배를 타고 강남 지역으로 가던 중이었을 것이다. 남쪽이 그리워서 강남으로 가려 했는지, 아니면 다른 연유로 강남을 향해 가던 중이었는지는 알 수 없다.

그리움이 사무치면 작은 것 하나에도 가슴이 철렁한다. 단풍나무 열매라고 해야 얼마나 크겠으며 그 소리가 들리기나 할까마는, 고요하기 그지없는 밤, 그 작은 소리에 한밤의 애상(哀傷)이 툭 하고 터져나온다.

1_番(파): 순서를 뜻할 때는 '번'으로 읽지만 지명으로 쓰이면 '파'로 읽힘. 『전당시』(권267)에는 '鄱(파)'로 되어 있는데, 서로 통용되는 글자임.

2_楚客(초객): 초나라 굴원(屈原)을 지칭하는 말로, 타향을 떠돌아다니는 사람을 범칭하는 말로도 사용됨.

3_斷腸(단장): 창자가 잘려나가는 듯한 슬픔.

4_楓子(풍자): 늙은 단풍나무에 달리는 사람 모양의 혹을 지칭하지만, 단풍나무의 씨를 의미하기도 함. 여기서는 후자의 뜻.

171_ 구단(丘丹),
위소주에게 답하다[答衛蘇州]¹

露滴²梧葉鳴

秋風桂花發

中有學仙人³

吹簫弄山月

이슬방울 듣자 오동잎 울고

가을바람에 계수나무 꽃 피어난다.

이 중에 신선 배우는 사람 있어서

퉁소 불며 산 달을 희롱한다.

이슬 맺혀 방울 떨어지면서 오동잎에 소리를 내고, 가을바람에 설핏 계수나무 꽃 향기가 묻어온다. 모두 가을이 왔음을 알리는 소재들이다. 거기에 어디선가 퉁소 소리가 들리고 가을밤에 크고 환한 달이 떠오르자 신선 같은 풍모의 벗이 생각난다.

이 작품은 벼슬을 그만두고 임평산(臨平山)에 은거하고 있던 구단에게 위응물(韋應物)이 시를 보내온 것에 화답을 한, 일종의 답시(答詩)다. 위응물이 써서 보낸 작품 「가을밤 구원외에게 보내다[秋夜寄丘員外]」는 다음과 같다.

懷君屬秋夜　때마침 가을밤, 그대 생각하면서
散步詠涼天　이리저리 거닐며 서늘한 하늘 읊조리네.
空山松子落　텅 빈 산에 솔방울 떨어지니
幽人應未眠　산에 사는 사람 응당 잠 못 이루겠지.

문득 벗이 그리울 때, 몇 마디 적어서 보낼 수 있다면 얼마나 좋겠는가. 아름다운 벗을 사귀어 시문을 주고받는 것도 큰 행복이다.

1_『전당시』(권307)에는 제목이 「위사군이 가을밤 나에게 보낸 시에 화답하다

〔和韋使君秋夜見寄〕」로 되어 있음.

2_露滴(노적): 이슬이 맺혀 물방울이 된 것.

3_人(인): 『전당시』(권307)에는 '侶(려)'로 되어 있음.

172_ 융욱(戎昱),
   헤어지면서 짓다〔別離作〕[1]

手把杏花枝

未曾經別離

黃昏掩門後

寂寞心自知[2]

손에는 살구꽃 가지 쥐고 있지만

아직 이별을 겪지는 않았다.

해 저물고 문을 닫은 뒤

적막해지면 마음이 절로 알리라.

그런 적이 있다. 평소에는 자주 생각나지 않던 사람인데, 문득 그의 근황이 궁금해지면서 갑자기 마구 보고 싶어지는 때가 있다. 원래 사람의 감정이란 그런 것일지도 모른다. 어떤 감정에 늘 사로잡혀 있다면 아무래도 정신적으로 문제가 있을 것이다. 내가 누군가를 미워하든 사랑하든, 혹은 그리워하든 잊고 싶어하든, 사람의 감정은 수시로 바뀌는 법이다. 잊고 있던 감정이 사소하고 뜬금없는 일을 계기로 마구 솟구칠 때가 많다. 용욱의 작품은 바로 그런 순간을 포착한 것이다.

살구꽃은 남녀 간의 애정을 비유한다. 물론 이별하는 사람이 사랑하는 임인지, 절친한 벗인지는 알 수 없다. 그렇지만 살구꽃 가지의 일반적 비유로 볼 때 사랑하는 사람이 아닐까 짐작된다. 두 사람의 사랑은 이별을 경험하지 않은 순수하고 아름다운 상태다. 헤어져서 집으로 돌아갈 때도 아직 이별을 느끼지 못한다. 밤이 되어 문을 닫고 사위가 고요해지면 그제야 문득 외로움과 이별의 아픔이 솟구칠 것이다.

수많은 감각으로 만들어진 우리의 생이 다른 사람을 만나 어떻게 변해갈지는 아무도 모른다. 내 마음대로 안 되는 것이 인생이기 때문이다.

1_대숙륜(戴叔倫)의 작품이라고 되어 있는 판본도 있음.

2_心自知(심자지):『전당시』(권270)에는 '自心知(자심지)'로 되어 있음.

173_ 창당(暢當),
관작루에 올라〔登鸛雀樓〕[1]

迥臨飛鳥上
高出世人[2]間
天勢圍平野
河流[3]入斷山

날아가는 새 위쪽으로 아득히 임해 있고
인간 세상 밖으로 높이 올랐다.
하늘의 형세는 넓은 들판을 둘러쌌고
황하 물결은 끊어진 산으로 들어간다.

관작루에 올라서 지은 같은 제목의 작품으로 왕지환(王之渙)의 것이 널리 알려졌다. 그러나 창당의 이 작품 역시 만만치 않은 수준을 자랑한다. 왕지환의 작품을 인간 내면의 확장이라는 측면으로 해석할 수 있다면, 창당의 이 작품은 주변의 자연경관 속에서 웅장하고 묘묘하게 서 있는 누각의 모습을 묘사한다.

위대한 자연 속에 서 있는 관작루에 오르면, 세상의 번뇌야 잔다랗기 그지없는 것으로 느껴질 것이다. 날아가는 새를 굽어보며 속세를 멀리 떠난 듯한 느낌, 어쩌면 그것은 자연의 장엄함이 주는 효과일 수도 있지만, 그러한 경지에 오르기를 바라는 우리의 마음도 스며 있는 것이 아닐까.

1_관작루에 관해서는 앞에서 소개한 왕지환, 「관작루에 올라〔登鸛雀樓〕」의 주석 및 해설 참조.

2_人(인): 『전당시』(권287)에는 '塵'으로 되어 있음.

3_河流(하류): 관작루가 황하 가에 있으므로, 황하의 물결을 의미함.

174_ 저광희(儲光羲),
장안으로 가는 길〔長安道〕¹

鳴鞭²過酒肆³

袪⁴服⁵遊倡門⁶

百萬一時盡

含情無片言

채찍을 휘두르며 술집 지나고

멋진 옷을 입고 기생집에서 노닌다.

백만금을 단번에 써버리고

정을 머금었으되 한마디 말도 없다.

장안의 풍류남아들이 노니는 풍광을 노래했다. 화려한 불빛, 흥성스러운 밤거리, 거금을 마구 흩뿌리면서 돈에 구애받지 않는 풍모, 마음속의 정을 침묵으로 표현하는 태도 등은 장안의 밤을 생각하면 늘 떠오르는 이미지였으리라. 장안으로 가는 지금, 저광희의 머리는 풍류 넘치는 장안 거리로 가득한 것 같다.

1_이 작품은 원래 2수로 된 연작시로, 여기에 소개되는 것은 제1수임. 제2수는 앞에서 소개한 저광희의 「장안도」임.

2_鳴鞭(명편): 채찍을 휘두름. 또는 황제의 의장행렬에 사용되는 채찍으로, 이것을 휘두르면 소리가 나기 때문에 이를 통해서 사람들을 조용히 시키는 물건을 지칭함.

3_酒肆(주사): 술을 파는 집.

4_袪(거):『전당시』(권139)에는 '袨(현)'으로 되어 있음. 문맥으로 보아 '袨(현)'의 오자임.

5_袪服(거복): '袨服(현복)'의 오자로 보임. 따라서 여기서는 현복의 의미로 번역했음. '현복'은 잘 차려입은 성장(盛裝)을 뜻함.

6_창문(倡門): 기생들이 있는 집.

175_ 왕창령(王昌齡),
장사를 보내며〔送張四〕[1]

楓林已愁暮
楚水復堪悲
別後冷山月
淸猿無斷時

단풍 든 숲은 이미 저물어 근심스럽고
초나라 물은 다시 슬퍼졌어라.
헤어진 뒤 산 달은 차가운데
맑은 원숭이 소리 끊어질 때 없구나.

단풍으로 물든 산은 저물고 강물은 슬피 흐른다. 산 위로 달이 차갑게 뜨고 원숭이 소리는 끊이지 않는다. 벗이 떠나자 작자의 마음은 그저 스산하기만 하다.

　오랫동안 이런 감정을 잊고 살아온 건 아닌지 생각해본다. 수많은 만남과 이별을 겪으면서 무딘 감정으로 세상을 마주하고 있는 나 자신을 발견한다. 저렇게 아픈 이별을 해본 것이 언제였던가. 헤어지면 저토록 아픈 감정을 가질 만한 벗이 있을까. 여러 상념이 머릿속을 떠다닌다.

1_이 작품의 제목을 『당음』에서는 저광희의 「강남곡(江南曲)」으로 수록하고 있으나 이는 오류이므로 왕창령의 작품으로 표기했음. 『전당시』(권143) 참조. 저광희가 지은 「강남곡」은 『전당시』(139)에 4수로 된 연작시가 따로 수록되어 있음. 제목에서 '張四(장사)'는 장씨 가문의 넷째라는 뜻임.

176_ 배적(裴迪),
홰나무 거리〔宮槐陌〕

門前宮槐陌[1]
是向欹湖道
秋來山雨多
落葉無人掃

문 앞의 홰나무는
의호로 가는 길을 향해 있지.
가을 되어 산비가 많이 내려서
잎이 떨어져도 쓰는 사람 없구나.

'궁괴맥'이나 '의호(欹湖)'는 모두 배적이 은거하고 있던 망천(輞川)에 있는 지명이다. 망천은 일찍이 왕유(王維)가 은거하면서 명편들을 많이 창작해서 유명해진 곳이기도 하다.[2]

찾아올 사람 없어 문 앞을 쓸 필요도 없다는 표현은 왕유의 작품을 염두에 두고 떠올린 것이 아닐까 싶다. 왕유의 그 작품이 「홰나무 거리〔宮槐陌〕」인데, 다음과 같은 내용이다.

仄逕蔭宮槐   비스듬한 오솔길은 홰나무로 덮여
幽陰多綠苔   그윽한 그늘엔 푸른 이끼 많아라.
應門但迎掃   문지기는 그저 손님 와야 문 앞 쓰나니
畏有山僧來   산의 스님 찾아올까 걱정되는구나.

왕유는 스님이 찾아올까 싶어서 문 앞을 쓴다고 했는데, 배적은 그렇게 찾아올 손님마저도 없다는 뜻이다. 그의 적적함이 한층 깊다.

1_宮槐陌(궁괴맥): 홰나무를 심어놓은 거리를 말함. 중국 주나라 때 궁궐에 홰나무를 심어서 삼공(三公)을 상징하게 했으므로 이후 궁중에 많이 심었다고 함. 그렇지만 여기서의 '궁괴맥'은 궁궐과 관련되는 것이 아니라 망천(輞川)에 있는 지명임.

2_이 점에 대해서는 앞에서 소개한 왕유의 시 참조. 왕유가 「궁괴맥」이라는 제목으로 지은 작품도 있음.

177_ 배적,
임호정(臨湖亭)[1]

當軒彌滉漾[2]
孤月正徘徊[3]
谷口猿聲發
風傳入戶來

정자에 오르니 물은 더욱 일렁이고
외로운 달만 진정 배회한다.
골짜기 입구에 원숭이 소리 나는데
바람결에 집으로 전해온다.

원숭이 소리는 어딘지 모르게 구슬픔을 동반한다. 아마도 새끼를 잃은 어미 원숭이의 울음과 관련된 단장(斷腸) 이야기가 떠올라서일 것이다. 한 번도 들어보지 못한 원숭이 울음소리는 한시에서 자주 등장하는 이미지다. 특히 배를 타고 가다가 한밤중에 듣는 원숭이 소리는 구슬픔을 자아내는 일종의 관습적 이미지다.

달밤에 정자를 배회하는 사람의 마음은 외로움으로 가득하다. 달조차 '외로운' 달이라고 느낀다. 달빛에 일렁이는 물결은 어쩌면 오지 않는 사람을 그리워하는 마음의 표현이 아닐까. 게다가 문득 바람결에 들려오는 원숭이 소리는 작자의 고적함을 돕는다. 어쩌면 이런 외로움이 문학을 풍성하게 만드는 힘이었을 것이다.

1_臨湖亭(임호정): 망천(輞川)에 있는 정자.

2_滉漾(황양): 물이 넓고 끝없이 펼쳐진 모양. 물이 일렁이는 모양.

3_徘徊(배회): 『전당시』(권129)에는 '裵回'로 되어 있음. 서성거린다는 뜻으로, 서로 통용되는 글자임.

178_ 전기(錢起),
강 위를 가며〔江行無題〕[1]

咫尺愁風雨
匡廬[2]不可登
祇疑雲[3]霧窟
猶有六朝僧

지척에서 비바람 근심하는 건
여산에 오를 수 없기 때문.
단지 궁금한 것은, 구름안개 피어나는 굴 안에
육조 때의 스님들 아직 있는지.

몇 해 전의 일이다. 늘 중국 황산(黃山)을 오르고 싶어서, 벼르고 별러서 찾아갔다. 날씨가 아주 좋았는데, 막상 황산 아래에 이르자 가랑비가 내리고 운무가 심해서 도저히 오를 수가 없었다. 결국 오전을 그냥 보내고 오후에야 조금 올라갔는데, 그 아쉬움은 지금도 남아 있다.

전기 역시 비슷한 심정이었을 것이다. 여산에 오르려 했지만 운무가 자욱해서 오를 수 없었다. 여산에는 육조시대 동진(東晉)의 혜원(慧遠) 스님이 은거하고 있었다. 도연명(陶淵明)과 육수정(陸修靜)이 그를 찾아와서 청담(淸談)을 즐겼던 일은 '호계삼소(虎溪三笑)' 이야기에 잘 전한다. 전기가 육조시대의 스님을 언급한 것은 이러한 점을 염두에 둔 듯한데, 그 이면에는 세상을 벗어나 청담을 즐기면서 청정하게 살고 싶은 마음도 담고 있는 것이 아닐까.

1_이 작품은 100수로 이루어진 연작시로, 여기에 수록된 것은 제69수임.『전당시』(권239)에서는 작자가 '전후(錢珝)'로 된 판본도 있다고 하였음.
2_匡廬(광려): 강서성 여산(廬山). 은(殷)나라와 주(周)나라 시절 광속(匡俗) 7형제가 이곳에 초려(草廬)를 짓고 살았다 해서 붙은 이름이라고 전함.
3_雲(운): '香(향)'으로 되어 있는 판본도 있음.

179_ 장중소(張仲素),
　　봄날의 규방[春閨]¹

臭臭²城邊柳

青青陌上桑

提籠忘採³葉

昨夜夢漁陽⁴

살랑거리는 성 옆의 버드나무

푸르고 푸른 길가의 뽕나무.

바구니 들고 잎 따는 걸 잊었나니

간밤에 어양 꿈을 꾸었지.

남편은 북쪽 변방으로 떠났다. 겨울이 가고 봄이 왔어도, 변방으로 간 남편의 소식은 들려오지 않는다. 버드나무 살랑거리고 뽕나무 푸르른 계절이 되었어도 소식은 없다. 뽕나무 잎을 따다가 문득 멍하니 서 있다. 간밤에 어양 꿈을 꾼 탓이다. 남편이 있는 머나먼 북방, 꿈에서도 이르지 못할 그곳 생각에 봄날 규방 아낙네의 시름은 깊어만 간다.

직접 자신의 생각을 서술하지 않아도 읽다보면 문맥 속에서 작자의 생각이 읽히는 것, 이것이 한시를 읽는 재미 중의 하나다. 어쩌면 모든 시가 그런 성격을 가지고 있겠지만, 이렇게 우회적인 진술 속에 아낙네(어쩌면 갓 결혼한 새댁일 수도 있겠다)의 봄날 심사를 드러내는 솜씨가 좋다.

1_ 『전당시』(권367)에는 제목이 「봄날 규방의 그리움〔春閨思〕」으로 되어 있음.

2_ 嫋嫋(요뇨): 바람에 나뭇잎이나 나뭇가지가 나부끼는 모양.

3_ 採: 『전당시』(권367)에는 '采(채)'로 되어 있음.

4_ 漁陽(어양): 당 현종 천보(天寶) 원년에 계주(薊州)를 어양군(漁陽郡)으로 고쳤는데, 지금의 천진시 계현(薊縣)을 말함. 혹은 전국시대에 설치했던 어양군을 지칭하기도 하는데, 이곳은 지금의 북경시 밀운현(密雲縣) 서남쪽을 지칭함. 이 시에서는 북쪽 변방을 지칭하는 의미로 사용되었음.

180_ 유우석(劉禹錫),
술을 마시며 모란을 보다
〔飮酒看牧丹〕[1]

今日花前飮
甘心醉數杯
但愁花有語
不爲老人開

오늘 꽃 앞에서 술을 마시니
즐거운 마음으로 몇 잔 술에 취했다.
다만 근심스러운 것은 꽃이 말을 한다면
노인을 위해 핀 것은 아니라는 것.

나이가 들어가면서 어떤 시 구절에서는 풋웃음이 나기도 하고 또 어떤 시 구절에는 크게 공감하기도 한다. 그럴 때면 늘 한시는 나이가 들수록 즐길 수 있다는 생각을 하곤 한다. 나이가 들어가면서 떠오르는 생각을 자연스럽게 표현하는 것이 좋은 시의 조건이라는 건 누구나 인정할 수 있다. 그렇지만 그렇게 쓰는 것이 쉽지는 않다. 글을 솔직하게 쓰려면 오랫동안의 훈련과 연습, 그리고 자신을 내려놓을 수 있는 용감함이 필요하다. 오늘 있었던 일을 당장 한번 써보면 안다. 솔직하게 쓰는 것이 얼마나 어려운 일인지.

그런 맥락에서 보면 이 작품은 아주 쉬운 글자와 편안한 어조로 자신의 늙음을 솔직하게 인정하는 내용으로 되어 있다. 이렇게 모든 것을 내려놓고 자신을 바라볼 수 있는 용기가 부럽기도 하고 배우고 싶기도 하다.

1_『전당시』(권364)에서는 이 작품의 제목이 「당나라 낭중댁에서 여러 공들과 함께 술을 마시며 모란을 보다〔唐郎中宅與諸公同飲酒看牡丹〕」로 되어 있음.

181_ 유우석,
가을바람의 노래〔秋風引〕

何處秋風至

蕭蕭送雁群

朝來入庭樹

孤客**¹**最先聞

가을바람은 어디서 불어와

쓸쓸하게 기러기떼를 보내올까.

아침이면 뜰 앞 나무로 불어와

나그네가 가장 먼저 듣는다.

집을 떠나 타향을 떠돌아다니는 사람은 외로움에 민감하다. 한 장소에 얽매이는 것이 싫어서 내키는 대로 떠도는 사람의 자유로움은 부러워할 만한 것이지만, 동시에 외로움을 동반한다. 같은 나무 아래서 이틀 밤을 묵지 않는다는 불교 수행자들의 용맹은 그 깊은 외로움을 이겨내고 나서야 이루어지는 마음가짐이다.

떼를 지어 다니는 기러기와 혼자 여행하는 자신의 모습을 통해서 외로움이 강조된다. 게다가 기러기가 가지는 편지의 이미지를 생각해보면, 늘 고향을 생각하는 마음을 가지고 있었다는 점도 어렴풋이 느껴진다. 그렇지만 그는 타향을 떠도는 외로운 나그네일 뿐이다.

떠도는 사람에게 계절의 변화를 살피는 일은 중요하다. 어제의 바람과는 다른 바람이 불어왔을 때, 그는 가을이 왔음을 직감한다. 기러기떼가 날아오고 아침에 일어나면 어제와는 다른 바람이 불어오면 누구보다도 먼저 가을이 왔음을 알아차린다. 저 마음에 들어 있는 외로움은, 어쩌면 금생에서는 사라지지 않을 것이다. 조금 과장하자면, 우리 마음속에도 사라지지 않을 외로움이 있어서 자꾸 내면을 들여다보고 싶어지는지도 모르겠다.

1_고객(孤客): 홀로 타향을 떠도는 사람.

182~183_ 유우석,[1]
규방의 원망〔閨怨詞〕

珠箔[2]籠寒月
紗窓背曉燈
夜來巾上淚
一半是春冰[3]

關山[4]征戍[5]遠
閨閤別離難
苦戰應憔悴
寒衣[6]不要寬

주렴은 찬 달을 감싸고
비단 창은 새벽 등불 등지고 있다.
간밤 수건 위에 흘린 눈물이
반은 봄 얼음일세.

북쪽 변방에 수자리 멀어
규방의 이별은 어려워라.
힘든 전쟁에 응당 초췌해지리니
겨울옷은 넉넉할 필요 없으리.

아내는 남편의 출정을 앞두고 밤을 새웠다. 늦가을 달이 다 넘어가 새벽이 오도록 그녀는 잠을 이루지 못한 채 눈물을 흘렸다. 그녀가 흘린 눈물이 수건에 떨어져 밤 추위에 얼었다. 잠 못 드는 심정이 새삼스럽게 전해온다.

눈물을 닦고 일어나, 남편을 위해 정성 들여 지었을 겨울옷을 건넨다. 북방 국경에서의 생활이 힘들 것은 당연한 일, 아마도 초췌한 모습으로 지낼 남편을 생각하면 속상한 일이다. 겨울옷을 넉넉하게 짓지 않은 것은 고생 때문에 몸이 마를 것이라고 생각했기 때문이라는 저 말 속에는 남편의 힘든 앞날을 걱정하는 마음이 가득 담겨 있다.

1_『오언당음』에서는 이 작품의 작자를 유우석(劉禹錫)으로 표기하고 있어서 우리나라에서는 대체로 유우석의 작품으로 여기지만, 『전당시』(권28)에는 작자를 백거이(白居易)로 표기하고 있어서 중국에서는 백거이의 작품으로 여김. 모두 3수로 된 연작시로, 여기에 수록된 것은 제2수와 제3수임.

2_珠箔(주박): 주렴(珠簾). 문에 거는 발.

3_春冰(춘빙): 봄 얼음. 봄에 어는 얼음은 쉽게 갈라지거나 깨지기 때문에, 위험한 상황을 비유하거나 잃어버리기 쉬운 것을 비유할 때 사용함.

4_關山(관산): 원래 몽고고원 남쪽 근처를 지나는 산맥에 속한 산 이름이기도 하지만, 북쪽 변방을 비유하는 말로 사용되는 경우가 많음.

5_征戍(정수): 변경을 지킴. 혹은 변경을 지키는 수자리.

6_寒衣(한의): 겨울옷.

184_ 장적(張籍),
　　서봉의 스님에게[寄西峯僧]

松暗水涓涓[1]
夜涼人未眠
西峰月猶在
遙憶草堂前

솔숲 어둑하고 물은 졸졸 흐르는데
밤은 서늘하고 사람은 잠 못 이룬다.
서봉에는 달이 아직 남아 있나니
아스라이 초당 앞을 생각한다.

서늘한 밤이다. 달이 기울어 솔숲은 어둑하다. 물소리만 들리는 조용한 밤, 문득 서봉 초당에 주석하고 있는 스님을 떠올린다. 그곳은 서쪽이라 아직도 달이 다 떨어지지 않았을 터, 스님도 나처럼 잠을 못 이루고 있을까 생각해본다.

사위가 조용해지고 새벽이 가까워지도록 잠을 못 이루는 걸 보면 그의 심사도 평온하지 못하다. 스님과 이야기라도 나눈다면 좋아질까 싶은 마음이 드는 순간, 서봉의 초당이 떠오른 것이다. 그리움의 정서가 갑자기 마음속에서 솟구치는 듯하다.

1_涓涓(연연): 물이 졸졸 흐르는 모양.

185_ 원진(元稹),[1]
옛 행궁에서〔故行宮[2]〕

寥落[3]故[4]行宮

宮花寂寞紅

白頭宮女[5]在

閒坐說玄宗[6]

쓸쓸한 옛 행궁에

꽃은 고요하게 붉어라.

흰머리의 궁녀 있어서

한가로이 앉아 현종 황제 이야기한다.

세월이 흘러가면 모든 것이 아름다운 빛으로 착색되는 것일까. 궁녀의 삶이 그리 화려하거나 행복에 겨웠던 것은 아니었을 텐데, 그녀의 이야기는 왠지 아련한 추억을 떠올리는 듯하다. 임금이 더러 찾아주던 옛 행궁은 쓸쓸하고, 적막한 가운데 꽃은 왜 이리도 붉은지. 그녀가 현종 황제 때의 일을 이야기하면서 '한가롭게 앉아 있다'고 했지만, 그 한가로움 속에는 삶의 신산함이 녹아들어 인생의 깊이를 더해주는 듯하다.

이런 작품을 읽노라면 새삼스럽게 내 삶도 돌아보게 된다. 한때는 험준하게 솟아 있던 인생의 수많은 곡절들이 이제는 모서리가 다 닳아서 야트막한 언덕처럼 변했다. 그런 게 중생의 삶일지도 모르겠다.

1_『오언당음』에는 작자가 원직(元稹)으로 되어 있지만, 『당시삼백수(唐詩三百首)』, 원진의 문집인 『원씨장경집(元氏長慶集)』 등에는 원진(元稹)으로 되어 있어서 이렇게 표기했음. 『전당시』(권301)에서는 「故行宮」이라는 제목으로 왕건(王建)을 작자로 표기했음. 『전당시』(권410)에서는 「行宮」이라는 제목으로 작자를 원진이라고 표기하기도 했음.

2_行宮(행궁): 황제가 궁성 밖에서 묵을 때 사용하는 궁전. 여기서는 낙양에 있는 황제의 행궁인 상양궁(上陽宮)을 지칭함.

3_寥落(요락): 쓸쓸함. 적막함.

4_故(고): 『전당시』, 『원씨장경집』 등에는 '古(고)'로 되어 있는데, 의미상의 차이는 없음.

5_白頭宮女(백두궁녀): 당 현종 때 황제를 모시기 위해 궁으로 들어왔다가 40

여 년간 행궁에 유폐되어 있었던 백발의 궁녀를 말함. 이에 대해서는 백거이
(白居易)가 「상양궁의 흰머리 노인[上陽宮白髮人]」이라는 제목의 장편시를 쓴
적이 있음.

6_玄宗(현종): 당나라 황제 현종을 말함.

186_ 김창서(金昌緒),[1]
이주의 노래〔伊州歌〕[2]

打[3]起黃鶯兒
莫敎[4]枝上啼
啼時[5]驚妾夢
不得到遼西[6]

툭툭 쳐서 꾀꼬리를 날려
나뭇가지 위에서 울게 하지 마라.
꾀꼬리 울 때면 내 꿈 놀라 깨어
요서에 이를 수 없나니.

꾀꼬리는 봄의 전령이다. 고구려 유리왕의 「황조가(黃鳥歌)」
에서도 노래했듯이, 이 새는 원래 봄날의 아름다운 연인을 비
유하기도 한다. 유려한 목소리로 봄을 노래하는 꾀꼬리야말
로 봄날의 어여쁜 한때를 장식하는 새다.

　그렇지만 여기서는 원망의 대상이다. 멀리 떠난 임은 소식
이 없고 세월은 속절없이 흘러서 봄이 되었다. 여전히 소식
없는 임을 만날 수 있는 기회는 꿈속이다. 임 계시는 요서 지
방이 얼마나 먼지, 꿈속에서도 그곳에 도착하려면 시간이 걸
린다. 거기에 도착하기도 전에 꾀꼬리 소리에 잠이 깨면 임을
볼 기약은 전혀 없다.

　봄이 와도 여전히 괴로운 심정은 오직 임이 없는 탓이다.
아픈 가슴 부여안고 꿈속에서 임 만나기를 고대하면서, 그렇
게 봄날은 간다.

1_『전당시』(권768), 『당시삼백수』 등에는 작자가 김창서(金昌緖)로 되어 있으
며, 『오언당음』에서 표기한 '蓋嘉運(개가운)'은 잘못이므로 작자 표기를 '김창
서'로 하였음. 이에 대해서는 아래의 주 참조.

2_『전당시』(권768), 『당시삼백수』 등에는 제목이 「봄날의 원망〔春怨〕」으로 되
어 있고, 「이주가(伊州歌)」로도 표기한다는 주석이 붙어 있음. '이주가'는 원래
곡조의 제목으로, 여러 시인들이 같은 제목의 시를 지은 바 있음. 이 노래는 당
나라 때 서경절도사(西京節度使)를 지낸 개가운(蓋嘉運)이 지어서 진상한 것이
라고 함. 『오언당음』에서 작자를 '개가운'으로 표기한 것은 이러한 유래 때문
이지, 이 작품이 그의 것은 아님.

3_打(타): '卻(각)'으로 되어 있는 판본도 있음.

4_敎(교): ～로 하여금. '使(사)'와 같은 뜻으로 쓰임.

5_啼時(제시): '幾迴(기회)'로 되어 있는 판본도 있음

6_遼西(요서): 지금의 요녕성(遼寧省) 요하(遼河)의 서쪽.

187_ 영호초(令狐楚),
종군행(從軍行)¹

朔風²千里驚
漢月³五更⁴明
縱⁵有還家夢
猶聞出塞聲

북풍은 천리 밖에서 놀라고
한나라 달은 새벽에 밝구나.
집으로 돌아가는 꿈을 꾸지만
아직도 변방으로 나가는 소리 들린다.

남자들이 나이가 들어도 화제로 즐겨 올리는 것이 군대 이야기다. 나이가 들어도 깜짝 놀라는 것은 역시 군대 가는 꿈이라고 한다. 이런 농담이 있을 정도로 군대는 우리의 생활 속에 아직도 깊이 자리하고 있다. 옛날에는 그 정도가 더욱 심했을 것이다. 수십 년 동안 남자들은 주기적으로 군대에 들어가 복무했을 뿐만 아니라 전쟁이 일어나면 전투 병사로서 목숨을 걸고 싸워야 했기 때문이다. 고향에서 천리나 떨어진 먼 변방에서 불어오는 북풍에 깜짝 놀라고, 새벽녘까지 잠 못 이루고 바라보는 밝은 달이 고향에도 똑같이 비치리라는 생각을 하면 가족들이 얼마나 그리웠을까 싶다. 집으로 돌아가는 꿈과 변방으로 나가는 소리는 완벽한 대조를 이루면서도 고향을 그리워하는 작자의 마음을 더욱 간절하게 드러낸다.

「종군행」은 악부의 제목이므로 여러 시인들의 작품이 전한다. 대체로 변방에서 살아가는 사람들의 이야기라든지 그곳을 지키는 병사의 삶과 정서, 전쟁터의 모습 등을 소재로 지어진다. 영호초의 작품 역시 그러한 전통을 충실히 따르면서도 절구가 보여줄 수 있는 대구(對句)의 절묘함을 한껏 드러낸 작품이다. 기구-승구, 전구-결구가 각각 정밀하게 대구를 이루고 있어서 한시를 공부하는 사람들에게는 널리 알려져 있다.

1_영호초의 「종군행」은 5수로 된 연작시인데, 이 작품은 제4수임.

2_朔風(삭풍):『전당시』(권19)에는 '胡風(호풍)'으로 되어 있음. 모두 북쪽에서 불어오는 바람을 의미함.

3_漢月(한월): 한나라 시절의 달. 고향을 지칭하는 단어로 사용됨.

4_五更(오경): 새벽 3시에서 5시 사이.

5_縱(종): 비록 ~이라 하더라도. 설령 ~이라 하더라도.

188_ 최로(崔魯),[1]
삼월 그믐날 손님을 전송하며
〔三月晦日送客〕

野酌[2]亂無巡

送君兼送春

明年春色至

莫作未歸人

들에서 마시는 술, 순서 없이 어지러운데

그대를 보내면서 봄도 보낸다.

내년에 봄빛이 오거든

돌아오지 않는 사람 되지 마시게.

봄이 갈 때 그대도 떠나니, 내년 봄이 올 때 그대도 돌아오라는 당부의 말을 덧붙인다. 그 말은 허공에 흩어져 끝내 사라지고, 기약 없는 기다림과 그리움의 시절이 나를 마주하고 있다. 몇 잔인지도 모를 술을 마시고 이별의 정을 나누는 시간, 이 술이 깨고 나면 그대와 나는 서로 다른 길 위에 서 있을 것이다.

돌아오지 못하리라는 것을 작자는 알고 있는 것일까. '돌아오지 않는 사람'이 되지 말라고 하는 것은 돌아오지 못한다는 걸 전제로 하는 말이다. 자연의 순환처럼 모든 사람이 약속을 지킨다면, 이별의 슬픔은 한층 가실 것이다.

1_『오언당음』에서 작자의 이름이 '崔魯'로 표기되어 있지만, '崔櫓'로 쓰는 경우가 더 많음.

2_野酌(야작): 교외나 들에서 마시는 술.

189_ 설영(薛瑩),
가을날 호숫가에서〔秋日湖上〕

落日五湖¹遊²
煙波處處愁
浮沈³千古事
誰與問東流

해가 질 무렵 오호에서 노니노라니
안개 낀 물결 곳곳에서 근심스럽다.
부침으로 가득한 천고의 일들
뉘와 함께 동쪽으로 흐르는 물에 물어볼까.

영원과 순간의 대비는 한시에서 자주 등장하는 표현 방식이다. 천고의 역사 속에서 수많은 나라들이 흥하고 망했지만 태고부터 동쪽으로 흘러가는 물에 비하면 아무것도 아니다. 우리는 역사의 오랜 시간을 생각하지만, 그조차도 무한한 자연의 순환에 비하면 순식간이다. 인간의 마음 깊은 곳에 도사리고 있는 근원적인 슬픔은 거기서 비롯되는 것일지도 모르겠다. 무한한 시간의 우주에 비하면 인간의 삶이란 너무도 짧은 유한한 시간만이 허여되어 있다. 극복하려 해도 극복할 수 없는 숙명 같은 시간, 그 시간을 노닐다가 흔적 없이 사라지는 인간의 삶은 얼마나 허망한가.

1_五湖(오호): 강소성의 태호(太湖)를 말함.

2_遊(유):『전당시』(권542)에는 '游'로 되어 있음.

3_浮沈(부침): 물위에 떴다 가라앉았다 하는 것. 여기서는 나라의 흥망을 의미함.

190_ 두목지(杜牧之),[1]
집으로 돌아가다[歸家]

稚子牽衣問

歸家[2]何太遲

共誰爭歲月

嬴得[3]鬢如[4]絲

어린아이가 내 옷깃을 당기며 묻는다

집에 돌아온 것이 어찌 그리도 늦었느냐고.

누구와 세월을 다투시다가

실 같은 살쩍머리 많이 얻었느냐고.

아버지를 기다리던 아이의 첫 질문은 왜 이렇게 늦게 집에 돌아왔느냐는 것이다. 그 칭얼거림은 뒷부분에 나오는 "실 같은 살쩍머리"와 대비되면서 오랫동안 집에 돌아올 수 없었던 작자의 신세를 극적으로 보여준다.

집을 나가는 순간 우리는 세상의 수많은 이들과 경쟁을 하면서 살아남아야 한다. 당장 날마다 먹을 것과 묵을 곳을 준비해야 하고, 눈앞의 할 일을 처리해야 한다. 가족을 위해 먹을 것을 마련하고, 벼슬을 하면서 협력과 갈등과 경쟁 속에서 치열하게 살아가야 한다. 이런 사정을 어린아이가 어찌 알겠는가. 그저 왜 아버지가 늦게 집으로 돌아왔는지 야속하기만 하다.

이 작품은 대체로 '어린아이의 눈에 비친 아버지의 귀가'라는 입장에서 해석되었다. 『오언당음』의 주석만 하더라도 전구와 결구의 진술을 아이의 말이라고 본다. 바람에 흩날리는 실처럼 어지럽게 흩어진 아버지의 살쩍머리를 보면서 가슴 아파하는 아이의 마음이 들어 있다고 본 것이다. 그럴 만도 하다. 아이는 아버지가 돌아오자마자 자신이 느끼고 있던 야속한 마음을 "왜 이리도 늦었느냐"는 질문 속에 담았다. 그런 다음 아버지를 보니, 살쩍머리가 실처럼 흩어지고 백발도 늘어난 점이 눈에 들어왔을 것이다. 아, 아버지는 누구와 세월을 다투셨기에 이렇게 힘든 모습으로 돌아오셨을까. 그렇게 보면 어린아이의 눈에 비친 아버지의 모습을 그린 명작이다.

그런데 이 작품을 여러 차례 음미하면서 다른 해석도 가능하다는 생각이 들었다. 즉, 기구와 전구는 아이의 시점에서, 전구와 결구는 아버지의 시점에서 해석할 수 있지 않을까. 아이는 그저 아버지의 늦은 귀가에 마음이 상해서 옷깃을 잡고 칭얼거린다. 아이의 그 소리를 듣고 아버지는 집을 떠나 방랑하던 시절을 떠올린다. 그래, 나는 도대체 누구와 세월을 다투느라고 이렇게 살쩍머리 실처럼 흩어지도록 돌아다니며 집에 돌아오지 못했던 것일까 하고 생각하는 것이다. 그렇게 되면 뒷부분은 이렇게 해석해야 한다. "누구와 더불어 세월을 다투느라, 실 같은 살쩍머리 이리도 많이 생겼을까."

이렇게 생각한 이유는 '치자(稚子)'라는 단어 때문이다. '치자'는 어린아이를 뜻한다. 칭얼거리면서 늦게 집으로 돌아온 아버지에게 매달리는 것은 당연한 일이지만, 어린아이가 "누구와 세월을 다투다가 백발이 되셨는가" 하는 질문을 던지는 것은 부자연스러워 보였다. 어린아이는 어린아이답게 해석하고, 뒷부분은 어른의 몫으로 남겨두는 편이 낫지 않을까.

두 해석 사이에서 고민하다가 일단은 널리 알려진 방식으로 해석을 했다. 다만 나는 두 사람의 시점을 교차해서 번역하는 것도 괜찮을 성싶었다. 어느 쪽이 더 나은지는 잘 모르겠다. 시 읽기에서 완벽하게 올바른 해석이 어디 있겠는가. 해석의 여지를 즐기면서 음미하노라면 이 시가 더욱 마음에 와닿으리라 생각한다.

1_杜牧之(두목지): 당나라 후기의 시인. 이름은 목(牧), 목지(牧之)는 그의 자.

2_家(가): 『전당시』(권524)에는 '來(래)'로 되어 있음.

3_贏得(영득): 넉넉하게 많이 얻었다는 뜻.

4_如(여): 『전당시』(권524)에는 '邊(변)'으로 되어 있음.

191_ 태상은자(太上隱者),
   사람들에게 답하다〔答人〕[1]

偶來松樹下
高枕石頭眠
山中無曆日
寒盡不知年

우연히 소나무 아래 와서
바위를 높이 베고 잠이 들었다.
산속에는 달력이 없어서
추위가 끝나도 무슨 해인지 모르네.

나도 이렇게 살고 싶었다. 세상 번우한 일 모두 잊고 산속에서 유유자적 지내는 것이 내 꿈이었다. 그러나 이런 삶은 애시당초 나에게는 그야말로 '꿈'에 불과했다. 우리 같은 중생들에게 세월 가는 것도 모르고 강호자연 속에서 한세상 지내는 것이 가당키나 한 일이겠는가.

공자가 이런 말을 했다. "거친 밥을 먹고 물을 마시며, 팔꿈치를 베고 누워 지낼지라도 즐거움이 그 속에 있다. 불의로운 부귀는 나에게 뜬구름과 같다(飯疏食飮水, 曲肱而枕之, 樂亦在其中矣. 不義而富且貴, 於我如浮雲)." 『논어』 「위정」편에 나오는 구절이다. 우리는 흔히 안빈낙도(安貧樂道)를 말할 때 이 구절을 많이 떠올린다. 나도 그렇게 살고 싶었지만, 세파에 오래 휩쓸리다보니 그렇게 살아갈 용기조차 잃어버렸다.

날씨가 더우면 여름이고 추우면 겨울이다. 자연의 변화에 몸을 맡기고 살아가니, 올해가 갑자년인지 을축년인지 알 도리도 없고 알 필요도 없다. 어쩌면 내가 누구인지 나조차 잊고 지내는 것은 아닐까. 세상 사람들에게 시달리다가 문득 그런 인연을 끊어버리고 틀어박혀 살면 태상은자의 생각을 어렴풋이나마 짐작할 수 있을까.

1_『전당시』(권784)에는 『고금시화(古今詩話)』를 인용하여 이 시의 유래를 설명

하고 있음. "태상은자는 그 내력을 알지 못한다. 호사가들이 그 성명을 물어보았지만 대답을 하지 않고 다음과 같은 시를 남겼다."

192~194_ 한악(韓偓),
최국보의 체를 본받아서 쓰다
〔效崔國輔體三首〕¹

澹月照中庭²
海棠花自落
獨立俯閒階
風動鞦韆³索

雨後碧苔院
霜來紅葉樓
閒階上斜日
鸚鵡伴人愁

羅幕⁴生春寒
繡窓⁵愁未眠
南湖夜來⁶雨
應濕采蓮船

담박한 달빛은 뜨락을 비추는데
해당화는 제 스스로 떨어진다.
홀로 서서 한적한 계단 굽어보니
바람에 그넷줄이 흔들린다.

비 온 뒤 집에는 푸른 이끼
서리 내린 뒤 누정에는 붉은 나뭇잎.
한적한 계단에는 저녁햇살 올라오는데
앵무새는 사람과 근심에 빠진다.

비단 장막에 봄추위 피어나고
수놓은 창엔 근심으로 잠 못 이룬다.
간밤 남호에 내린 비로
응당 연밥 따는 배 젖었으리라.

한악은 여성의 목소리로 섬세한 정감을 노래하는 뛰어난 시인이다. 이런 계열의 시를 '향렴체(香奩體)'라고 하는데, 이 작품 역시 한악의 장기를 십분 살려서 여성이 지내고 있는 집의 풍경을 잘 포착했다.

이 작품은 시간적 변화의 순서를 따라 배치되었다. 맑은 달빛 비치는 한밤을 시작으로 해가 지는 저물녘, 이 책에서는 소개하고 있지 않지만 그다음에는 밤을 지새우고 맞은 새벽, 마지막에는 아침을 시간적 배경으로 삼고 있다.

전반적으로 계절은 봄이다. 그렇게 보면 제2수의 승구가 해석하기 쉽지 않다. "霜來紅葉樓(상래홍엽루)"를 직역하면 "서리 내리고 붉은 잎 누정"이 된다. 이 구절은 크게 두 가지 해석이 가능하다. 하나는 서리가 내리자 누정 주변의 나뭇잎들이 붉게 단풍이 들었다는 뜻이다. 그렇지만 이 작품 전체의 계절 배경이 봄이라는 점을 감안하면 이 해석은 어쩐지 뜬금없다. 그래서 다른 방식의 해석이 필요하다. 서리 내리는 추운 시절을 지내면서 붉게 물든 나뭇잎들이 누정에 흩어져 날리는데, 봄이 되어 비가 내린 뒤 푸른 이끼가 덮는 계절이 되어도 그 나뭇잎들이 여기저기 흩어져 있다는 의미로 해석할 수 있다. 게다가 저녁해가 넘어갈수록 햇발은 계단 깊은 곳까지 비추게 되어, 마치 계단을 올라오는 것처럼 보인다. 시간의 변화를 멋지게 표현한 말이다.

봄이면 이상하게 사람의 마음이 애상적으로 변한다. 마음의 변화가 별로 없는 사람도 봄이면 마음이 움직인다. 추운 겨울을 견디고 새 생명이 움트는 천지의 기운이 사람에게도 영향을 끼치는 탓이리라. 이즈막이면 괜히 멀리 떠난 사람이 그리워지고, 무언가 수심의 그림자가 가슴속에 슬며시 드리운다. 그 순간을 한악은 몇 구절 시에서 멋지게 포착하고 있는 것이다.

1_이 작품은 원래 4수로 된 연작시인데, 이 책에는 제1수, 제2수, 제4수를 수록한 것임. 제목의 '國輔'는 '輔國'으로 되어 있는 판본도 있음.

2_庭(정): '夜(야)'로 되어 있는 판본도 있음.

3_鞦韆(추천): 그네, 그네뛰기.

4_羅幕(나막): 비단으로 만든 장막, 휘장 또는 커튼.

5_繡窓(수창): 수놓은 비단으로 장식된 창문. 여성이 거처하는 방의 아름다운 창을 뜻함.

6_夜來(야래): 『전당시』(권683)에는 '一夜(일야)'로 되어 있음. 판본에 따라 '南湖夜來'가 '夜半南湖'로 되어 있기도 함.

195_ 백거이(白居易),[1] 연못가에서[池畔][2]

結構池西廊
疏理[3]池東樹
此意人不知
欲爲待月處

연못 서쪽엔 행랑을 짓고
연못 동쪽엔 나무를 잘 가꾼다.
이 뜻을 사람들은 알지 못하나니
달을 기다리는 곳으로 삼으려 한다.

연못을 중심으로 서쪽에 행랑을 짓고 동쪽에 나무를 잘 심어서 가꾸는 뜻은 달이 뜨는 것을 감상하려는 의도다. 달이 슬며시 떠올라 나뭇가지에 걸리고, 그 사이로 스며든 달빛이 연못에 비친다. 그런 순간이라면 마음속의 수많은 욕망들이 깨끗이 사라지지 않을까.

초여름이면 나는 옥상에 올라가 누워서 달이 뜨는 걸 바라보곤 한다. 멀리서 개구리 울음소리가 들리고 나뭇가지에 스치는 바람 소리가 서늘할 때 달빛을 받고 누우면 신선이 따로 없다. 그 순간의 감흥을 어찌 말로 표현할 수 있으랴.

1_『오언당음』에서는 작자를 '유우석(劉禹錫)'으로 표기했지만, 『전당시』(권431)에서는 이 작품의 작자를 '백거이(白居易)'로 표기했으므로 이에 따랐음.

2_이 작품은 2수로 된 연작시인데, 여기서는 제1수만 수록한 것임.

3_疏理(소리): 잘 손질하여 가꿈. 잘 키움.

오언당음 작자 소개

강총(江總, 519~594) 자는 총지(總持), 남조(南朝) 진(陳)나라의 관료이자 시인. 어려서부터 문학적 재능이 있었으며, 집에 소장되어 있던 많은 책을 읽어 이른 나이부터 문명이 높았다고 한다. 상서령(尙書令)을 지낸 적이 있어서 강령(江令)이라고도 불린다. 문집이 있었지만 일실되었고, 명나라 때 편찬된 『강령군집(江令君集)』이 있다.

경위(耿湋, 생몰년 미상) 763년 전후로 활동했던 당나라의 시인. 자는 홍원(洪源), 하동(河東) 사람. 대력십재자(大曆十才子)의 한 사람으로 꼽힐 만큼 뛰어난 시를 많이 썼다. 『경위집(耿湋集)』이 있다.

고적(高適, 704~765) 자는 달부(達夫) 혹은 중무(仲武), 발해수(渤海蓨) 사람. 형부시랑, 산기상시 등의 벼슬을 지냈으며, 후에 발해현후(渤海縣侯)로 봉해졌다. 변방의 풍속과 백성들의 삶을 읊어서 뛰어난 변새시인(邊塞詩人)으로 꼽힌다.

고황(顧況, 725?~814?) 자는 포옹(逋翁), 호는 화양진일(華陽眞逸), 비옹(悲翁), 소주(蘇州) 해염현(海鹽縣) 사람. 백성들의 생활을 반영하는 질박한 시를 지어 두보의 현실주의적 전통을 계승했다는 평을 받기도 했다. 『해구영(海鷗詠)』, 『화양집(華陽集)』 등 많은 저서를 남겼다.

곽진(郭震, 656~713) 자가 진원(振元)이기 때문에 곽진원(郭振元)으로 불리기도 한다. 위주(魏州) 귀향(貴鄉) 사람으로 당나라의 명장이자 재상이다. 양주도독(涼州都督)에 임명되어 북방 변경 1500리를 개척했으며, 안서도호(安西都護)에 임명되기도 했다. 시집 20권이 있었지만 대부분 흩어졌다.

구단(丘丹, 생몰년 미상) 780년 전후로 활동했던 관료이자 시인. 당나라 구위(丘爲)의 동생으로, 소주(蘇州) 가흥(嘉興) 사람. 호부원외랑(戶部員外郞), 시어사(侍御史) 등의 벼슬을 지낸 뒤 임평산에 은거했다.

구위(丘爲, 생몰년 미상) 780년 전후로 활동했던 관료이자 시인. 당나라 구단(丘丹)의 형. 효성이 지극했으며, 왕유나 유장경 같은 당대 최고의 시인들과 자주 화답을 했다. 작품집은 모두 흩어졌으며, 증별시(贈別詩)나 자연을 읊은 시가 몇 편 전한다.

김창서(金昌緒, 생몰년 미상) 현종 때 여항(餘杭) 사람. 『전당시』에 시가 1편 전한다.

낙빈왕(駱賓王, 619?~687?) 자는 관광(觀光), 무주(婺州) 의오(義烏) 사람. 한미한 집안 출신이지만 일곱 살 때부터 시를 지어 신동이라고 칭찬받았으며, 초당사걸(初唐四傑)로 꼽히면서 시인으로서 이름이 높았다. 684년 서경업이 측천무후를 토벌하겠다는 군대를 일으켰을 때 낙빈왕은 그의 막료였는데, 서경업의 반란이 실패로 돌아가자 행방불명되었다.

낭사원(郎士元, 727~780?) 자는 군주(君冑), 중산(中山) 사람. 대력

십재자의 한 사람으로 꼽힌다.

노륜(盧綸, 748?~798?, 737?~799?) 자는 윤언(允言), 하중(河中) 포(蒲) 지방 사람. 안사의 난 이후 재상 원재(元載)가 문학적 재능을 보고 발탁하여 벼슬에 나아갔지만, 얼마 뒤 병으로 귀향했다. 대력십재자의 한 사람으로 꼽힌다.

노선(盧僎, ?~708) 상주(相州) 임장(臨漳) 사람으로, 이부원외랑(吏部員外郎)을 지냈다. 시문에 능해서 당시 사람들이 그의 시를 모아 『국수집(國秀集)』을 편찬했다.

노조린(盧照隣, 635?~689?, 636?~695?) 자는 승지(昇之), 호는 유우자(幽憂子)로, 유주(幽州) 범양(范陽) 사람. 어려서부터 문명을 떨쳤지만 20대에 악질에 걸려 여러 지역을 돌아다니며 요양을 했다. 병고를 이기지 못하고 물에 빠져 자살했다. 『유우자집(幽憂子集)』이 있다.

동방규(東方虯, 생몰년 미상) 측천무후 때 좌사(左史), 예부원외랑(禮部員外郎) 등을 지냈다. 풍골(風骨)이 있는 시를 지어 사람들의 칭찬을 받았다. 무후가 용문에서 노닐다가 여러 관리들에게 시를 쓰도록 해서 가장 먼저 완성한 사람에게 금포(錦袍)를 하사했는데, 동방규가 그 금포를 받았다. 그러나 송지문(宋之問)이 쓴 시가 사람들의 탄성을 자아내자 그 금포를 빼앗아 송지문에게 주었다는 기록이 있다.

두목(杜牧, 803~852) 자는 목지(牧之), 호는 번천(樊川). 문장과 시에 능했으며, 『손자병법』에 주석을 달 정도로 병법서에 능했다. 나중에 병이 들자 자신의 묘지명을 스스로 짓고 모든 문장을 불태우도록 했다. 두보(杜甫)를 노두(老杜)라고 하고 두목을 소두(少杜)라고 부른다.

두보(杜甫, 712~770)　자는 자미(子美), 호는 소릉(少陵), 하남성 공현(鞏縣) 사람. 시성(詩聖)으로 불린다. 당나라 초기의 뛰어난 시인 두심언(杜審言)의 손자. 어려서부터 시를 잘 지었지만 과거에 합격하지 못해 평생을 곤궁하게 지냈다. 안녹산의 난을 피해 새로 등극한 숙종의 행재소로 간 공적으로 좌습유(左拾遺)에 임명되었다. 인간 및 사회를 깊이 통찰한 시를 지어서 사회성을 강하게 드러냈으므로 그를 '시사(詩史)'라고 부르기도 한다. 평생 자구를 다듬어 노력하는 시인으로서의 면모를 보이기도 했다. 조선의 시학에 절대적 영향을 끼쳤다.

맹호연(孟浩然, 689~740)　원래 이름은 호(浩)이고 자가 호연(浩然)이어서 맹호연으로 불린다. 양주(襄州) 양양(襄陽) 출신. 속세에 대한 울분과 비판을 읊은 작품이 일부 있기는 하지만, 대체로 자연, 은둔, 여행 등을 소재로 삼아 작품을 썼으므로 왕유와 함께 산수전원파 시인의 대표로 꼽힌다.

무평일(武平一, 생몰년 미상)　이름은 견(甄)이고 자가 평일인데, 그의 자로 이름을 대신했다. 영천군왕(潁川郡王) 무재덕(武載德)의 아들. 『춘추(春秋)』에 정통했으며 시문에 뛰어났다. 늘 모반에 연루될까 염려하여 벼슬을 사양하고 숭산 등에 은거하여 살았다.

배적(裴迪, 716?~?)　관중(關中) 사람으로, 왕유와 함께 망천에 은거하여 자연과 유람을 소재로 시를 썼다.

백거이(白居易, 772~846)   자는 낙천(樂天), 호는 향산거사(香山居士) 또는 취음선생(醉吟先生). 낙양 출신. 다섯 살 때부터 시를 지어 신동으로 이름이 높았다. 가난한 관리 집안에서 태어났지만, 29세에 진사시에 급제하고 32세에 황제의 친시(親試)에 급제하여 여러 벼슬을 두루 역임했다. 사회비판적 시각과 낭만주의적 경향의 시를 많이 지었으며, 민중의 언어를 적극적으로 수용하여 새로운 기풍의 시를 지었다. 고려와 조선의 문인들에게도 큰 영향을 끼쳤다. 『백씨장경집(白氏長慶集)』, 『백향산시집(白香山詩集)』 등이 있다.

사공서(司空曙, 740~790)   자는 문명(文明) 또는 문초(文初). 낮은 벼슬을 전전하다가 좌습유(左拾遺)를 지냈다. 깨끗한 인품으로 권력자들과 가까이하지 않고 가난하게 살았다. 대력십재자의 한 사람으로 꼽힌다.

설직(薛稷, 649~713)   자는 사통(嗣通)이며, 포주(蒲州) 분음(汾陰) 사람. 태자소보(太子少保)와 예부상서(禮部尙書) 등을 역임하여 흔히 설소보(薛少保)로 일컬어졌다. 구양순, 우세남, 저수량과 함께 당초사대서가(唐初四大書家)로 꼽힐 만큼 명필이었으며, 학 그림을 잘 그렸다.

설영(薛瑩, 생몰년 미상)   당나라 문종 시기에 활동했던 시인. 방랑과 은거를 소재로 시를 지었으며, 『동정시집(洞庭詩集)』이 전한다.

소정(蘇頲, 670~727)   자는 정석(廷碩), 경조(京兆) 무공(武功) 사람. 측천무후 때 약관의 나이로 진사가 되어 벼슬을 시작했다. 후에 부친인 허국공(許國公)과 함께 최고의 관직을 지냈다. 문집 30권이 있었으나 일실되었고, 후대에 전승되는 작품을 모아 편찬한 『소정집(蘇頲集)』이 있다.

손적(孫逖, 696?~761?)   박주(博州) 무수(武水) 사람. 어릴 때부터 문학적 재능이 뛰어났으며, 일찍 벼슬에 올라 태자좌서자(太子左庶子)를 역임했다. 시문에 뛰어났지만 시만 60여 수 전할 뿐 나머지는 모두 산실되었다.

송지문(宋之問, 656~712)   자는 연청(延淸), 산서성 분주(汾州) 사람. 권력가에게 아첨했다는 평가를 받지만 시는 매우 잘 지어 당나라 초기를 대표하는 시인으로 꼽힌다. 훗날 부패한 혐의로 좌천되었다가 사약을 받고 죽었다. 5언시의 최고봉으로 대구에 능하고 아름다운 작품을 많이 지어, 그 시풍은 심전기와 함께 심송체(沈宋體)라고 불린다.

심여균(沈如筠, 생몰년 미상)   측천무후부터 현종 시기까지 활동했던 시인. 시문에 뛰어났을 뿐 아니라 지괴소설(志怪小說)을 쓰기도 했다. 『단양집(丹陽集)』, 『정성집(正聲集)』 등이 있다.

심전기(沈佺期, 656?~714)   자는 운경(雲卿)으로 상주(相州) 내황(內黃) 사람. 송지문과 함께 '심송'으로 병칭되며, 7언시에 능해서 칠언율시의 체제를 완성했다는 평가를 받는다.

심천운(沈千運, 생몰년 미상)   오흥(吳興) 사람. 현종 때 과거에 떨어지자 여러 곳을 방랑하면서 지냈다. 고체시(古體詩)에 능했으며, 표현의 화려함보다는 내용을 중시했다. 불우한 처지를 반영하거나 현실을 비판하는 작품을 다수 지었다.

양사도(楊師道, 568?~647)   자는 경유(景猷), 안덕의공(安德懿公)에 봉해졌다. 수(隋) 문지(文帝)의 족질(族姪)인 양웅(楊雄)의 아들로, 당나라 고종 때 재상을 지냈다.

양형(楊炯, 650~692)   홍농(弘農) 화음(華陰) 사람. 한미한 가문 출신 이었으나 시문을 잘 지어 신동으로 이름을 떨쳤다. 북방 변경 지역의 풍경과 민속, 병사들의 기개와 호방함 등을 노래한 변새시에 뛰어났 으며, 초당사걸(初唐四傑)의 한 사람으로 꼽힌다. 영천령(盈川令)을 지냈기 때문에 흔히 '양영천'으로 불렸고, 문집으로 『영천집(盈川 集)』이 전한다.

영호초(令狐楚, 766~837)   자는 각사(殼士), 호는 백운유자(白雲孺 子)로, 선주(宣州) 화원(華原) 사람이다. 한림학사를 비롯하여 여러 벼슬을 두루 지내고 산남서도절도사(山南西道節度使)를 지내던 중 임지에서 병사했다. 『칠렴집(漆奩集)』130권은 전하지 않고, 지금은 그의 시를 선집해놓은 『원화어람시(元和御覽詩)』가 전한다.

왕발(王勃, 650~676)   자는 자안(子安), 강주(絳州) 용문(龍門) 사람 (산서 태원 사람이라고도 함)이며, 왕통(王通)의 손자다. 여섯 살 때 부터 시문을 지어 이름을 널리 알렸으며, 아홉 살 때에는 『지하(指 瑕)』를 지어 안사고(顏師古)가 주석한 『한서(漢書)』의 오류를 바로 잡을 정도로 뛰어났다. 재주를 믿고 사람들을 깔본 탓에 주변의 질투 를 많이 받았으며, 투계(鬪鷄)를 소재로 쓴 글로 당시의 권력자들을 비판해서 노여움을 사기도 했다. 이 사건으로 부친은 교지령(交趾令)

으로 좌천되었는데, 부친을 만나러 배를 타고 가던 중에 익사했다.

왕애(王涯, 764~835)   자는 광진(廣津), 산서 태원(太原) 사람. 시문에 능하여 한림학사 지제고 등을 지냈으며 뒤에 재상에 이르렀다. 서화를 좋아하여 명품을 많이 소장했다.

왕유(王維, 699~759, 701~761)   자는 마힐(摩詰), 산서 분주(汾州) 사람이다. 부친의 영향으로 독실한 불교신자로 살았으며, 이 때문에 그를 시불(詩佛)로 부르기도 한다. 아홉 살 때부터 시를 쓰기 시작하여 황실에 이름을 알렸으며, 안사의 난을 맞아 종남산에 있는 망천(輞川)에 은거하면서 시를 지었다. 시서화(詩書畫)에 모두 뛰어났으며, 남종문인화의 시조로 여겨지기도 한다. 생애 전반부에 지은 시는 도시 생활을 소재로 하여 많이 창작되었지만, 후반부의 시는 강호자연 속에서 자연의 흥취를 노래하는 작품이 많아서 자연시파를 대표하는 시인으로 꼽힌다. 『왕우승집(王右丞集)』이 전한다.

왕적(王適, 770~814)   뛰어난 시문을 지었지만 과거에 급제하지 못해 평생을 불우하게 지냈다. 스스로 천하기남자(天下奇男子)를 자처했으며, 문향남산(閩鄕南山)에 은거하여 지내다가 병사했다.

왕적(王績, 590?~644)   자는 무공(無功)이며 왕통(王通)의 동생. 강주 용문 사람(산서 태원 사람이라고도 함)이며, 늘 동고(東皋)에 살면서 글을 썼기 때문에 동고자(東皋子)를 자호로 삼았다. 수(隋) 양제(煬帝)부터 당(唐) 고조(高祖) 시기까지 관직을 지냈으며, 현종 때 귀향하여 거문고와 술로 세월을 보냈다. 후대에 『왕무공집(王無功集)』이 편찬되어 전한다.

왕지환(王之渙, 688~742)　자는 계릉(季凌), 강주 사람. 뛰어난 능력이 있었지만 쓰이지 못하여 불우한 세월을 보냈다. 문장에도 뛰어나서 특히 오언시에 정통했으며, 악곡에 얹혀서 많이 불리었다. 변방의 풍경을 잘 노래했다는 평을 받고 있지만, 현재 전하는 작품이 거의 없다.

왕진(王縉, 700~781)　자는 하경(夏卿)으로, 왕유(王維)의 동생이다. 어릴 때부터 학문에 정진하여 왕유와 함께 문명을 떨쳤지만, 여러 벼슬을 지내는 동안 뇌물을 받은 일로 비판을 많이 받았다.

왕창령(王昌齡, 698~756)　자는 소백(少白), 하동 진양(晉陽) 사람이다(혹은 섬서 서안). 전국을 방랑하면서 도교에 심취했다. 뒤늦게 벼슬에 올랐지만 용표현위(龍標縣尉)를 지냈다. 변방을 소재로 노래하는 변새시의 대표적인 작가다.

우세남(虞世南, 558~638)　자는 백시(伯施), 월주(越州) 여요(餘姚) 사람이다. 수나라 말기에 벼슬을 시작했으나 당나라 건국에 공을 세워서 능연각(凌煙閣) 24공신의 한 사람으로 꼽힌다. 효성이 지극하고 검소했으며, 당태종의 신임을 깊이 받았다. 시문에도 뛰어났지만, 특히 서법에 정통하여 구양순, 저수량, 설직과 함께 초당사대가로 병칭된다.

원결(元結, 723~772)　자는 차산(次山) 또는 낭사(浪士)로 자칭했으며, 호는 의간자(猗玕子), 만랑(漫郎), 만수(漫叟), 오수(聱叟) 등이 있다. 안사의 난 때 강서성에 은거해 있다가 숙종에게 발탁되어 반란군 토벌에서 공을 세웠다. 전란으로 인한 백성들의 고통을 소재로 한 뛰어난 작품을 많이 남겼다.

원진(元稹, 779~831) 자는 미지(微之), 하남 출신이다. 일찍 부친을 여의고 모친에게 글을 배우면서 자랐다. 15세에 명경과와 진사과에 모두 합격하여 이름을 떨쳤으며, 여러 벼슬을 역임하고 무창절도사(武昌節度使)로 재임하던 중 병사했다. 백거이와 절친하여 그와 함께 신악부(新樂府) 운동을 펼쳤으며 원화체(元和體)의 중심 인물로 거론된다. 『원씨장경집(元氏長慶集)』(60권), 『소집(小集)』이 있고, 소설 『앵앵전(鶯鶯傳)』 등이 전한다.

위승경(韋承慶, 639~705, 640~706) 자는 연휴(延休), 하내(河內) 무창(武昌) 사람이다. 신중한 성품에 효성이 지극했다. 봉각시랑(鳳閣侍郎), 봉각만대평장사(鳳閣鸞臺平章事) 등을 지냈다. 『위승경집』 60권이 있었으나 산실되어, 『전당시』에 전하는 7수의 작품으로 그의 시 세계를 짐작할 뿐이다.

위응물(韋應物, 737~804) 장안(長安) 사람이다. 현종을 보필하여 신임을 얻었으나 방종한 생활 때문에 파면당하기도 했다. 저주(滁州), 소주(蘇州) 등의 자사(刺史)를 지냈으며, 소주에서 세상을 떠났기 때문에 위소주(韋蘇州)로 불린다. 오언고시에 특히 정통했으며, 도연명의 영향을 받아 자연의 순수하고 질박한 정서를 잘 표현했다.

유방평(劉方平, 생몰년 미상) 하남 낙양(洛陽) 사람으로, 아름다운 용모와 뛰어난 시문 창작 능력으로 사람들의 사랑을 받았다. 평생 벼슬에 나아가지 않고 영양대곡(潁陽大谷)에 은거하여 살았다.

유우석(劉禹錫, 772~842) 자는 몽득(夢得), 중산(中山) 사람이다. 유종원 등과 함께 정치 개혁에 참여했다가 좌천되기도 했으며, 현실비판적 시를 지어서 좌천되기도 했다. 후에 태자빈객(太子賓客)을 역임했다. 백성들의 현실을 생동감 있게 표현하여 민가(民歌)의 풍모를 시에 담았다. 호방한 시풍으로 '시호(詩豪)'라는 칭호를 얻었다. 『유몽득문집(柳夢得文集)』 30권과 『외집(外集)』 10권, 『유빈객집(劉賓客集)』 등이 있다.

유장경(劉長卿, 726?~786?) 자는 문방(文房), 하북 하간(河間) 사람이다. 시에 능했으며 강직한 관리로서의 면모 때문에 두 차례 유배를 당하기도 했다. 오언시에 뛰어나 '오언장성(五言長城)'으로 불리었으며, 수주자사(隨州刺史)를 지내서 '유수주(劉隨州)'로 불리기도 한다. 강호자연 묘사에 뛰어났으며, 일부 사회비판적인 작품에 자신의 원망을 담기도 했지만 원대하고 담박한 오언시를 지었다는 평을 받는다.

융욱(戎昱, 744~800) 형주(荊州) 사람으로, 어릴 때 진사과에 낙방한 후 산천을 유람했다. 숙종 시기에 과거를 통해 벼슬에 나아갔으며, 건주자사(虔州刺史) 등을 역임했다. 현실을 반영하는 시를 다수 지었으며, 후대에 편찬된 『융욱시집』이 전한다.

이가우(李嘉祐, 생몰년 미상) 자는 종일(從一, 그의 다른 이름이라고도 함), 월주(越州) 사람으로, 현종 시기를 중심으로 활동했던 관료이자 시인이다. 이태백 등 당대 시인들의 존중을 받았으며, 화려한 제량풍(齊梁風)의 시풍을 펼쳤다.

이교(李嶠, 645~714, 646~715) 자는 거산(巨山), 하북 조주(趙州) 사람이다. 시문에 뛰어나서 소미도, 최융, 두심언과 함께 '문장사우(文章四友)'로 꼽힌다. 궁정시인으로서 당대 최고의 명성을 드날렸다.

이기(李頎, 690~751) 사천 동천(東川) 사람으로, 소년 시절 과거에 급제했지만 신향현위(新鄕縣尉)를 지냈다. 정치적으로 뜻을 펴지 못하고 은거하여 살았으며, 호방한 시풍과 민요적 어조의 작품을 지었다.

이단(李端, 737?~784?) 자는 정기(正己)로, 조주(趙州) 사람이다. 어려서 여산에 살면서 시승(詩僧) 교연(皎然)에게 배웠으며, 훗날 시로 명성을 얻고 나서 부마 곽난연(郭曖延)의 빈객이 되었다. 항주사마(杭州司馬)에 올랐으나 사직하고 형산에 은거하여 형악유인(衡嶽幽人)이라고 자호했다. 대력십재자의 한 사람이며, 『이단시집(李端詩集)』이 전한다.

이백(李白, 701~762) 자는 태백(太白), 호는 청련거사(靑蓮居士), 적선인(謫仙人)으로, 농서(隴西) 출신이며 출생지는 사천(四川)이다. 도선적인 면모 때문에 그를 시선(詩仙)으로 칭하며, 두보와 함께 '이두(李杜)'로 병칭되는 중국문학사의 대표적 시인이다. 젊은 시절에는 협객으로서의 면모도 보였고, 현종 때 한림봉공(翰林奉公)에 제수되어 벼슬을 하는 동안 환관 고력사(高力士)의 미움과 모함을 받아 쫓겨났다. 이후 전국을 방랑하면서 도교에 깊이 침잠하는 한편 두보, 고적 등 뛰어난 시인들과 교유했다. 만년에 안휘성 당도(當塗)의 현령(縣令)이었던 이양빙(李陽氷)의 빈객으로 살다가 병사했다. 전설에 의하면 장강(長江) 채석기(采石磯)에서 강에 비치는 달을 잡으려다가 동정호로 뛰어들어 죽었다고 한다.

이의부(李義府, 614~666) 영주(瀛州) 요양(饒陽) 사람으로, 어려서부터 신동으로 이름이 나서 당태종이 불러 시를 짓도록 했다는 기록이 있다. 만년에 음양술사와 연루된 고발 때문에 사천 휴주(嶲州)에서 오랫동안 유배생활을 했다.

이적지(李適之, 694~747)　왕족 출신으로 현종 때 좌상(左相)을 지냈다. 손님을 좋아하고 술을 즐겼으며, 이임보의 모함으로 좌천되었다가 후에 장살(杖殺)되었다(혹은 음독자살).

잠삼(岑參, 715~770)　형주(荊州) 강릉(江陵) 사람으로, 가주자사(嘉州刺史)를 역임했으므로 '잠가주(岑嘉州)'로 불린다. 가난한 집안 출신으로 학문에 정진하여 경사(經史)에 해박했다. 고적과 함께 대표적인 변새시인으로 꼽히며,『잠가주집(岑嘉州集)』이 전한다.

장구령(張九齡, 673?~740, 678?~740)　자는 자수(子壽), 소주(韶州) 곡강(曲江) 사람이다. 현종 때 중서시랑(中書侍郎)을 거쳐 동중서문하평장사(同中書門下平章事)에 올랐지만 이임보의 모함으로 형주자사로 좌천되었다. 강건(剛健)한 시풍을 자랑했으며,『곡강집(曲江集)』을 남겼다.

장기(張起)　미상.

장열(張說, 667~731)　자는 도제(道齊) 또는 열지(說之)로, 하남 낙양 사람이다. 현종 때 연국공(燕國公)에 올랐으며, 병부상서 등 고위직을 두루 거쳤다. 문사에 뛰어나 조정의 중요한 문건을 작성했다.

장적(張籍, 768~830?)　자는 문창(文昌), 하북 한양(漢陽) 사람이다. 고시와 글씨에 능했으며, 악부를 짓는 데에도 뛰어난 재능을 보였다.『장사업시집(張司業詩集)』이 있다.

장중소(張仲素, 769?~819?, 769?~820?)   자는 회지(繪之) 또는 궤지(繢之)로, 숙주(宿州) 부리(符離) 사람이다. 한림학사, 중서사인(中書舍人) 등의 벼슬을 지냈으며, 시에 뛰어났다.

저광희(儲光義, 707?~760)   윤주(潤州) 연릉(延陵) 사람이다. 현종 때 벼슬에 나아갔으며, 종남산에 은거하기도 했다. 안사의 난 때 반란군에게 벼슬을 받았다 하여 난이 평정된 뒤 귀양을 가서 영남 지역에서 사망했다. 문집 70권은 사라졌고, 『저광희시(儲光義詩)』가 전한다.

전기(錢起, 710?~780?)   자는 중문(仲文)으로, 절강 오흥(吳興) 사람이다. 한림학사, 고공낭중(考功郎中) 등을 역임했고, 대력십재자의 한 사람으로 꼽힌다. 맑고 신선하며 유려한 시풍으로 이름이 높다.

정음(鄭愔, ?~710)   자는 문정(文靖)으로, 하북 창현(滄縣) 사람이다. 원래 성은 막(鄚)이었지만 정(鄭)으로 바꾸었다. 문학적 재능이 뛰어났지만 측천무후, 위황후(韋皇后) 등에 영합했다는 평을 듣기도 했다.

조영(祖詠, 699~746)   낙양 사람. 자연 경물을 묘사하고 은거를 소재로 삼은 작품을 많이 지었다.

주방(朱放, 생몰년 미상)   자는 장통(長通), 호북 양양(襄陽) 사람이다. 대종(代宗) 대력(大曆) 연간에 강서절도참모(江西節度參謀)를 지냈다. 뛰어난 재주에도 벼슬에 나아가지 않았다.

진자앙(陳子昂, 659~702)   자는 백옥(伯玉), 재주(梓州) 사홍(射洪)

사람이다. 당나라 초기 신문혁신운동을 일으켰으며, 우습유 벼슬을 역임하여 진습유(陳拾遺)로도 불린다. 효성이 지극했으며, 무삼사(武三思)가 일으킨 사건에 연루되어 무고하게 투옥되었다가 옥사했다. 한위(漢魏) 시문의 풍격을 중시했으며 강건하고 중후한 시를 지음으로써 후대 시 창작에 큰 영향을 끼쳤다. 『진백옥문집(陳伯玉文集)』 10권이 전한다.

창당(暢當, 생몰년 미상)　하동 사람으로, 회서에서 반란이 일어났을 때 종군했다. 태상박사(太常博士), 과주자사(果州刺史) 등을 역임했으며 이서, 사공서 등의 시인과 교유했다.

최국보(崔國輔, 생몰년 미상)　오군(吳郡) 사람으로(혹은 산음 사람), 예부원외랑을 역임했다. 육유(陸游)와 함께 차를 품평하고 차를 우리는 물에 대해 논의하여 당대 사람들에게 널리 알려졌다. 특히 오언절구에 능했다.

최로(崔櫓, 생몰년 미상)　형남(荊南) 사람으로, 선종 때 과거에 급제하여 체주사마(棣州司馬)를 역임했다. 두목의 시를 좋아했으며, 영물시(詠物詩)에 능했다.

최서(崔曙, 704~739)　하남 사람으로, 어려서 부모를 잃고 어렵게 자라서 현종 때 진사과에 장원급제하여 하내현위(河內縣尉)에 임명되었지만 이듬해 병으로 죽었다. 시어의 간절함과 비감한 감정을 잘 표현했다. '崔署'로 표기하기도 한다.

최식(崔湜, 671~713)　자는 징란(澄瀾), 정주(定州) 안희(安喜) 사람

이다. 위황후, 태평공주 등 황실에 붙어서 권력을 추구하다가, 현종이 태평공주를 제거할 때 연루되어 영남 지역으로 유배되어 가는 도중 사사(賜死)되었다.

최호(崔顥, 704?~754) 변주(汴州) 사람으로, 현종 때 진사과에 급제 하여 사훈원외랑(司勳員外郎)을 역임했다. 전국을 떠돌면서 시를 남 겼는데, 특히 변방 지역을 다니면서 웅혼한 시풍을 보였다.

태상은자(太上隱者) 미상.

하지장(賀知章, 659~744?) 자는 계진(季眞) 혹은 유마(維摩), 호는 사명광객(四明狂客)이다. 어릴 때부터 시문으로 이름이 났으며, 이백 의 뛰어남을 발견하고 그와 함께 시와 술을 즐겼다. 후에 사명산에 은 거하여 신선의 도에 심취했다.

한굉(韓翃, 생몰년 미상) 자는 군평(君平), 등주(登州) 남양(南陽) 사 람이다. 시문에 뛰어나 덕종 때 지제고(知制誥)를 지냈으며, 대력십 재자의 한 사람으로 꼽힌다.

한악(韓偓, 840~923) 자는 치요(致饒) 또는 치광(致光)이며 호는 옥 산초인(玉山樵人)으로, 경조(京兆) 사람이다. 한림학사승지(翰林學 士承旨)를 지냈으며, 황제의 권유에도 불구하고 재상에 나아가지 않 았다. 이후 주전충의 미움을 받아 위험을 느끼자, 가족을 데리고 민 (閩) 땅으로 달아나 살았다. 여성적인 정조가 듬뿍 담긴 향렴체(香奩 體)를 확립했다.

황보염(皇甫冉, 715~768, 717~771)　자는 무정(茂政)으로, 윤주(潤州) 단양(丹陽) 사람이다. 열 살 때부터 시를 지었으며, 장구령과 절친한 사이였다. 청신(淸新)하고 속세를 벗어난 듯한 시풍을 선보였다.

김풍기

강원대 국어교육과 교수로 재직중이다. 한시 문학에 관심을 가지고 꾸준히 글쓰기를 하고 있다.
주요 저서로『어디 장쾌한 일 좀 없을까: 김풍기 교수의 옛 시 읽기의 즐거움』『고전산문 교육론』
『한시의 품격』『조선 지식인의 서가를 탐하다』『선가귀감, 조선 불교의 탄생』『옛 시에 매혹되다』
『삼라만상을 열치다』『독서광 허균』등이 있다. 역서로『완역 옥루몽』(전5권)『세계 최고의 여행기,
열하일기』(전2권, 공역) 등이 있다.

김풍기 교수와 함께 읽는
오언당음

초판 1쇄 인쇄 2018년 10월 15일
초판 1쇄 발행 2018년 10월 25일

지은이 김풍기 | 펴낸이 염현숙 | 편집인 신정민

편집 최연희 | 디자인 김이정 이주영
마케팅 정민호 한민아 최원석 안민주 | 홍보 김희숙 김상만 이천희
저작권 한문숙 김지영 | 모니터링 이희연
제작 강신은 김동욱 임현식 | 제작처 한영문화사(인쇄) 신안문화사(제본)

펴낸곳 (주)문학동네
출판등록 1993년 10월 22일 제406-2003-000045호
임프린트 교유서가

주소 10881 경기도 파주시 회동길 210
문의전화 031) 955-8886(마케팅), 031) 955-3583(편집)
팩스 031) 955-8855
전자우편 gyoyuseoga@naver.com

ISBN 978-89-546-5322-0 03820

www.munhak.com